선단기

선단기 7

초판 1쇄 인쇄일 2021년 02월 16일 | **초판 1쇄 발행일** 2021년 02월 22일

지은이 조휘 | **펴낸이** 곽동현 | **담당편집 팀장** 이범수
편집부 정요한 최훈영 조혜진

펴낸곳 (주)조은세상 | **출판등록** 제2002-23호
주소 서울특별시 동작구 동작대로1길 27 5층
TEL 02)587-2966 | FAX 02)587-2922
E-mail bukdu@comics21c.co.kr

조휘ⓒ2021
ISBN 979-11-6591-620-6 | ISBN 979-11-6591-272-7(set)
값 8,000원

선단기

7

조휘 신무협 장편소설

NEO ORIENTAL FANTASY STORY

북두
좋은세상

조휘 신무협 장편소설

NEO ORIENTAL FANTASY STORY

CONTENTS

1장. 주홍빛 돌조각

1장. 주홍빛 돌조각

청랑의 입안으로 들어온 유건은 주변을 슬쩍 둘러보았다.

마치 벽에 파란 물감을 칠한 동굴에 들어와 있는 느낌이었다.

더구나 나무 기둥 같은 청랑의 거대한 이빨이 동굴에 있는 종유석이나, 석순처럼 보여 그런 인상을 더 강하게 풍겼다.

그때, 앞에 뚫린 구멍에서 빛이 약간 새어 들어왔다.

유건은 그쪽으로 손을 뻗으며 중얼거렸다.

"어디서 들어오는 빛이지?"

"공자님, 그쪽으로 손을 뻗으시면 안 됩니다!"

규옥의 경고를 들은 유건은 즉시 손을 멈추며 물었다.

"넌 저 구멍의 정체를 아느냐?"

규옥이 앙증맞은 손으로 코를 잡는 시늉을 하였다.

"청랑의 콧구멍입니다. 자극하면 흥 하고 재채기를 크게 하지요."

유건은 청랑이 재채기하는 모습을 한번 상상해 보았다.

아마 그는 침과 뒤섞여 용암 속으로 내팽개쳐질 것이 분명했다.

식겁한 유건은 규옥 쪽을 돌아보며 물었다.

"한데 용암 연못 속에서 무슨 일이 있었던 것이냐?"

규옥은 끔찍한 일을 겪은 사람처럼 몸을 부르르 떨었다.

"용암 연못에 빠졌을 때만 해도 꼼짝없이 죽었구나 싶었습니다."

"그런데?"

"청랑이 갑자기 자기 몸을 거품으로 두르더니 저를 삼켰습니다. 덕분에 몸이 불타는 참사를 가까스로 피할 수 있었지요."

"청랑이 그 거품을 어떻게 만들어 내는지도 아느냐?"

"저도 궁금해 물어보았습니다. 한데 청랑도 이런 능력이 있다는 사실을 모르는 눈치였습니다. 위기를 직감한 순간에 몸에서 저절로 거품이 일어났다고 합니다. 마치 본능처럼요."

유건은 속으로 생각했다.

'청랑은 상계 추선화견의 혈통을 물려받은 영수다. 아마 정혈에 잠재한 추선화견의 능력이 이번 일로 드러난 모양이구나.'

유건은 고개를 끄덕이며 물었다.

"여기서 밖을 볼 수 있는 방법이 있느냐?"

"영선 비술을 쓰면 간단합니다."

자신 있게 대답한 규옥은 바로 영선 비술을 펼쳤다.

곧 눈앞에 밖의 풍경을 생생히 보여 주는 화면이 하나 나타났다.

유건은 영선 비술의 절묘함에 감탄하며 화면을 바라보았다.

화면 속에 펼쳐진 세상은 온통 용암으로 가득 차 있었다.

한데 신기한 점은 용암도 일정한 흐름을 지니고 움직인다는 점이었다.

마치 밀물과 썰물을 동시에 보는 느낌이었다.

화면 오른쪽에 있는 푸른 용암은 쉬지 않고 위로 상승했다.

반대로 왼쪽에 있는 붉은 용암은 끊임없이 하강했다.

색깔이 다른 두 용암은 서로의 꼬리를 물고 회전하는 중이었다.

한데 두 용암은 색깔만 다른 것이 아니었다.

푸른 용암이 붉은 용암보다 열기가 내뿜는 온도가 훨씬 높았다.

한데 연못 밑으로 내려갈수록 푸른 용암의 비율이 급격히 높아졌다.

급기야 바닥과 가까운 위치에 도착했을 땐 푸른 용암만 남았다.

당연히 온도도 급격히 높아져 땀이 비 오듯 쏟아졌다.

청랑의 거품도 푸른 용암의 열기를 완전히 막아 주진 못했다.

끙 하는 앓는 소리를 들은 유건은 옆을 돌아보았다.

땀에 흠뻑 젖은 규옥이 고통스러운 표정으로 앉아 있었다.

녹색 머리카락도 땀에 젖어 미역 줄기처럼 축 늘어져 있었다.

유건은 아차 싶어 빙혼검을 재빨리 머리 위에 띄웠다.

빙혼검의 살을 에는 듯한 한기가 퍼져 나가며 열기가 조금 사그라들었다.

규옥도 빙혼검의 한기 덕에 표정이 한결 편해졌다.

그때, 화면 속에서 무언가를 발견한 규옥이 흥분해 소리쳤다.

"저깁니다!"

유건은 얼른 규옥이 가리킨 방향으로 시선을 돌렸다.

푸른 용암에 덮인 삼각형 제단 위에 주홍빛 돌조각이 꽂혀 있었다.

규옥의 말대로였다.

주홍빛 돌조각이 발산하는 불 속성 기운은 강력하단 말로는 묘사하기 힘들 정도로 엄청났다.

마치 주홍빛 돌조각이 작은 태양을 속에 품고 있는 느낌이었다.

지독한 열기에 흠칫한 청랑이 그 자리에 멈춰 섰다.

청랑과 대화할 수 있는 규옥이 대신 설명했다.

"청랑도 이 밑으로는 내려갈 수 없다고 합니다."

"알겠다."

고개를 끄덕인 유건은 미간을 살짝 찌푸렸다.

돌조각이 인공적인 제단에 꽂혀 있단 말은 자연적으로 생긴 보물이 아니란 뜻이었다.

즉, 전대 고인이 남긴 보물일 가능성이 컸다.

가부좌한 유건은 뇌력을 퍼트려 돌조각이 꽂힌 제단을 샅샅이 조사했다.

다행히 금제나, 결계, 진법의 흔적은 발견하지 못했다.

그는 이어 주홍빛 돌조각 쪽으로 뇌력을 보냈다.

그의 예상대로였다.

주홍빛 돌조각도 자연적으로 만들어진 물건이 아니었다.

맨눈으로 봤을 때는 돌조각이 주홍빛 돌조각처럼 보였다.

그러나 뇌력으로 조사한 결과는 전혀 달랐다.

주홍빛 돌조각은 위로 갈수록 곡선을 그리며 약간 휘어져 있었다.

이를테면 주홍빛 원기둥으로 만든 검에 더 가까웠다.

한데 놀라운 사실은 그뿐만이 아니었다.

돌조각 표면에 물고기 비늘을 닮은 돌조각이 빽빽하게 붙어 있었다.

지금까지 한 조사의 내용만 놓고 보면 고인이 남긴 보물이 분명했다.

유건은 초조해졌다.

어떻게든 홍미노조가 나타나기 전에 주홍빛 돌조각을 차지해야 했다.

홍미노조가 보물을 발견하면 일이 아주 복잡해졌다.

유건은 빙혼검에 주입하는 법력의 양을 대폭 늘렸다.

곧 살을 에는 한기가 솟구쳐 온도를 급격히 떨어트렸다.

그러나 빙혼검 하나로는 왠지 불안했다.

결국, 결단을 내린 유건은 건마종과 옥로경을 마저 꺼내 몸을 삼중으로 보호했다.

두 법보는 열기를 막는 힘을 지녀 이런 상황에 유용했다.

마지막으로 금강부동공을 펼친 유건은 재빨리 밖으로 나갔다.

한데 용암 연못 밖의 열기가 그의 예상을 훨씬 뛰어넘었다.

유건은 마치 살갗이 벗겨지는 것 같은 고통을 느꼈다.

온도가 너무 높아 뜨겁단 느낌보다 아프단 느낌이 더 강했다.

유건은 고통을 참아 가며 고개를 들어 위를 보았다.

머리 위를 빙빙 도는 빙혼검 표면이 물이 끓을 때처럼 지글지글 끓었다.

건마종과 옥로경도 빙혼검과 별 차이가 없었다.

두 법보는 수명이 다한 전구처럼 계속 깜빡거려 그를 불안하게 하였다.

다급해진 유건은 전광석화를 펼쳐 푸른 용암 사이를 갈랐다.

그러나 푸른 용암이 앞에서 파도처럼 끊임없이 밀어닥치는 바람에 그는 1장을 가는 데도 적지 않은 시간을 소모했다.

더 초조해진 유건은 다시 고개를 들어 빙혼검의 상태를 확인했다.

한계에 달한 빙혼검은 거의 녹아내리기 직전이었다.

입술을 질끈 깨문 유건은 가야 할 거리를 뇌력으로 계산해 보았다.

아직 100여 장은 더 가야 제단에 도착할 수 있었다.

'돌아가서 계획을 다시 세우는 게 좋을까?'

그 와중에도 빙혼검은 계속 녹아내려 급기야 팔뚝만 한 크기까지 줄어들었다.

이제는 돌아가는 일마저 쉽지 않아졌다.

그때, 그의 머릿속을 번개처럼 스쳐 가는 생각이 하나 있었다.

유건은 바로 법보낭에서 보라색 깃발 세 개를 꺼냈다.

바로 봉선방이 자랑하는 자염봉림기였다.

깃발 세 개는 한데 모이기 무섭게 보랏빛 봉황으로 변신했다.

법보가 영험해 따로 발동 법결을 날릴 필요가 없었다.

유건을 거대한 날개로 보호한 봉황이 제단으로 질주했다.

지독한 푸른 용암도 보랏빛 봉황의 돌파를 저지하지 못했다.

그는 보랏빛 봉황 덕에 가까스로 제단 앞에 이르렀다.

한데 제단에서 흘러나오는 열기가 지독하기 짝이 없었다.

오는 동안, 겪은 열기의 몇 배에 해당하는 엄청난 열기였다.

유건의 몸보다 그를 보호하던 법보가 먼저 한계에 달했다.

가장 먼저 기운이 다한 빙혼검이 유건의 단전으로 숨었다.

빙혼검 다음은 옥로경의 차례였다.

희뿌연 증기에 뒤덮여 있던 옥로경은 결국 펑 하는 굉음을 내며 산산조각 나 흩어졌다.

유건은 건마종이라도 살려 볼 생각에 급히 법결을 날렸다.

그러나 건마종도 지독한 열기를 피해 가지 못했다.

고무처럼 흐물흐물해진 건마종은 금세 은빛 액체로 녹아 사라졌다.

유건은 고개를 들어 보랏빛 봉황의 상태를 확인했다.

그나마 보랏빛 봉황은 아직 여유가 있는 편이었다.

그 틈을 이용해 제단으로 내려간 그는 서둘러 뇌력으로 돌조각을 뽑았다.

그러나 돌조각은 좀처럼 뽑힐 생각을 하지 않았다.

마치 힘이 센 거인이 제단 밑에서 돌조각을 붙잡고 잡아당기는 듯했다.

유건은 뇌력의 강도를 좀 더 높였다.

그러나 요지부동이긴 마찬가지였다.

그는 결국 최후의 방법을 동원하기로 하였다.

바로 천수관음검법이었다.

30장까지 몸을 키운 유건은 팔 열여섯 개를 합쳐 두 개로 줄였다.

곧 굵기만 1장이 넘는 거대한 팔이 두 개 만들어졌다.

준비를 마친 유건은 두 팔로 돌조각 끝을 세게 틀어쥐었다.

한데 그때였다.

화르륵!

돌조각이 지닌 불 속성 기운이 그의 두 팔을 순식간에 불태웠다.

그나마 오색 광채에 뒤덮인 팔뼈는 무사해 다행이었다.

살을 태운 불 속성 기운은 순식간에 그의 어깨까지 침범했다.

유건은 급히 남은 법력을 전부 금강부동공에 쏟아부었다.

금강부동공은 역시 불가 최강의 방어 공법다웠다.

불 속성 기운이 불광 방어막에 막혀 가슴 쪽으로 뻗어 나가지 못했다.

유건은 그 틈에 두 손으로 틀어쥔 돌조각을 힘껏 끌어당겼다.

그 순간, 주홍빛 돌조각이 무처럼 쑥 뽑혀 올라왔다.

유건은 기뻐할 틈도 없이 뽑아낸 돌조각을 얼른 석갑에 보관했다.

한데 그때였다.

돌조각을 뽑아낸 구멍 안에서 희끄무레한 벌레가 튀어나

왔다.

희끄무레한 벌레는 곧장 유건의 허리춤으로 뛰어들었다.

흠칫한 유건은 재빨리 돌아서서 청랑 쪽으로 달아났다.

희끄무레한 벌레는 절대 놓치지 않겠다는 듯 미친 듯이 쫓아왔다.

다급해진 유건은 전광석화의 속도를 더 높였다.

그러나 희끄무레한 벌레는 그보다 더 빨라 거의 따라잡히기 직전이었다.

유건은 하는 수 없이 뒤로 돌아서서 사자후를 펼쳤다.

그러나 사자후 음파 고리도 희끄무레한 벌레를 붙잡아 두지 못했다.

유건은 구련보등, 전광석화, 천수관음검법을 연달아 펼쳤다.

곧 그 앞에 불광으로 이뤄진 두꺼운 방어막이 형성되었다.

그러나 불광 방어막도 소용없기는 마찬가지였다.

희끄무레한 벌레는 불광 방어막을 연달아 뚫고 득달같이 달려들었다.

아무리 침착한 사람도 이런 상황에서는 당황할 수밖에 없었다.

다급해진 유건은 뇌력으로 보랏빛 봉황을 불러 막았다.

그때, 희끄무레한 벌레가 보랏빛 봉황과 정면으로 충돌했다.

콰아앙!

유건 바로 앞에서 보랏빛, 푸른빛, 흰빛이 동시에 폭발했다.

유건은 급히 안력을 높여 상황을 파악했다.

보랏빛 봉황은 외견상으로는 아직 괜찮아 보였다.

봉황은 여전히 신령스러운 울음소리를 내며 커다란 날개로 날갯짓을 세차게 하였다.

유건은 그 모습을 보고 약간 안도했다.

'자염봉림기가 봉선방의 보물이라더니 빈말은 아닌 모양이군.'

한데 그때였다.

희끄무레한 벌레가 갑자기 봉황의 머리를 뚫고 튀어나왔다.

머리가 뚫린 봉황은 비명을 지르며 산산조각 나 흩어졌다.

그러나 유건은 봉황의 죽음을 아쉬워할 겨를이 없었다.

희끄무레한 벌레가 그의 허리춤에 거머리처럼 달라붙은 탓이었다.

그 순간, 지독한 열기가 뇌리를 강타했다.

마치 뜨거운 벼락 한 줄기가 그의 머리를 뚫고 들어가 발끝으로 나온 듯했다.

유건은 결국, 그대로 정신을 잃고 쓰러졌다.

자연히 천수관음검법도 같이 풀려 그의 본신도 원래 모습으로 돌아왔다.

한편, 규옥은 유건이 기절하는 모습을 보고 소스라치게 놀랐다.

지체할 틈이 없다고 여긴 규옥은 바로 비술을 펼쳤다.

곧 녹색 구름 한 덩이가 날아가 기절한 유건을 휘감았다.

그때, 푸른 용암이 사방에서 달려들어 녹색 구름을 불태웠다.

녹색 구름이 줄어들수록 규옥의 안색이 흙빛으로 변해 갔다.

규옥은 결국, 녹색 피를 울컥 게워 내며 비틀거렸다.

규옥이 내상을 입은 탓에 녹색 구름의 속도가 같이 뚝 떨어졌다.

그때, 보다 못한 청랑이 달려들어 녹색 구름을 덥석 삼켰다.

그 바람에 청랑도 푸른 용암의 집요한 공격을 받게 되었다.

그러나 청랑을 둘러싼 거품이 푸른 용암을 부드럽게 밀어냈다.

물론, 거품도 푸른 용암을 무한정 막아 내지는 못했다.

푸른 용암이 해일처럼 밀어닥칠 때마다 거품이 점점 얇아졌다.

"더 지체하다간 큰일이 벌어지겠구나!"

다급해진 규옥은 청랑에게 달아나란 지시를 내렸다.

청랑은 그 말만 기다렸다는 듯 고래처럼 순식간에 위로 치솟았다.

안전한 장소에 도착한 규옥은 유건부터 먼저 치료했다.

규옥도 내상을 입은 상태였다.

그러나 주인이 훨씬 더 위급했다.

규옥은 단약을 맑은 물에 개어 유건의 입 안에 흘려 넣었다.

단약을 다 먹인 다음엔 뼈만 남은 팔을 치료하기 시작했다.

그때, 신비한 오색 광채에 휩싸여 별처럼 반짝거리는 유건의 팔뼈가 규옥의 눈에 들어왔다.

아마 이 오색 광채가 없었으면 뼈도 살, 근육, 신경처럼 녹아 사라졌을 게 틀림없었다.

규옥은 이해가 가지 않는단 표정으로 고개를 갸웃거렸다.

그럴 수밖에 없었다.

규옥은 방대한 지식을 지닌 영선이었다.

그러나 오색 광채를 발산하는 뼈가 있단 말은 금시초문이었다.

물론, 유건의 정체가 심상치 않다는 생각은 예전부터 해 왔다.

한데 오히려 유건을 알아갈수록 그의 정체가 더 헷갈렸다.

"이럴 때가 아니지."

고개를 저어 상념을 떨쳐 낸 규옥은 다시 치료에 집중했다.

살과 신경, 근육을 돋게 해 주는 단약을 두 팔에 꼼꼼히 발랐다.

영선 비방으로 연단한 단약은 역시 효과가 탁월했다.

유건의 뼈만 남은 두 팔이 금세 원상태로 돌아왔다.

그제야 마음이 놓인 규옥은 팔을 제외한 다른 상처도 돌보기 시작했다.

잠시 후, 유건이 끙 하는 앓는 소리를 내며 두 눈을 번쩍 떴다.

규옥은 유건이 정신을 차리는 모습을 보고 기뻐하며 물었다.

"공자님, 이제 정신이 좀 드십니까?"

"그래, 이젠 괜찮다."

대답한 유건은 원래대로 돌아온 팔을 보며 물었다.

"네가 나를 치료한 것이냐?"

규옥은 유건이 정신을 잃은 후에 생긴 일들을 설명했다.

순간 코끝이 찡해진 유건은 규옥의 머리를 쓰다듬었다.

"너와 청랑의 도움이 없었으면 난 저 용암 연못 속에서 결코 살아 나오지 못했을 것이다. 일전에 한 약속대로 너와 청랑이 나와 같이 대도를 이룰 수 있도록 최선을 다해 도와주마."

감격한 규옥은 옥구슬 같은 눈물을 뚝뚝 흘렸다.

"저와 청랑은 공자님께 영원히 충성을 바칠 것입니다."

"지금부터는 내가 너의 호법을 서마. 어서 내상을 치료하거라."

"감사합니다, 공자님."

규옥이 내상을 치료하는 동안, 유건은 몸을 점검했다.

규옥의 영험한 단약 덕분에 다행히 몸은 거의 회복된 상태였다.

그러나 유건은 마음이 놓이지 않았다.

그가 걱정하는 대상은 내상이 아니었다.

그를 기절시킨 그 희끄무레한 벌레였다.

그때, 허리춤에 처음 보는 물건이 찰싹 붙어 있는 모습을 발견했다.

물고기 머리를 똑 닮은 고풍스러운 하얀 손잡이였다.

유건은 직감적으로 이 물고기 머리를 닮은 하얀 손잡이가 그를 기절시킨 희끄무레한 벌레의 실체란 사실을 알아냈다.

당황한 유건은 뇌력으로 하얀 손잡이를 재빨리 훑었다.

하얀 손잡이 속에 불 속성 기운을 품은 하얀 구슬이 하나 있었다.

'웬 구슬이지?'

순간 호기심이 인 유건은 구슬 속으로 뇌력 일부를 살짝 집어넣어 보았다.

뇌력은 곧 구슬 속에서 하얀빛을 내는 불꽃을 하나 찾아냈다.

유건은 내친김에 뇌력을 실처럼 가느다랗게 만들어 하얀 불꽃 속으로 천천히 집어넣어 보았다.

한데 그때였다.

화르륵!

집어넣은 뇌력이 하얀 불꽃에 휩싸여 순식간에 타올랐다.

화들짝 놀란 유건은 재빨리 남은 뇌력을 회수했다.

그때, 하얀 불꽃이 늘어지더니 달아나는 뇌력 꽁무니에 달라붙었다.

유건은 본능이 시키는 대로 재빨리 뇌력 끄트머리를 잘라 냈다.

그 순간, 하얀 불꽃이 살아 있는 뱀처럼 고개를 들더니 그가 잘라 낸 뇌력 끄트머리를 단숨에 집어삼켜 불태웠다.

뇌력을 불태운 하얀 불꽃은 구슬 속을 헤집고 다니며 집어삼킬 다른 뇌력을 찾았다.

그러나 그는 이미 잘라 낸 뇌력 끄트머리를 제외한 모든 뇌력을 구슬 속에서 회수한 후였다.

뇌력을 찾아내지 못한 하얀 불꽃은 다시 원래 모습으로 돌아갔다.

아마 조금만 늦었어도 뇌력이 전부 타 버렸을 것이다.

그제야 가슴을 쓸어내린 유건은 법결을 날려 허리춤에 달라붙은 하얀 손잡이를 떼어 냈다.

그러나 하얀 손잡이는 접착제로 붙인 것처럼 허리춤에 붙어 떨어질 생각을 하지 않았다.

유건은 곧 손잡이가 떨어지지 않는 이유를 알아냈다.

그건 바로 손잡이가 정말로 어떤 물건의 손잡이였기 때문이었다.

유건은 예상이 맞는지 확인해 볼 생각으로 법보낭에 보관하던 석갑을 꺼내 공중에 띄웠다.

하얀 손잡이는 예상대로 석갑 쪽으로 번개같이 날아가 바닥에 거머리처럼 달라붙었다.

그 모습을 보고 확신을 가진 유건은 석갑 뚜껑을 열어젖혔다.

그 순간, 하얀 손잡이가 석갑 안으로 쏘아져 들어가더니 철컥 소리를 내며 주홍빛 돌조각 아랫부분과 결합했다.

하얀 손잡이와 결합한 돌조각은 완벽한 석검으로 변신했다.

하얀 손잡이가 그를 죽어라 쫓은 이유가 밝혀지는 순간이었다.

원래 하얀 손잡이와 주홍빛 돌조각은 한 쌍으로 이뤄진 보물이었다.

한데 유건이 주홍빛 돌조각을 훔쳐 가는 바람에 하얀 손잡이가 바늘 가는 데 실이 가는 것처럼 쫓아온 것이다.

유건은 보물이 용암 연못 속의 제단으로 다시 돌아가기 전에 얼른 정혈을 뿌려 주종 관계를 맺었다.

그러나 보물이 워낙 영험해 정혈을 흡수하지 않고 바로 뱉어 냈다.

그는 하는 수 없이 천농쇄박 금제를 써서 강제로 주종 관계를 맺었다.

천농쇄박은 백진이 가르쳐 준 상계의 고명한 금제였다.

보물이 아무리 영험해도 천농쇄박의 금제까지 거부하진 못했다.

금제를 거는 데 성공한 유건은 다시 한번 보물을 전체적으로 살펴보았다.

보물은 마치 몸통이 긴 갈치를 연상시켰다.

물론, 유건이 아는 갈치와는 크게 달랐다.

보물의 몸통은 은빛이 아니라, 불 속성 기운을 품은 주홍
빛이었다.

또, 머리에 해당하는 하얀 손잡이에는 아가미가 세 개 달
려 있었다.

마지막으로 주둥이 옆엔 검은 수염이 두 가닥 자라 있었다.

유건은 보물에 법결을 날려 보았다.

그 순간, 몸통을 뒤덮은 비늘 수십 개가 주홍빛 불티로 변
해 우박처럼 지상으로 쏟아졌다.

주홍빛 불티가 지나가는 자리는 흙이고 돌이고 전부 불에
타 남아나는 것이 없었다.

심지어 주홍빛 불티가 떨어진 바닥에는 시커먼 연기가 먹
구름처럼 피어오르며 깊이를 측정하기 힘든 구멍이 숭숭 뚫
렸다.

유건은 다시 법결을 날려 주홍빛 불티를 회수했다.

돌아온 주홍빛 불티는 다시 물고기 비늘로 변해 석검에 달
라붙었다.

유건은 마음에 들지 않는다는 표정으로 고개를 저었다.

다른 수사가 봤으면 입에 침을 질질 흘리며 탐을 낼 정도
의 위력이었다.

그러나 유건은 석검의 위력이 만족스럽지 않았다.

그는 석검을 얻기 위해 건마종, 옥로경, 자염봉림기 세 법보를 포기했다.

이 정도 위력으로는 만족할 수 없었다.

단순히 포기한 법보가 아까워 만족하지 못하는 것은 아니었다.

유건은 손잡이 안에 있는 하얀 불꽃의 위력이 주홍빛 비늘보다 더 뛰어나단 사실을 알았다.

한데 아무리 법결을 바꿔 가며 날려도 하얀 불꽃은 밖으로 나올 생각을 하지 않았다.

'제대로 연성하기 전이어서 그런 건가?'

결국, 포기한 유건은 법술을 써서 석검을 단전으로 흡수시켰다.

곧 원신이 그가 흡수한 석검에 지대한 관심을 드러냈다.

그의 원신은 새 장난감을 보고 환장하는 강아지 같아서 그가 새 보물을 넣어 줄 때마다 지칠 때까지 신나게 가지고 놀았다.

유건은 석검에 화린검(火鱗劍)이란 이름을 붙였다.

물고기를 닮은 불 속성 기운을 지닌 석검에 딱 어울리는 이름이었다.

앞으로 화린검은 그가 연성 중인 오행검에서 불 속성을 맡을 터였다.

그가 막대한 희생을 감수하면서까지 석검을 얻으려 한 이

유도 오행검의 빈자리 중 하나를 채우기 위해서였다.

이제 오행검 중 아직 구하지 못한 속성은 흙 속성뿐이었다.

시급한 일을 마무리 지은 유건은 어질러진 현장을 정리했다.

먼저 솔풍자의 분신을 가두는 데 사용한 금강전부터 회수
했다.

솔풍자의 고명한 분신술에 속는 바람에 효과를 크게 보진
못했어도 강적을 잠시 가둬 두는 용도로는 아직 쓸 만했다.

그때, 내상 치료를 마친 규옥이 솔풍자의 법보낭과 질풍매
염선, 흑조색을 찾아 가져왔다.

질풍매염선에 쓴맛을 톡톡히 본 유건은 쓴웃음을 짓다가
고생한 청랑에게 던져 주었다.

어차피 질풍매염선은 상용법보여서 한 번 사용하면 복구
가 어려웠다.

그러나 유건이 질풍매염선의 기운이 다 소진되기 전에 백
팔음혼마번으로 솔풍자를 제압한 덕에 불 속성 기운이 적잖
이 남아 있었다.

질풍매염선이 지닌 불 속성 기운이 원체 대단해 청랑의 수
련에 큰 도움을 줄 수 있을 듯했다.

꼬리를 흔들며 좋아하던 청랑은 한입에 질풍매염선을 덥
석 삼켰다.

그리고는 단단한 이빨로 잘근잘근 씹어 질풍매염선에 들
어 있는 불 속성 기운을 전부 흡수했다.

질풍매염선이 지닌 불 속성 기운 덕에 청랑의 꼬리가 하나 더 자라났다.

이젠 청랑의 꼬리가 무려 여섯 개였다.

선연을 얻어 용암 연못이 지닌 불의 정화를 흡수한 청랑이 질풍매염선까지 삼키면서 도겁(渡劫)에 한발 더 다가섰다.

도겁은 인간을 제외한 모든 생명체가 선도에 들기 직전에 필수적으로 거치는 과정이었다.

순조롭게 성장을 마친 청랑이 도겁까지 성공한다면 마침내 영수 딱지를 뗄 수 있었다.

물론, 실패하면 그 즉시 목숨을 잃었다.

유건은 흑조색을 같이 고생한 규옥에게 주었다.

원래 흑조색은 백조색과 한 쌍으로 이루어진 구금 법보였다.

그러나 유건이 백조색을 부숴 버리는 바람에 지금은 흑조색만 남았다.

규옥은 절을 하고 나서 두 손으로 공손히 흑조색을 받았다.

규옥은 마경함천로를 담은 포선대와 수사의 원신을 전문적으로 참하는 능력을 지닌 녹미항마선시를 지니고 있었다.

한데 이번에 흑조색까지 받으면서 실력이 한층 더 무서워졌다.

유건은 솔풍자의 법보낭 두 개를 열어 뇌력으로 안을 확인했다.

첫 번째 법보낭 안에는 오행석과 약초, 영약 등이 들어 있었다.

금세 흥미를 잃은 유건은 첫 번째 법보낭을 규옥에게 통째로 넘겼다.

약초나, 영약은 규옥의 담당이었다.

두 번째 법보낭 안에는 유건이 좋아할 만한 물건이 들어 있었다.

바로 질 좋은 법보였다.

솔풍자는 사부의 총애를 독차지해 온 터라, 지닌 법보도 하나같이 범상치 않은 것들이었다.

유건은 그중에서 솔풍자가 바람 속성 공법을 펼칠 때 쓰던 날개 법보를 찾아냈다.

팔엽비익(八葉飛翼)이란 법보였는데 그가 날개 하나를 찢어 지금은 칠엽비익(七葉飛翼)이었다.

유건은 수명이 다해 버린 봉우포 대신에 칠엽비익을 걸쳤다.

바람 속성 공법을 연성하지 못한 탓에 솔풍자처럼 빠르게 비행하진 못하지만 어쨌든 없는 것보다는 훨씬 나았다.

유건은 마지막으로 금골유액이 고여 있는 연못으로 날아갔다.

연못 앞엔 솔풍자가 금골유액을 담던 금색 호리병이 굴러다녔다.

유건은 호리병을 뇌력으로 들어 올려 안을 확인했다.

금골유액이 반쯤 차 있었다.

유건은 법술을 써서 금골유액을 금색 호리병으로 빨아들였다.

한데 그때였다.

홍미노조가 뒷짐을 쥔 자세로 나타나 주변을 쓱 둘러보았다.

법술을 중단한 유건은 바로 머리를 숙였다.

"오셨습니까."

그러나 홍미노조는 대답이 없었다.

그저 방대한 뇌력을 퍼트려 공터 안을 샅샅이 훑을 뿐이었다.

장선 후기 수사의 서늘한 뇌력이 유건을 순식간에 대여섯 차례나 훑고 지나갔다.

유건은 태연한 표정으로 그가 먼저 입을 떼길 기다렸다.

홍미노조는 한참이 지나서야 뇌력을 다시 거두어들였다.

역시 장선 후기 수사답게 뇌력의 수발이 매끄럽기 짝이 없었다.

뒷짐을 푼 홍미노조가 한 손으로 붉은 눈썹을 매만지며 물었다.

"솔풍자는 네가 처치한 것이냐?"

손을 앞으로 모은 유건은 공손하게 대답했다.

"공선 후기 수사인 후배가 어찌 오선 후기 수사를 처치할 수 있었겠습니까. 솔풍자가 자멸한 것이나 마찬가지입니다."

유건은 질풍매염선을 조종하던 솔풍자가 실수로 용암 연못에 있던 불의 정화를 건드리는 바람에 죽었다고 설명했다.

홍미노조는 가늘게 뜬 눈으로 유건을 쓱 훑었다.

그 순간, 유건은 홍미노조의 서늘한 눈빛에서 그를 그대로 발가벗겨 몸속을 철저히 해부하는 듯한 불쾌한 느낌을 받았다.

그의 말이 거짓인지, 아닌지 알아보려는 행동이 분명했다

그러나 유건은 천령근을 타고 난 수사였다.

다른 수사는 홍미노조의 눈빛에 흔들릴지 모르지만, 그는 여전히 태연했다.

한참이 지나서야 홍미노조가 눈빛을 거두었다.

"고생이 많았다. 솔풍자가 자멸한 것처럼 보이진 않지만, 당사자인 네가 그렇다면 그런 거겠지. 어쨌든 솔풍자가 죽은 덕분에 대봉관의 두 부관주가 꼬리를 말고 도망쳤다. 본좌에게 대단한 실력을 지닌 방수가 있는 걸로 오해한 것이지."

"노조의 일이 잘 풀렸다니 다행입니다."

고개를 끄덕인 홍미노조가 공중에 떠 있는 호로병을 끌어왔다.

"이 금색 호리병은 금계호로(金鷄葫盧)라는 법보다. 제법 쓸 만한 법보지. 일을 잘 처리해 준 대가로 금계호로와 금계호로 속에 든 금골유액을 너에게 넘겨주마. 이 정도 금골유액이라면 너와 자오도우가 쓰고도 꽤 많이 남을 것이다."

말을 마친 홍미노조가 금계호로를 다시 유건 쪽으로 보냈

다.

유건은 홍미노조가 이렇게 쉽게 금계호로를 넘길 줄 몰라 당황했다.

그러나 어쨌든 보물을 준다는 데 마다할 순 없었다.

"그럼 감사히 받겠습니다."

유건의 인사를 대충 받은 홍미노조가 검은 주전자를 공중에 띄웠다.

신수 해치(獬豸)를 본떠 제작한 주전자 법보였다.

유건은 흥미가 생겨 홍미노조가 어떻게 하나 옆에서 조용히 지켜보았다.

진언을 외우던 홍미노조가 갑자기 손가락으로 주전자를 가리키며 주문을 외웠다.

그 순간, 검은 주전자가 진짜 해태로 변해 금골유액이 담긴 연못으로 날아갔다.

해태는 커다란 입으로 연못에 담긴 금골유액을 순식간에 빨아들였다.

유건은 홍미노조의 법술에 경탄을 금치 못했다.

해태를 다시 검은 주전자로 변화시켜 회수한 홍미노조가 아무도 없는 남쪽을 잠시 바라보다가 손가락을 슬쩍 튕겼다.

그 순간, 유건의 손에 팔뚝만 한 길이의 하얀 죽패가 들려 있었다.

죽패는 표식이 전혀 없었다.

그저 죽패 가운데에 길고 가느다란 붉은 눈썹 하나만이 그림처럼 박혀 있을 뿐이었다.

　뒷짐을 쥔 홍미노조가 한숨을 살짝 내쉬었다.

　"그 하얀 죽패가 바로 네가 원하던 홍미패다. 아마 홍미패를 쓰면 성해까지 별 탈 없이 갈 수 있을 것이다. 자오도우가 도착하거든, 본좌는 바쁜 일이 있어 먼저 간다고 전해라."

　말을 마친 홍미노조가 발을 굴러 그 자리에서 사라졌다.

　유건은 급히 뇌력을 퍼트려 홍미노조를 찾았다.

　그러나 홍미노조는 순식간에 뇌력 범위 밖으로 벗어나 보이지 않았다.

　홍미노조가 떠나고 나서 얼마 지나지 않아 자오진인이 나타났다.

　자오진인은 유건이 무사한 모습을 보고 긴장을 풀었다.

　유건은 홍미패를 자오진인에게 주며 이곳에서 있었던 일을 설명했다.

　특히, 홍미노조가 한 행동에 대해 자세히 말했다.

　한참을 말없이 듣던 자오진인은 즉시 그를 데리고 관구족 바다로 돌아갔다.

　그러나 관구족 바다에 오래 머무르진 않았다.

　자오진인은 바로 관구족 바다에 있는 유료 전송진을 찾았다.

　홍미노조의 홍미패 덕분에 따로 신분 검사를 받진 않았다.

　그들은 곧 전송진을 이용해 팔수족(八手族) 바다에 도착했다.

팔수족은 금갑족에 호의적이어서 긴장을 풀 수 있었다.

자오진인은 그제야 그가 서두른 이유를 말했다.

"홍미노조는 공자님이 솔풍자를 직접 죽였단 사실을 알고 있습니다. 다만, 제 체면을 생각해 그냥 넘어가기로 한 거지요."

유건은 그 순간, 등줄기에 식은땀이 주르륵 흘러내렸다.

◆ ◈ ◆

유건은 창백한 표정으로 물었다.

"홍미노조가 대체 어떻게 알았다는 겁니까?"

"공자님을 믿지 못한 홍미노조가 옥로경에 수작을 부려 두었습니다. 이안술(利眼術)이란 관구족의 고명한 법술이지요."

"어떤 법술이오?"

"법보에 이안술을 펼치면 그 법보가 눈의 역할을 합니다. 즉, 옥로경을 통해 공자님의 행동을 훔쳐볼 수 있단 뜻이지요."

유건은 흠칫해 물었다.

"설마 옥로경을 지니고만 있어도 훔쳐볼 수 있는 거요?"

자오진인은 고개를 저었다.

"그렇진 않습니다. 옥로경을 사용해야지만 훔쳐볼 수 있습니다."

유건은 옥로경을 언제 사용했는지 천천히 떠올려 보았다.

첫 번째는 용암 연못이 있는 공터에 잠입할 때였다.

그리고 두 번째는 규옥이 솔풍자 쪽으로 은밀히 접근했을 때였다.

마지막은 용암 연못 밑으로 내려갈 때였다.

용암이 발산하는 열기로부터 몸을 보호하기 위해 건마종과 같이 사용했었다.

즉, 홍미노조는 이안술을 써서 그가 솔풍자를 죽이고 화린검을 얻은 정황을 알아낼 만한 충분한 단서를 확보한 셈이었다.

한데 문제가 한 가지 있었다.

유건이 옥로경을 계속 사용한 게 아니어서 이안술에 중간중간 끊긴 부분이 있단 점이었다.

홍미노조는 그 끊긴 부분을 확인하기 위해 뇌력으로 현장을 샅샅이 조사했다.

또, 눈빛으로 유건을 압박해 보기도 하였다.

그러나 미리 현장을 깨끗이 정리해 둔 데다, 홍미노조의 법력이 실린 눈빛에 흔들리지 않아 위기에서 벗어날 수 있었다.

어쨌든 이안술을 펼친 옥로경이 용암 연못 속에서 부서진 탓에 더는 그의 수중에 있지 않단 점은 참으로 다행이었다.

유건은 안도의 숨을 내쉬었다.

"홍미노조가 정말 자오영감의 체면을 생각해 거짓말을 한 나를 그냥 놔둔 모양이구려. 하마터면 진짜 위험할 뻔하였소."

"선도에선 홍미노조 같은 인물을 가장 경계해야 합니다.

그들은 다음번 말겁을 통과하지 못하면 수천 년을 고행해 쌓은 수행을 잃어버리는 탓에 이런 일에 아주 예민하게 굴지요."

유건은 동의하지 않았다.

"그래도 금골유액을 준단 약속을 지킨 것을 보면 그리 나쁜 자는 아닌 듯하오. 더욱이 금계호로와 같은 보물도 그냥 내주지 않았소? 물론, 영감의 체면을 생각해 그런 거겠지만."

자오진인은 씁쓸한 표정으로 고개를 저었다.

"홍미노조는 제 체면을 생각해 금계호로를 준 게 아닐 겁니다."

"그럼 그 속에 다른 뜻이 있단 거요?"

"금계호로는 대봉관의 보물입니다. 당연히 대봉관으로서는 종파의 보물을 되찾기 위해 온갖 수단을 다 동원할 테지요. 아마 홍미노조는 공자님이 대봉관의 손에 죽길 바라는 심정에서 보물을 순순히 넘긴 것일 겁니다. 간단한 심계지요. 물론, 경험이 없는 수사였다면 꼼짝없이 당했을 것입니다."

유건은 섬뜩한 느낌을 받았다.

그의 옆에 자오진인이 없었다면 그는 금계호로를 계속 들고 다녔을 가능성이 컸다.

나녀혈침반 때문에 한 고생을 또 할 수도 있었단 생각이 들기 무섭게 몸서리가 마구 쳐졌다.

금계호로를 꺼낸 유건은 그 속에 든 금골유액을 특수 용기에 옮겨 담았다.

다 옮겨 담은 후엔 용기를 규옥에게 건넸다.

"금골유액으로 근골을 튼튼하게 하는 영약을 만들어라."

"예, 공자님."

규옥은 이미 생각해 둔 약방이 몇 개 있는 모양이었다.

바로 용기를 들고 영목낭으로 돌아갔다.

금골유액과 같은 보물로 만든 영약은 유건 일행의 수행에 큰 도움을 줄 수 있었다.

유건은 빈 금계호로를 다시 법보낭에 넣었다.

그의 행동을 지켜본 자오진인은 뭔가 할 말이 있는 눈치였다.

그러나 그의 표정이 심상치 않은 모습을 보곤 바로 입을 다물었다.

유건은 법술을 써서 화린검을 단전 밖으로 빼냈다.

"어떤 물고기를 본떠 만든 검인지 알겠소?"

자오진인은 천성적으로 호기심이 많은 수사였다.

바짝 다가선 그는 뇌력을 이용해 화린검 안팎을 세밀하게 조사했다.

잠시 후, 자오진인이 놀라 소리쳤다.

"백린해화리(白鱗海火鯉)로 제련한 검이 틀림없습니다!"

"백린해화리는 처음 듣는데 어떤 영물이오?"

"천구해에 살았던 1품 악수지요. 백린해화리는 해저 화산의 용암 지대 깊은 곳에서 불의 정화를 흡수해 가며 성장하기 때문에 몸에 아주 강력한 불 속성 기운을 지니고 있습니다. 성체가 되면 몸길이가 10리에 달해 당시엔 마음먹고 한번 움직이면 지진이 일고 화산이 폭발한단 말까지 있었지요."

유건은 새삼스러운 눈으로 화린검을 바라보며 물었다.

"천구해에 살았던 1품 악수라면 지금은 멸종됐단 거요?"

"그렇습니다. 백린해화리는 마경족을 해양 쪽에서 위협하던 유일한 적이었습니다. 그 때문에 마경족 수사들이 백린해화리가 살던 본거지를 급습해 한 마리도 살려 두지 않았지요."

"그렇다면 마경족이 그때 잡은 백린해화리 중 하나로 석화동의 용암 연못 속에서 제련하던 검일 가능성이 가장 크겠구려."

자오진인도 동의했다.

"저도 공자님과 같은 생각입니다. 아마 마경족이 초인족을 물리치기 위해 백린해화리가 지닌 비늘과 불 속성 기운으로 제련하던 보물일 것입니다. 다만, 보물을 완성하기 전에 초인족이 쳐들어오는 바람에 사용할 기회가 없었던 거겠지요."

자오진인은 이어 화린검의 비늘이 주홍빛인 이유를 설명했다.

"비늘이 주홍빛인 이유는 용암 연못 속에 함유된 유황열독의 침식을 받아서 그렇습니다. 용암 연못 속에 순수한 불 속성 기운만 있었다면 계속 하얀 비늘을 유지했을 것입니다."

"그럼 손잡이만 여전히 하얀색 이유는 유황열독에 침식을 받지 않아서요? 손잡이 안에 들어 있는 하얀 불꽃의 영향으로?"

"그렇습니다. 그리고 손잡이 속의 하얀 불꽃이야말로 마경족이 전력을 다해 백린해화리를 멸족시킨 이유이기도 하지요."

유건은 자세를 고쳐 앉았다.

"자세히 말해 보시오."

"마경족이 백린해화리를 두려워한 이유는 악수가 분출하는 백린화염(白鱗火焰)이 수사의 뇌력을 잡아먹기 때문입니다."

유건은 고개를 끄덕였다.

그가 손잡이에 든 하얀 불꽃을 조사하기 위해 뇌력을 약간 집어넣었을 때, 갑자기 불꽃이 달려들어 뇌력을 불태웠다.

자오진인의 설명이 이어졌다.

"아마 비늘에 녹아든 유황열독을 몰아내기만 하면 손잡이 속에 든 하얀 불꽃으로 적의 뇌력을 불태울 수 있을 것입니다."

유건이 원하던 대답이었다.

잠시 후, 화린검을 단전으로 흡수한 유건이 물었다.

"관구족 종파 중에서 어디가 가장 강하오?"

"묵호종(墨瑚宗)이 가장 강합니다."

"묵호종의 본거지가 이곳과 머오?"

"팔수족 전송진을 타면 금방입니다."

"좋소. 그쪽으로 갑시다."

유건은 팔수족 유료 전송진을 이용해 다시 관구족 영역으로 돌아갔다.

자오진인 말대로 묵호종은 전송진 근처에 있어 금방이었다.

그는 곧장 묵호종의 국경 지역으로 이동했다.

잠시 후, 유건은 묵호종과 황금초(黃金礁)가 국경을 맞댄 지역에 세워진 작은 수중 도시인 운생동(雲生洞)에 도착했다.

운생동은 거대한 암초를 파내 건설한 수중 도시였다.

천장에 설치한 방수 결계를 제외하면 지상 도시와 별 차이가 없었다.

안에 산도 있고 강도 있고 작은 마을도 여러 개 있었다.

운생동은 묵호종과 황금초 수사 외에도 관구족에 속한 여러 종문 수사들이 쉬어 가는 도시여서 항상 붐비기로 유명했다.

운생동에서 남쪽으로 10리만 내려가면 묵호종이 나왔다.

자연히 운생동의 모든 상업 시설은 묵호종의 입김 아래 있었다.

묵호종은 지름이 1만 리에 달하는 거대한 검은 산호초 내부에 자리한 종파였다.

검은 산호초를 위에서 내려다보면 검은 초승달 두 개가 양 끝을 붙이고 바라보는 듯한 형태였다.

묵호종은 수사의 수가 80만에 달하는 대종문으로 수천 년 동안 묵호종의 장문인이 관구족의 족장을 겸임하는 중이었다.

당연히 강자의 수도 많아 알려진 장선 후기 최고봉 수사만 다섯 명에 달했다.

원래 종파가 보유한 장선 수사의 숫자는 최고 기밀 사안이었다.

상대가 종파의 장선 수사보다 더 많은 장선 수사를 동원할 경우, 패할 수밖에 없어서였다.

그런 이유로 모든 종파는 장선의 숫자를 조금씩 줄여 발표했다.

당연히 묵호종도 마찬가지였다.

세간에 알려진 것보다 더 많은 장선 후기 최고봉 수사가 있을 가능성이 컸다.

유건은 강자들이 넘쳐 나는 묵호종 세력권 안에 발을 들여놓을 마음이 전혀 없었다.

이런 일에 목숨을 걸고 싶진 않았다.

유건은 자오진인에게 물었다.

"운생동에 공선 수사들이 이용하는 경매장이 있소?"

"제가 알기론 한군데 있습니다. 묵호종이 설립한 상회인 담양회(潭陽會)가 운생동 남쪽에 경매장을 하나 운영 중입니다. 상회는 경매장을 운영할 때 보통 경지를 구분 지어 운영하는 경우가 많아 공선만 이용하는 경매장도 있을 것입니다."

"그럼 준비한 후에 그쪽으로 가 봅시다."

자오진인을 영목낭으로 불러들인 유건은 적당한 곳을 찾아 무광무영복으로 은신했다.

건마종을 용암 연못에서 잃어버리는 바람에 이젠 은신 법보가 무광무영복 하나만 남았다.

유건은 은신한 상태에서 꼬박 사흘을 기다렸다.

그때, 앞에 있는 언덕에서 하얀 옷을 입은 공선 중기 수사 두 명이 나타나 빠른 속도로 그가 은신한 장소로 날아왔다.

유건은 안력을 높였다.

그 즉시, 공선 중기 수사 두 명의 왼쪽 가슴 위에 수놓아진 길고 가느다란 붉은 눈썹 문양이 시야에 들어왔다.

바로 그가 사흘 동안 찾던 자들이었다.

신형을 드러낸 유건은 홍쇄검을 범종으로 만들어 중력을 무겁게 만들었다.

"앗!"

"뭐, 뭐지?"

공선 중기 수사 두 명은 반항해 볼 새도 없이 엄청나게 무거워진 중력에 짓눌려 땅바닥에 쿵쿵 소리를 내며 처박혔다.

공선 중기 수사 두 명은 온갖 방법을 다 동원해 무거워진 중력에서 벗어나려 들었다.

그러나 오히려 몸부림칠수록 압력이 더 강해졌다.

급기야 뼈가 살갗을 뚫고 튀어나왔다.

유건은 그 틈에 홍쇄검을 두 개로 갈라 쏘아 보냈다.

두 개로 갈라진 홍쇄검이 공선 중기 수사 두 명의 단전을 꿰뚫었다.

단숨에 공선 중기 수사 두 명을 없앤 유건은 그쪽으로 내려가 원신 하나는 없애고 남은 원신으로는 복신술을 펼쳤다.

복신술을 이용해 견조(堅調)란 이름의 관구족으로 위장한 유건은 시체를 없앤 후에 담양회가 운영하는 경매장을 찾았다.

그가 위장한 견조는 바로 홍미봉궁의 수사였다.

견조는 홍미봉궁에서 지위가 낮은 편에 속했으나 지금은 별 상관없었다.

그와 자오진인이 힘을 합쳐 개조한 새로운 복신술은 다른 종족으로 변신이 가능하단 점 외에 장점이 하나 더 있었다.

바로 비술을 쓰지 않고도 위장한 대상과 일치하도록 경지를 조정할 수 있단 점이었다.

덕분에 유건은 경지를 공선 후기에서 중기로 낮춰 견조로 완벽하게 위장하는 데 성공했다.

담양회가 운영하는 경매장에 도착한 유건은 주위를 둘러봤다.

너른 벌판에 반구형 건물 10여 채가 드문드문 서 있었다.

유건은 그중 공선 중기 수사가 많이 찾는 노란색 반구형 건물로 향했다.

건물 앞엔 담양회 수사들이 검색 법보로 문을 지나는 수사들을 검문하는 중이었다.

종족, 경지, 신분 등을 속이고 경매장에 들어가려는 자를 잡기 위해서였다.

유건은 복신술을 신뢰했다.

그는 당당히 문 쪽으로 걸어갔다.

곧 공선 후기 수사가 다가와 검색 법보로 그의 몸을 훑었다.

그 즉시, 검색 법보 위에 동그란 입체 화면이 둥실 떠올라 유건의 경지와 종족, 신분 등의 정보를 상세히 출력했다.

예상대로 검색 법보 화면에는 유건이 관구족 홍미봉궁 소속의 공선 중기 수사인 견조라는 이름으로 나와 있었다.

완벽한 성공이었다.

유건은 당당한 걸음으로 문을 통과해 반구형 건물 안으로 들어갔다.

반구형 건물은 건물 자체가 일종의 봉쇄 진법이었다.

들어온 문을 제외한 다른 곳으로는 출입할 수 없었다.

곧 경매장 입구 쪽에서 아름다운 여수사가 걸어 나와 물었다.

"어떤 방으로 안내해 드릴까요?"

"개인 방으로 주게."

"저를 따라오시죠."

유건은 여수사를 따라 앞이 유리로 된 개인 방으로 들어갔다.

여수사가 탁자에 선차를 내려놓았다.

"여기서 잠시 기다리시면 경매회가 곧 열릴 겁니다."

"안내해 주어 고맙네. 이건 안내해 준 데 대한 보답일세."

유건은 주머니에 오행석을 10여 개 담아 건넸다.

주머니가 두둑한 것을 확인한 여수사가 전보다 더 친절하게 응대했다.

"궁금한 점이 있으신지요?"

"혹시 낙찰받은 물건의 값을 오행석이 아닌, 다른 물건으로도 치를 수 있는가? 이를테면 그와 상응하는 보물로 말일세."

"물론이지요. 저희 담양회 경매장에는 실력이 뛰어난 감정 수사가 상주하고 계십니다. 감정 수사가 보물의 가치를 감정하면 그때부터는 그 보물을 오행석처럼 사용할 수 있습니다."

"오, 그렇단 말이지. 그럼 당장 감정 수사에게 날 데려다주게."

"저를 따라오시지요."

유건은 여수사를 따라 경매장 안쪽에 있는 비밀 방으로 들어갔다.

비밀 방에는 대머리 노인과 중년 여인이 앉아 있었다.

유건은 대머리 노인 앞에 금계호로를 턱 내려놓았다.

"지금 당장 이 보물의 가치를 감정받고 싶소."

대머리 노인의 눈이 찢어질 것처럼 커졌다.

"이, 이건?"

"감정을 할 거요, 말 거요? 안 할 거면 다른 곳으로 가겠소."

흠칫한 대머리 노인은 중년 여인과 뇌음을 나누었다.

잠시 후, 대머리 노인이 일어나 공수했다.

"송구합니다만 이 보물은 저희가 감정할 수 없는 물건입니다."

"알겠소."

유건은 별말 없이 금계호로를 챙겨 방을 나왔다.

그때, 귓전에 노인의 늙수그레한 목소리가 들려왔다.

"보물을 나에게 파는 건 어떤가?"

"노인장은 누구요?"

"이 경매장의 책임자일세."

"얼마까지 줄 수 있소?"

"보물을 보물로 교환하는 건 어떤가?"

유건은 잠시 생각한 후에 대답했다.

"내가 원하는 보물이 있다면 거래하겠소."

"이번에 경매할 물건을 먼저 관람할 기회를 주겠네."

유건은 노인이 시키는 대로 구불구불한 통로를 한참 지나갔다.

잠시 후, 그는 이번 경매에 나갈 물건이 진열되어 있는 비밀 창고 문 앞에 도착했다.

노인이 미리 수를 써 놓은 듯 엄중한 경계가 이루어지던 비밀 창고의 문이 활짝 열려 있었다.

2장. 도겁

유건은 성큼성큼 걸어 들어가 안을 둘러보았다.

수백 종이 넘는 경매품이 거대한 창고를 가득 메울 정도로 쌓여 있었다.

수사에게 이보다 더 흥분되는 장소는 없을 듯했다.

유건은 경매품 사이를 걸어가며 그가 찾는 물건이 있는지 살폈다.

다행히 찾는 데 그렇게 오랜 시간은 걸리지 않았다.

그건 바로 화린검의 유황열독을 제거하는 데 필요한 재료였다.

자오진인이 세 번째 선반에 있는 영목을 가리켰다.

"이런 수준 낮은 경매장에 청율세독수(靑栗洗毒樹) 같은 영목이 있을 줄은 몰랐습니다. 수령(樹齡)이 낮은 게 좀 흠이긴 해도 유황열독을 2할 정도는 씻어 낼 수 있을 것입니다."

청율세독수는 파란 밤송이가 달린 반 장 크기의 밤나무였다.

청율세독수를 머리에 담아 둔 유건은 더 안으로 들어갔다.

그때, 이번에는 규옥이 뇌음을 보내왔다.

"공자님, 오른쪽 두 번째 선반에 있는 노란 꽃을 보셨습니까?"

"봤다."

"좌불화(坐佛花)란 영화인데 다른 재료와 섞어 세보단(洗寶丹)으로 만들면 독에 오염된 법보를 정화할 수 있습니다."

유건은 규옥이 말한 좌불화를 유심히 살펴보았다.

과연 황금색 꽃잎 위에 부처가 앉아 있는 모양의 검은 무늬가 있었다.

그 후로도 비밀 창고에 진열된 경매품을 자세히 살펴보았다.

그러나 청율세독수와 좌불화 외에는 쓸 만한 재료가 없었다.

어차피 금계호로를 이용해 부귀영화를 누릴 생각은 없었다.

유건은 비밀 창고 입구로 돌아가 왼쪽 허공을 보았다.

"금계호로를 청율세독수와 좌불화로 교환하겠소."

그때, 왼쪽 허공에 투명한 파문이 동심원을 그리며 퍼져 나갔다.

노인이 약간 당황한 목소리로 물었다.

"내가 숨어 있는 곳을 어찌 알았는가?"

"그게 뭐 대단한 일이라고 그러시오."

"생각보다 눈썰미가 뛰어난 친구군."

"그보다 거래는 어떻게 할 거요?"

"금계호로의 출처를 생각하면 내가 좀 밑지는 장사이긴 하
지."

"안 할 거면 가 보겠소."

"어허, 뭘 그리 서두르시는가. 거래란 게 원래 양측이 원만한
협의를 통해 합의점을 찾아가는 데 그 묘미가 있는 법이라네."

그러나 유건은 합의점을 찾을 생각이 전혀 없었다.

유건이 돌아서기 무섭게 노인이 뇌음을 보냈다.

"성미 한번 급하군. 알겠네. 그 두 물건으로 금계호로를 교
환하지. 물론, 자네도 알겠지만, 우리와 한 거래를 절대 비밀
에 부쳐야 하네. 그래야 나도 살고 자네도 살 수 있을 것이네."

"내 쪽은 걱정하지 마시오."

유건은 그 자리에서 바로 청율세독수와 좌불화를 금계호
로와 교환했다.

금계호로가 진품임을 확인한 노인은 돌아가는 길을 알려
주었다.

비밀 창고가 있는 경매장 뒤편은 진법이 복잡하게 펼쳐져
있어 생문을 모르면 빠져나가지 못했다.

경매장으로 돌아온 유건은 자리에 앉아 경매가 열리길 기다렸다.

잠시 후, 금계호로를 감정하던 대머리 노인이 원형 경매장 가운데 있는 연단 위에 나타나 경매 시작을 알렸다.

경매장을 가득 메운 수사들은 대머리 노인이 경매품을 꺼낼 때마다 환호성을 크게 지르며 경매의 열기에 점점 취해 갔다.

유건은 그 틈에 경매장을 조용히 빠져나갔다.

이미 오선 중기 수사의 경지에 버금가는 능력을 지닌 그는 공선 수사가 쓰는 재료나, 법보, 영약이 눈에 차지 않았다.

경매장과 거리를 벌린 유건은 천천히 비행하며 은밀한 장소를 찾았다.

가는 도중, 경매장에서 구한 청율세독수와 좌불화는 바로 규옥에게 넘겼다.

연단 실력이 뛰어난 규옥은 청율세독수와 좌불화로 독을 정화하는 영단을 만들 수 있었다.

유건은 폭포가 흐르는 계곡으로 내려가 주위를 둘러보았다.

그때, 뒤에서 붉은 섬광이 번쩍하며 2남 1녀가 나타났다.

유건은 한껏 놀란 표정으로 2남 1녀를 바라보았다.

2남 1녀는 수염을 기른 사내와 살이 찐 중년 여인, 키가 여인의 절반밖에 되지 않는 난쟁이 노인으로 이루어져 있었다.

그들 중 수염을 기른 사내만 공선 후기였고 나머지 둘은 공선 중기였다.

그리고 셋 다 모양은 제각각이지만, 정수리에 관을 매단 모습을 봐서는 관구족 수사임이 틀림없었다.

유건은 뒷걸음질을 치며 떨리는 목소리로 소리쳤다.

"다, 당신들은 설마 담양회 경매장에서 나온?"

난쟁이 노인은 낄낄거리며 경박하게 웃었다.

"흐흐, 이 세상에서 비밀을 지키는 가장 쉬운 방법이 뭔지 아느냐? 바로 비밀을 아는 자의 수를 계속 줄여 나가는 것이지."

유건은 떨리는 목소리로 물었다.

"이, 이러지 마시오. 나, 나는 홍미봉궁의 정식 문도란 말이오. 당신들이 날 죽이면 홍미노조께서 그냥 두지 않을 거요!"

난쟁이 노인은 재수 옴 붙었단 표정으로 자기 이마를 쳤다.

"염병할, 이번 내기도 돈 선자(豚仙子)가 이겼군!"

그때, 돈 선자라 불린 중년 여인이 수염 난 사내와 난쟁이 노인에게 손을 내밀었다.

수염 난 사내는 고개를 절레 저으며 검은 수정으로 만든 법보를 중년 여인의 손에 올려놓았다.

불만이 많은지 투덜투덜하던 난쟁이 노인도 오행석이 가득든 주머니를 꺼내 돈 선자가 내민 손바닥 위에 올려놓았다.

전리품을 챙긴 돈 선자가 살이 찐 손으로 입을 가리며 웃었다.

"호호, 두 분도 언젠간 내기에서 이길 날이 오겠지요."

난쟁이 노인은 가래침을 퉤 뱉으며 성질을 부렸다.

"내기에서 이기기 전에 이 몸이 먼저 관짝에 들어가겠소이다."

유건은 몸을 사시나무처럼 떨며 물었다.

"나, 나를 두고 내기를 한 거요?"

난쟁이 노인은 킥킥대며 웃었다.

"크크크, 우리 셋은 네놈이 어떻게 나올지를 두고 내기를 하였지. 난 네놈이 울면서 싹싹 빌 거라 했었고 내기에서 이긴 돈 선자는 네놈이 홍미봉궁을 들먹인 다에 걸었지. 물론, 오 수사(吳修士)께서는 우리 같은 아랫것들과 달리 인품이 고매하셔서 그런지 네놈이 싸울 거라고 예상하셨지."

오 수사라 불린 수염 사내가 난쟁이 노인을 슬쩍 째려보았다.

움찔한 난쟁이 노인은 바로 비굴한 표정을 지어 보였다.

"헤헤, 이놈은 어떻게 할까요? 제가 처리할까요?"

오 수사는 가타부타 말이 없었다.

돈 선자는 유건이 허리춤에 찬 법보낭 두 개와 갈색 영목낭만을 뚫어지게 쳐다보았다.

난쟁이 노인은 승낙을 받았다고 여겼는지 바로 법술을 펼쳤다.

회색 뱀장어로 변신한 난쟁이 노인은 곧장 유건을 덮쳤다.

겁에 질린 표정으로 물러서던 유건이 갑자기 동작을 멈췄다.

난쟁이 노인은 그 모습을 보고 웃어 젖혔다.

"크하하하, 왜 겁이 나서 몸이 굳기라도 한 것이냐? 역시 네놈 같은 우물 안 개구리는 실전에서 한없이 약하다니까."

그때, 유건의 겁에 질린 표정이 갑자기 담담하게 변했다.

"난 우물 안 개구리치고는 꽤 강한 편이지."

유건은 천수관음검법을 펼쳐 몸을 1장으로 키웠다.

공선 후기부터는 숙련도가 높아져 크기를 자유롭게 조정할 수 있었다.

유건이 허세를 부리는 줄 안 난쟁이 노인은 코웃음을 치며 뱀장어 꼬리를 흔들었다.

그 순간, 회색 벼락이 유건의 머리에 떨어졌다.

그때, 유건이 가느다란 불티로 변해 회색 벼락을 관통했다.

바로 전광석화를 전력으로 펼친 결과였다.

"우, 우릴 속였구나!"

난쟁이 노인은 겁에 질려 동료들 쪽으로 달아났다.

그러나 난쟁이 노인이 아무리 빨라도 전광석화보다 빠를 수는 없었다.

전광석화를 펼쳐 따라붙은 유건은 선문으로 뒤덮인 두 팔로 회색 뱀장어의 양턱을 틀어쥐고 힘을 주어 홱 잡아당겼다.

"크아아악!"

회색 뱀장어는 머리부터 발끝까지 두 쪽으로 갈라져 떨어졌다.

유건은 눈으로 전광석화 불광을 불꽃처럼 쏴서 사체를 태웠다.

그때, 뱀장어 사체 속에서 새끼 거북 한 마리가 튀어나왔다.

난쟁이 노인의 원신이었다.

귀신이라도 본 사람처럼 얼굴이 새하얗게 질린 새끼 거북이 순간 이동을 펼쳐 달아났다.

그러나 유건이 그걸 그냥 둘 리가 없었다.

그는 사자후로 음파 고리를 발사해 난쟁이 노인의 원신을 허공에 묶어 두었다.

뒤늦게 동료의 위기를 눈치채고 날아오던 오 수사와 돈 선자는 난쟁이 노인의 참혹한 죽음을 보기 무섭게 바로 달아났다.

유건은 전광석화를 펼쳐 돈 선자 쪽으로 먼저 날아갔다.

위기를 직감한 돈 선자는 순식간에 10장 크기의 거북으로 변신해 머리와 팔, 다리를 회색빛이 흐르는 등딱지 속에 숨겼다.

"흥."

코웃음을 친 유건은 빙혼검을 꺼내 등딱지를 찔렀다.

그 즉시, 빙혼검의 한기가 등딱지를 거대한 얼음덩어리로 만들었다.

유건은 손가락으로 전광석화 불꽃을 발사해 얼음덩어리로 변한 등딱지를 깨트렸다.

10장 크기의 등딱지가 수천만 개의 조각으로 부서져 흩어지는 데 걸린 시간은 촌각에 불과했다.

돈 선자의 원신을 사자후의 음파 고리로 묶어 둔 유건은 고개를 돌려 도망친 오 수사의 행방을 찾았다.

오 수사는 세 수사 중 가장 강자답게 벌써 10여 리 밖을 날아가는 중이었다.

"전이면 포기했을 테지. 하지만 지금은 아니야."

유건은 칠엽비익의 날개 일곱 개를 동시에 흔들었다.

그 순간, 마치 순간 이동하듯이 거리가 쭉쭉 좁혀졌다.

더구나 전광석화를 같이 펼치는 중이어서 그 속도는 상상을 초월했다.

오 수사는 뒤를 돌아볼 때마다 거리가 반씩 줄어드는 모습을 보고 비장한 표정으로 돌아섰다.

속도 경쟁에서 이길 수 없다면 정면 대결을 통해 활로를 모색해 보는 수밖에 없었다.

오 수사는 곧장 의인화를 풀어 15장 크기의 거북으로 변신했다.

또, 방어 법보 10여 개로 단단한 방어막을 구축했다.

일단, 시간을 끌면서 다른 수사에게 도움을 청할 계획이었다.

그러나 오 수사의 이런 선택은 더 이른 죽음을 불러왔다.

오 수사 지척에 다다른 유건은 빙혼검, 목정검, 홍쇄검, 화린검을 동시에 펼쳤다.

이곳은 운생동 안 계곡이었다.

인적이 드물기는 해도 언제 다른 수사가 나타날지 모를 일이었다.

빙혼검은 얼음 화살을 발사해 오 수사를 공격했다.

목정검은 수만 개의 나무뿌리로 발버둥을 치는 오 수사를 결박했다.

범종으로 변신한 홍쇄검은 주변 중력을 갑자기 무겁게 만들었고 화린검은 주홍빛 불티 수천 개를 우박처럼 쏟아부었다.

네 비검의 협공은 오선 초기 수사도 버거워할 정도였다.

당연히 공선 후기 경지에 불과한 오 수사야 더 말할 필요가 없었다.

"으아악!"

비명을 지른 오 수사는 나무뿌리에 단단히 결박당한 상태에서 얼음 화살, 금 속성 검기, 주홍빛 불티에 뒤덮여 폭발했다.

물론, 오 수사의 원신도 도망치지 못했다.

유건이 미리 사자후 음파 고리로 묶어 둔 탓이었다.

유건은 바로 백팔음혼마번 부기 세 개를 꺼내 그 안에 갇혀 고통스러워하는 원혼 세 개를 풀어 주었다.

자유를 얻은 원혼들은 감사의 절을 올리고 나서 서쪽 하늘 위로 날아갔다.

유건은 원혼이 떠난 부기에 오 수사, 돈 선자, 난쟁이 노인의 원신을 넣었다.

자신의 운명을 직감한 원신들은 울고불고 생난리를 부렸다.

그러나 그는 주저하는 기색이 전혀 없었다.

작업을 마친 다음에는 백팔음혼마번을 펼쳐 보았다.

백팔음혼마번의 위력을 확인해 보기 위해서는 아니었다.

백팔음혼마번을 펼친 후에 일어나는 몸의 변화를 조사하기 위해서였다.

백팔음혼마번을 회수한 유건은 몸의 변화를 세밀하게 관찰했다.

다행히 전처럼 살갗 속을 기어 다니는 벌레 같은 것은 눈에 띄지 않았다.

등선도에서 회색 마기를 흡수한 다음부터는 백팔음혼마번을 펼쳐도 몸에 이상 반응이 없었다.

'몸에 마기를 가지고 있는 것은 꺼림직하지만 백팔음혼마번의 부작용을 걱정할 필요가 없다는 점은 마음에 쏙 드는군.'

현장을 깨끗이 정리한 유건은 바로 운생동을 떠났다.

며칠 후, 그는 유료 전송진을 이용해 팔수족 영역으로 넘어갔다.

팔수족은 이 근방에서 가장 큰 종족으로 내부에 성해 외곽으로 이어지는 대형 전송진이 있었다.

유건은 오행석 1천 개와 홍미패로 팔수족 대형 전송진에 올라 성해로 향했다.

영목낭에 머무르던 자오진인이 오랜만에 뇌음을 보냈다.

"금계호로를 묵호종이 관리하는 담양회 쪽 경매장에 판 것은 금계호로가 묵호종의 손에 들어가길 원하셨기 때문입니까?"

"그렇소."

자오진인은 말없이 고개를 끄덕였다.

금계호로가 유건 손에 있다면 이번 분쟁은 관구족 홍미봉 궁과 옥두족 대봉관 사이의 사소한 분쟁으로 끝날 수 있었다.

그러나 금계호로가 관구족 족장을 배출한 묵호종 손에 들 어감에 따라 전황이 어떤 식으로 흘러갈지 예측할 수 없게 되었다.

애들 싸움이 어른 싸움으로 커지는 건 일도 아니었다.

유건을 건드린 건 홍미봉궁의 홍미노조 하나지만 그는 그 보복으로 홍미봉궁이 속한 관구족 전체를 엿 먹이려 들었다.

그는 하나를 당하면 열 배로 갚아 주는 성격이 분명했다.

여러 가지 문제로 인해 성해 안으로 직접 들어가는 전송진 은 없었다.

유건도 성해 바깥에서 비행술을 펼쳐 진입했다.

그렇게 하루를 날아갔을 때였다.

맑은 하늘에 갑자기 금빛 등딱지 형태의 뇌전이 쿠르릉 소 리를 내며 바다에 떨어졌다.

그가 무슨 일인가 싶어 지켜보는데 자오진인이 뇌음을 보 냈다.

"공자님, 저를 빨리 내보내 주십시오!"

"왜 그러시오?"

"저 앞에서 제 동족이 곤란에 처한 것 같습니다."

유건은 점점 굵어지는 금빛 뇌전을 바라보며 물었다.

"그럼 저 금빛 뇌전은 설마?"

"추측하신 게 맞습니다. 저 등딱지 형태의 금빛 뇌전은 제 동족이 도겁을 치를 때 나타나는 가장 대표적인 현상입니다."

"알겠소. 바로 내보내 주겠소."

유건은 자오진인을 영목낭에서 꺼내 주었다.

밖으로 나온 자오진인은 다급한 표정으로 금빛 뇌전이 치는 바다로 날아갔다.

유건도 가만있을 수 없어 앞서가는 자오진인을 급히 쫓았다.

◆ ◈ ◆

도겁이든, 천겁이든 당사자 외에는 영향을 받지 않았다.

지금도 마찬가지였다.

유건과 자오진인이 가까이 접근했음에도 금빛 뇌전은 그들을 지나쳐 수면 쪽으로 곧장 낙하했다.

유건은 안력을 높여 뇌전이 향하는 지점을 확인했다.

수면에 3장 크기의 황금색 거북이 떠 있었다.

황금색 거북은 하늘에서 등딱지 형태의 금빛 뇌전이 떨어질 때마다 몸을 사시나무처럼 떨며 목청이 걱정될 정도로 비명을 질렀다.

자오진인은 길게 탄식했다.

"이렇게 위험한 곳에서 도겁 중인 동족이 있을 줄은 몰랐습니다. 다행히 우리가 제때 도착해 화를 피할 순 있겠군요."

유건은 뇌력으로 주변을 훑었다.

100장 너머에 다양한 경지의 수사 10여 명이 숨어 있었다.

또, 그 반대쪽에선 저계 해양 악수 몇 마리가 접근 중이었다.

뇌력을 거둔 유건이 물었다.

"숨어 있는 놈들 때문에 서두른 거요?"

"그렇습니다. 도겁할 땐 천도(天道)를 거스르는 게 두려워 건드리지 못해도 도겁이 끝난 후엔 해를 가할 수 있으니까요."

"놈들의 정체를 아시오?"

자오진인은 눈에서 살기를 뿜어냈다.

"저희 금갑족과 원수지간인 은무족(銀武族) 놈들입니다. 아마 도겁에 실패하면 사체를 가져가 법보로 제련하고 도겁에 성공하면 그 자리에서 바로 죽이려고 했을 겁니다. 저들로서는 싹이 꽃을 피우기 전에 잘라 버리는 게 이득이니까요."

자오진인은 곧 방대한 법력을 발산하며 은무족 수사들 쪽으로 날아갔다.

64

유건도 주변을 경계하며 자오진인을 따라갔다.

은무족 수사들은 대부분은 공선, 입선이었다.

그들은 자오진인을 보기 무섭게 꽁지가 빠지게 도망쳤다.

금갑족의 사체를 노리던 해양 악수들도 자오진인의 기세에 놀라 달아났다.

자오진인이 여전히 긴장을 풀지 않은 목소리로 뇌음을 보냈다.

"도겁이 절정으로 치달으면 좀 더 강한 적들이 나타날 겁니다."

"어떻게 할 생각이오?"

"일단, 도겁 중인 아이 주변에 진법부터 설치해 둬야겠습니다. 진법을 설치한 다음에는 상황을 봐 가며 대처해야겠지요."

"나도 돕겠소."

"그래 주시면 저야 감사하지요."

자오진인은 바로 금빛 뇌전이 떨어지는 수면 주위에 강력한 방어 진법을 설치했다.

유건은 그동안 그 주변을 순찰했다.

그때, 하늘에서 떨어지던 금빛 뇌전의 수가 급격히 증가했다.

처음에는 한두 개씩 떨어지던 것이 지금은 10여 개가 한 번에 떨어져 마치 뇌전이 다발을 이룬 것처럼 보였다.

유건은 황금색 거북이 걱정되어 급히 그쪽으로 시선을 돌렸다.

다행히 황금색 거북은 아직까진 잘 참아 내는 중이었다.

"옵니다!"

자오진인의 뇌음을 들은 유건은 바로 천수관음검법을 펼쳤다.

30장까지 몸을 키운 유건은 팔 열여섯 개를 합쳐 만든 거대한 검으로 파도가 들썩이는 바다 위를 수직으로 찔러 갔다.

물살을 가르며 바다를 뚫고 들어간 거대한 검은 그곳에 숨어 있던 7품 문어 악수를 수직으로 관통했다.

문어 악수는 싯누런 피를 흘리며 쪼개져 바닷속 깊은 곳으로 가라앉았다.

한데 이는 시작일 뿐이었다.

도겁이 절정으로 치달을수록 좀 더 품계가 높은 해양 악수가 모여들었다.

또, 접근하는 수사들의 경지도 점점 높아졌다.

유건은 결국, 비검 네 자루를 전부 꺼내 몰려드는 적을 상대해야 했다.

울창한 숲으로 변한 목정검이 철벽처럼 그를 지키는 동안, 빙혼검은 얼음 장창으로 변해 바다를 폭격했다.

바닷속에 숨어 공격해 오던 악수 대여섯 마리가 얼음 장창에 그대로 꿰뚫려 심해로 가라앉았다.

유건은 내친김에 빙혼검을 거대한 빙산으로 만들어 해양

악수의 접근을 차단했다.

한데 그때였다.

오선 초기 수사와 공선 후기 수사가 나타나 그를 기습했다.

오선 초기 수사는 간사한 인상의 중년 사내였고 공선 후기 수사는 얼굴에 땟국물이 줄줄 흐르는 추레한 노인이었다.

"가랏!"

유건은 홍쇄검과 화린검을 동시에 날려 보냈다.

홍쇄검 108자루가 검붉은 검기를 거미줄처럼 발사해 중년 사내를 붙잡아 두는 동안, 화린검이 주홍빛 불티 수천 개를 우박처럼 쏟아부어 추레한 노인을 쉴 틈 없이 몰아붙였다.

그러나 둘 다 실력이 대단해 단숨에 승부를 가리기 힘들었다.

유건은 고개를 돌려 자오진인 쪽의 상황을 확인했다.

자오진인은 목이 자라처럼 길쭉한 오선 후기, 중기 수사 두 명과 치열한 접전을 펼치는 중이라, 이쪽을 도울 여력이 없었다.

쓴웃음을 지은 유건은 금강전을 꺼내 중년 사내 쪽으로 던졌다.

공중에서 10층 전각으로 불어난 금강전은 순식간에 중년 사내를 위에서부터 덮어씌워 옴짝달싹 못 하게 하였다.

그 틈에 홍쇄검을 범종으로 변화시킨 유건은 추레한 노인을 집중적으로 공격했다.

그가 날린 법결을 맞은 범종이 종을 뎅 쳐서 주변 10여 장의 중력을 수십 배 무겁게 만들었다.

갑자기 강해진 중력에 당황한 추레한 노인이 어쩔 줄 몰라할 때였다.

사자후의 음파 고리와 구련보등 연꽃이 연달아 날아가 추레한 노인을 공격했다.

결국, 추레한 노인은 다리 하나를 잃은 상태로 허겁지겁 왔던 방향으로 달아났다.

유건은 금강전에 가둔 간사한 인상의 중년 사내를 몰아붙였다.

중년 사내는 예상보다 강한 그의 실력에 의심스러운 눈빛을 보내다가 갑자기 몸을 돌려 다른 방향으로 달아났다.

'눈치가 빠른 놈이군.'

유건은 자오진인 쪽의 상황을 다시 확인했다.

자오진인의 상대도 그사이 젊은 여인과 허리가 구부정한 노파로 바뀌어 있었다.

이번 상대는 둘 다 오선 후기였다.

자오진인은 결국 참지 못하고 음양태극쌍침을 꺼내 들었다.

그때, 허리가 구부정한 노파가 음양태극쌍침의 무서움을 알아본 듯 곧장 젊은 여인을 검은 상어 영수에 태워 달아났다.

빙혼검을 회수한 유건은 자오진인 쪽으로 날아갔다.

"지금보다 강한 적이 나타나면 우리 둘 다 버티지 못할 거요."

같은 생각을 하던 자오진인은 바로 결정을 내렸다.

"진법의 진핵으로 피신하는 게 좋겠습니다."

그들은 진법의 진핵에 숨어 기다렸다.

도겁은 거의 막바지에 이른 듯 금빛 뇌전 다발이 쉴 새 없이 떨어지는 중이었다.

잠시 후, 이번엔 정말 대단한 강자가 나타났다.

무려 장선 중기 수사가 두 명이나 나타나 방어 진법을 파괴하려 들었다.

자오진인은 이를 부드득 갈았다.

"은무족의 장로들입니다."

유건은 흔들리는 방어 진법을 보며 물었다.

"저런 자들까지 나설 정도로 금갑족의 사체가 중요한 것이오?"

자오진인은 씁쓸한 표정으로 대답했다.

"그 이유는 공자님도 이미 알고 계실 겁니다."

유건은 곰곰이 생각해 보고 나서 물었다.

"그럼 금갑족의 몸에 흐르는 신수 현무의 정혈 때문이란 거요?"

"그렇습니다. 저희 금갑족과 지금 나타난 은무족 등은 성해오족(聖海五族)이라고 해서 다른 구족보다 신수 현무의 정혈을 약간 더 지니고 있습니다. 물론, 도천현무패가 지닌 신수 현무의 정혈에 비하면 양도 아주 적고 순수하지도 못하지만 어쨌든 법보를 제련할 정도의 정혈을 지니고 있지요."

"성해오족의 사체가 지닌 신수 현무의 정혈이 그렇게 귀하다면 도겁하기 전에 찾아내 정혈을 취하는 게 더 편하지 않겠소?"

"도겁이 신수 현무의 정혈과 관련이 크기 때문에 그렇습니다. 다른 신수의 혈통을 이은 종족은 어떤지 모르지만, 저희 구족은 도겁하기 전에는 신수 현무의 정혈이 깨어나지 않습니다. 그리고 도겁하고 나서 며칠이 지나면 다시 잠들어 천겁을 치를 때까지 깨어나지 않습니다. 그래서 성해오족이 도겁할 때나, 천겁할 때를 노려 사체를 얻으려는 겁니다."

유건은 그제야 자오진인이 서두른 이유가 이해 갔다.

지금 도겁하는 중인 금갑족은 천적에 둘러싸인 상태에서 알을 깨고 나오려는 새끼 거북의 처지와 다를 바가 없었다.

만약, 자오진인과 그가 없었다면 새끼 거북은 도겁에 성공하든, 실패하든 천적에 의해 잡아먹힐 수밖에 없는 운명이었다.

그때, 방어 진법에 금이 쩍 가며 은무족 장선 중기 수사의 공격이 진핵에까지 미쳤다.

자오진인은 급히 진핵에 법결을 던져 넣어 부서진 진법을 수리했다.

그러나 한번 금이 가 버린 진법은 수리하는 속도보다 깨지는 속도가 몇 배 더 빨랐다.

그때, 천지를 뒤흔들던 금빛 뇌전이 거짓말처럼 모습을 감추었다.

마침내 그들을 괴롭히던 도겁이 끝났다는 뜻이었다.

유건은 급히 도겁 중이던 황금색 거북의 상태를 확인했다.

황금색 거북은 지금 금빛 뇌전으로 짠 고치에 잠들어 있었다.

"오, 성공한 건가?"

자오진인은 고개를 저었다.

"스스로 고치를 뚫고 나와야지만 성공입니다. 기력이 다해 뚫지 못하면 뇌전이 흩어질 때, 영원히 깨어나지 못하지요."

그러나 그들은 더는 황금색 거북을 신경 쓸 수 없었다.

방어 진법이 쪼개지는 바람에 진핵까지 위험에 처한 탓이었다.

유건은 자오진인을 힐끗 보았다.

한데 자오진인의 표정이 생각보다 아주 담담했다.

마치 비장의 한 수를 아직 꺼내 보이지 않은 자의 표정처럼 보였다.

자오진인은 서쪽 하늘을 보며 짧게 한숨을 내쉬었다.

"후우, 이제야 오시는군요."

그때, 새하얀 깃털 구름 한 조각이 진법 상공에 등장했다.

깃털 구름을 본 은무족 장로들은 바로 진법에서 물러났다.

마치 호랑이를 본 사슴 같았다.

호기심이 인 유건은 목을 쭉 빼고 깃털 구름 위를 확인했다.

깃털 구름 위에 백발을 치렁치렁 길게 늘어트린 홍안의 노파가 인자한 미소를 지은 채 단정한 모습으로 앉아 있었다.

홍안의 노파도 시선을 돌려 유건을 바라보았다.

그 순간, 유건은 몸살이 난 것처럼 몸이 으스스 떨렸다.

'엄청난 강자다. 북십자성의 성주나, 을성선사보다도 더 강해.'

북십자성 성주와 을성선사는 그가 만나 본 가장 강한 수사였다.

한데 이 홍안의 노파가 그들보다 더 강한 기운을 풍겼다.

노파가 은무족 장로들을 돌아보며 미소 지었다.

"최 장로(崔長老), 곡리 장로(谷理長老), 돌아가서 귀족의 족장(族長)에게 이 노파가 안부를 전한다고 전해 주시게."

최 장로와 곡리 장로는 말없이 공수해 보인 후에 곧장 돌아갔다.

그들이 노파를 보고도 달아나지 않은 이유는 하나였다.

노파가 떠나라는 말을 하지 않아서였다.

그들은 마치 사면을 받은 사형수처럼 뒤도 돌아보지 않고 부리나케 내뺐다.

노파를 태운 깃털 구름이 진짜 깃털처럼 부드럽게 진핵에 내려섰다.

노파를 내려 준 깃털 구름은 순식간에 자취를 감췄다.

낯빛이 약간 어두워진 자오진인이 노파 앞에 나가 엎드렸다.

"오랜만에 뵙습니다. 태상장로님."

노파가 혀를 끌끌 찼다.

"그간 고생이 많았던 모양이구나."

자오진인의 머리가 진핵을 파고들 것처럼 밑으로 내려갔다.

"면목이 없습니다."

"그 이야기는 차차 하기로 하고 옆의 인족 아이나 소개해
다오."

"칠선해 금지에서 사귄 인족 수사입니다. 이름은 유건이고
요."

유건은 앞으로 나가 정중히 예를 올렸다.

"인족 유건이라 합니다."

고개를 끄덕이며 인사를 받은 노파가 갑자기 탄성을 터트
렸다.

"호오, 대단한 선근이로다."

"과찬이십니다."

"살기가 강한 게 흠이긴 하지만 이 노파가 지금껏 보아 온
공선 후기 수사 중에서 자네가 가장 강할 것이네. 흐음, 그뿐
만이 아니군. 영물의 기운이 적잖이 느껴지는 것이 내력도 범
상치가 않구먼. 무엇보다 우리 구족이 신성시하는 신수 현무
의 기운이 이토록 강하게 느껴지다니 놀랄 일이로세."

유건은 노파가 그의 비밀을 알아낸 것 같아 가슴이 철렁 내
려앉았다.

다행히 노파는 그 뒤로 그가 지닌 영물에 관해 더는 언급하

지 않았다.

그로서는 천만다행이 아닐 수 없었다.

노파는 곧 황금색 거북 쪽으로 시선을 돌렸다.

"오, 아이가 곧 깨어날 모양이구나."

노파의 말대로였다.

마침내 금빛 뇌전이 만든 고치가 쪼개지면서 열두 살쯤 먹은 어린 소녀가 모습을 드러냈다.

보드라운 금발 머리카락을 양 갈래로 따 뒤로 넘긴 모습이 무척 사랑스러워 보였다.

등에 작은 황금색 등딱지가 달린 소녀는 자신이 다른 수사들 앞에서 발가벗고 있단 사실을 깨닫고는 얼굴을 붉혔다.

그때, 노파가 손가락을 살짝 튕겨 소녀에게 흰 눈처럼 깨끗한 장포를 입혀 주었다.

그제야 얼굴이 밝아진 소녀가 달려와 자오진인, 유건, 노파에게 돌아가며 감사의 절을 올렸다.

"세 분의 도움이 없었다면 소녀는 도겁을 통과하더라도 적의 손에 몸을 망쳐 선도에 들 수 없었을 것입니다. 이 은혜는 앞으로 소녀가 생이 다하는 날까지 두고두고 갚겠습니다."

노파가 흐뭇한 얼굴로 소녀를 칭찬했다.

"도겁을 막 치른 몸인데도 불구하고 두뇌가 명석하고 목소리가 또렷한 것을 보니 장차 수행의 진전이 아주 빠르겠구나."

하늘 같은 선배의 칭찬에 소녀가 감격해하며 머리를 숙였다.

"감사합니다, 선배님."

"한데 어쩌다가 이렇게 위험한 장소에서 도겁을 치를 생각을 다 한 것이냐? 자오와 유 수사가 아니었으면 이 할미도 적들의 손에서 너를 제때 구해 내기가 아주 힘들었을 것이야."

소녀가 부끄러운지 얼굴을 붉혔다.

"도겁에 대비하기 위해 뇌전에 저항이 있는 영초를 찾아다니다가 그만 성해 밖으로 나오는 실수를 저지르고 말았습니다."

"흐음, 어쨌든 결과적으로 화가 복을 부른 셈이군. 하지만 당분간은 성해 밖으로 나가는 일이 절대 없어야 할 것이다."

"명심, 또 명심하겠습니다."

"이렇게 만난 것도 인연이니 너를 데려다가 막내 제자로 삼을까 하는데 어찌 생각하느냐? 이 할미를 따라올 마음이 있느냐?"

소녀는 정말 명석했다.

노파의 신분이 대단히 높단 것을 본능적으로 알아챈 소녀는 바로 엎드려 노파에게 사부를 뵙는 예를 정성스레 올렸다.

자오진인과 유건은 바로 노파에게는 명석한 막내 제자를 얻은 것을, 소녀에겐 고명한 사부가 생긴 것을 각각 축하했다.

노파는 곧 깃털 구름을 다시 불러내 그들을 태우고 성해로 들어갔다.

마침내 천구족의 성역으로 들어가는 순간이었다.

유건은 궁금증을 참지 못하고 뇌음으로 물었다.

"저 노선배님은 대체 어떤 분이시오?"

자오진인은 노파에 대한 존경심을 숨기지 않으며 대답했다.

"저희 금갑족의 태상장로를 맡고 계신 나융사조(羅隆師
祖)이십니다. 금갑족에서 배분이 제일 높으신 분으로 인망이
높아 구족 전체의 존경을 받는 몇 안 되는 어르신이시지요."

그때, 금발 소녀와 한담을 나누던 나융사조가 미소를 지었
다.

"네가 광음구(光陰區)에서 태어났다면 이 사부와 인연이 전
혀 없진 않구나. 이 사부도 아주 먼 옛날에 광음구에서 태어났
느니라. 정확히는 광음구 요생초(曜生礁)에서 태어났지."

금발 소녀가 깜짝 놀라 소리쳤다.

"어쩜 이럴 수가!"

"왜 그러느냐?"

"제자도 요생초에서 태어났습니다!"

나융사조가 껄껄 웃으며 기뻐했다.

"이렇게 공교로울 데가 있나. 그렇다면 우린 한 핏줄을 이
은 친척인 셈이구나. 여기서 요생초가 멀지 않은 것으로 안
다. 금신궁(金神宮)으로 가기 전에 잠깐 들렀다가 가자꾸나."

누가 한 말인데 감히 거역할 수 있겠는가.

유건 등은 일제히 그러겠노라 대답하며 머리를 숙였다.

나융사조가 흐뭇한 표정으로 손가락을 튕겼다.

그 순간, 깃털 구름이 방향을 서남쪽으로 바꾸었다.

유건은 다시 뇌음으로 자오진인에게 물었다.

"광음구와 요생초는 어딜 말하는 거요?"

자오진인은 빠르게 지나가는 풍경을 감상하며 되물었다.

"공자님은 이곳을 왜 성해라 부르며 신성시하는지 아십니까?"

"외부인인 내가 알 리가 없지 않겠소."

"성해에만 알을 낳을 수 있는 거대한 섬이 있기 때문입니다. 아시다시피 거북은 물속에서 살다가 산란기에 육지에 올라가 알을 낳는 습성이 있습니다. 알을 깨고 나온 새끼는 바다로 들어가 성장하다가 산란기가 찾아오면 다시 육지로 올라와 알을 낳지요. 거북은 이런 과정을 수없이 되풀이해 명맥을 이어 왔습니다. 한데 그러려면 거북이 알을 낳을 섬이 많이 필요한데 그런 장소가 바로 이곳 성해입니다."

거북의 습성을 떠올린 유건은 고개를 끄덕였다.

"그럼 광음구는 그런 섬이 모여 있는 지역을 가리키는 말이오?"

"그렇습니다. 요생초는 광음구에 있는 섬 중 하나지요."

"광음구에는 요생초 같은 섬이 몇 개나 있소?"

"크고 작은 섬을 다 합치면 아마 수만 개는 족히 넘을 겁니다."

자오진인은 금발 소녀를 힐끗 보고 나서 말을 이어 갔다.

"그래서 나융사조와 막내 제자의 인연이 곱씹을수록 더 대단하게 느껴지는 겁니다. 광음구 안에만 수만 개의 섬이 있는데 그중 요생초에 태어난 두 수사가 몇천 년의 간격을 두고 사부와 제자로 만날 것이라고 누가 상상이나 했겠습니까."

그때, 깃털 구름이 마침내 광음구에 도착했다.

자오진인의 말처럼 광음구에는 수많은 섬이 있었다.

물론, 섬의 크기는 다 제각각이었다.

어떤 섬은 섬이라기보다 물 위에 튀어나온 암초에 더 가까운 크기였다.

어떤 섬은 울창한 나무가 가득한 산맥이 넓게 펼쳐져 있을 정도로 거대했다.

그러나 모든 섬에는 한 가지 공통점이 있었다.

해안가 주위에는 수에 상관없이 항상 거북이 떼 지어서 모여 있단 점이었다.

한데 좀 더 자세히 들여다보면 거북의 크기나, 생김새, 등딱지 색깔이 제각각이란 사실을 알 수 있었다.

어떤 거북은 더듬이가 나 있고 파란 등딱지에 꼬리도 두 개였다.

또, 어떤 거북은 바다사자처럼 수염이 길쭉하게 나 있고 검은 줄무늬가 있는 노란 등딱지에 다리는 여섯 개였다.

전에 본 적이 있는 관구족 거북과 옥두족 거북도 곳곳에서 쉽게 눈에 띄었다.

또, 가끔은 금갑족 거북도 볼 수 있었다.

그러는 동안, 깃털 구름은 흰 나무가 울창한 작은 섬 상공에 도착했다.

바로 나융사조와 금발 소녀가 태어난 요생초였다.

한데 요생초에는 거북이 한 마리도 없었다.

그때, 자오진인이 뇌음을 보냈다.

"섬 동쪽을 보십시오."

유건은 시키는 대로 섬 동쪽을 보았다.

처음에는 남빛 파도가 몰려오는 줄 알았다.

한데 자세히 보니 아니었다.

남빛 파도는 바로 수를 헤아리기 힘든 거북 떼였다.

거북 수백만 마리가 요생초로 파도처럼 밀려들었다.

나융사조가 흐뭇한 미소를 지었다.

"유 수사는 선연을 타고난 모양이구나. 천구파(千龜波)와 같은 장관은 구족 수사들도 쉽게 보기 어려운 광경인데 말이야."

유건은 감탄 어린 눈빛으로 천구파라 불리는 거북 떼의 대이동을 지켜보았다.

요생초 모래사장 바로 앞에서 수백만 마리의 거북이 2, 3장 높이의 거대한 파도에 밀려 튕겨 나갔다.

그러나 그냥 돌아서는 거북은 한 마리도 없었다.

거북은 젖 먹던 힘까지 전부 쥐어짜 내어 거센 파도를 넘고 또 넘었다.

마침내 거북은 별처럼 반짝이는 흰 모래사장으로 느릿느릿 기어 올라가 모래를 파고 그 안에 알을 낳았다.

유건은 자연이 만든 장엄한 광경 앞에서 그저 탄성만 발할 뿐이었다.

흰 모래사장으로 올라온 수백만 마리의 거북 중에서 금갑족은 1만여 마리 남짓이었다.

저 1만여 마리의 금갑족 중에서 선연을 만나 영성을 깨우치는 거북은 1마리에 불과했다.

그때부터 그 거북은 그냥 거북이 아니라, 거북 악수였다.

다시 그런 거북 악수가 1만 마리쯤 모여야 그중 한 마리가 간신히 하늘의 선택을 받아 도겁을 시도할 자격을 얻었다.

더구나 도겁에 실패할 확률이 성공할 확률보다 훨씬 높았다.

그야말로 금갑족 수사가 되기 위해서는 바늘구멍 통과보다 더 낮은 확률을 통과해야 했다.

그의 앞에 있는 나융, 자오진인, 금발 소녀는 모두 그런 확률을 통과한 선재들이었다.

자오진인이 감상에 젖은 목소리로 뇌음을 보냈다.

"천구족은 모두 성해에서 태어나 다른 바다로 옮겨 갑니다. 그래서 이곳을 어머니의 바다, 모해(母海)라 부르기도 합니다."

유건은 말없이 고개를 끄덕였다.

그때, 나융이 금발 소녀를 보며 말했다.

"우리 금갑족은 사부의 성을 제자에게 물려주는 풍습이 있
다. 너는 마침 나와 같은 요생초에서 태어났으니 내 성인 나
(羅)에 요생초의 요(曜)를 더해 나요(羅曜)란 이름을 쓰거라."

나요는 즉시 바닥에 꿇어앉아 감사 인사를 올렸다.

"내려 주신 이름에 누가 되지 않도록 열심히 수행하겠습니
다."

"하하, 너는 사부가 좋아할 말만 골라 하는구나."

"부끄럽습니다."

광음구를 둘러본 일행은 성해 가운데 있는 성도(聖都)로
향했다.

성도는 성해에서 가장 큰 섬으로 성제(聖帝)라 불리는 천
구족의 왕과 그 왕을 보필하는 성해오족이 거주했다.

유건은 가까워졌다가 다시 멀어지는 섬들을 바라보며 물
었다.

"성해오족은 어떤 종족으로 이루어져 있소?"

자오진인은 다른 방향을 보는 척하며 대답했다.

"성해오족은 금갑족, 은무족, 동검족(銅劍族), 흑대족(黑大
族), 백소족(白小族) 다섯 종족을 가리킵니다. 천구조사께서
성해에 성도를 건설할 때 옆에서 보필한 다섯 종족이지요."

"그럼 그들이 하는 일은 정확히 무엇이오?"

"성도의 성해오족이 맡은 가장 중요한 임무는 선근이 뛰어난 제자를 양성해서 다음 대 성제 후보로 내세우는 것입니다."

"성해오족이 내세운 후보 중 한 명이 성제가 된다는 뜻이오?"

"그렇습니다. 성해오족 족장 다섯 분 중에서 세 분 이상의 지지를 얻은 성제 후보가 다음 대 성제에 오르는 방식이지요."

유건은 그제야 금갑족이 천구족 왕을 여럿 배출한 고귀한 종족이란 소문이 이해 갔다.

금갑족의 후보가 성제로 선출되면 금갑족은 성제를 배출한 고귀한 종족이 되는 것이다.

유건은 고개를 끄덕이며 물었다.

"이번 대 성제는 어떤 분이시오?"

유건의 뇌음을 받은 자오진인이 처음으로 멈칫거렸다.

유건은 다시 뇌음을 보냈다.

"다른 종족이 알면 안 되는 일이라면 말하지 않아도 괜찮소."

자오진인은 짧은 한숨을 내쉬며 대답했다.

"아닙니다. 말씀드리지요. 현재 성도에는 성제가 안 계십니다."

유건은 의문 가득한 표정으로 물었다.

"그럼 현재 천구족의 성제 자리가 비어 있단 거요?"

"금갑족이 배출한 전대 성제와 금갑족 전대 족장께서 같이 실종되는 바람에 수천 년이 지난 현재까지도 성제를 선출하지 못하고 있습니다. 성제가 되려면 천구조사께서 남긴 유지에 따라 두 가지 조건을 모두 완수해야 하기 때문입니다."

"어떤 조건이오?"

"첫 번째는 천구조사께서 직접 연성한 성물을 지니고 있어야 한다는 조건입니다. 한데 전대 성제께서 성물을 지닌 상태로 실종되시는 바람에 절차상에 커다란 문제가 생긴 거지요."

"그럼 두 번째 조건은 무엇이오?"

"성해오족의 족장 다섯 명이 전부 참여한 투표에서 3표 이상을 획득한 성제 후보만이 성제가 될 수 있단 조건입니다. 한데 지금은 두 조건 모두 완수하기가 어려운 상황입니다."

유건은 고개를 갸웃거리며 물었다.

"첫 번째는 이해가 가는데 두 번째 조건도 그렇다는 말이오?"

"성해오족의 각 족장도 종족의 신물이 있어야지만 족장으로 인정받을 수 있습니다. 안타깝게도 금갑족 전대 족장께서 종족의 신물을 가지고 행방이 묘연해지시는 바람에 금갑족은 지금까지도 다음 대 족장을 선출하지 못하고 있습니다."

유건은 미간을 찌푸렸다.

"금갑족에 족장이 없는 탓에 두 번째 조건도 완수하기가 어렵단 뜻이군. 그럼 지금까지 천구조사가 만들어 둔 두 가지 조건을 무시하고 성제를 선출하려는 움직임은 없었던 거요?"

자오진인은 하늘을 바라보며 한숨을 길게 내쉬었다.

"여러 차례 있었지요. 한데 은무족이 동검족과 연합해 하나의 세력을 형성하고 흑대족이 백소족과 연합해 하나의 세력을 형성하는 바람에 지금은 표가 2대 2로 갈린 상황입니다."

유건은 턱을 매만지며 중얼거렸다.

"흠, 그렇다면 아예 금갑족을 성해오족에서 제외하는 방법만이 2대 2로 갈린 난국을 타개할 유일한 방법일지도 모르겠군."

자오진인은 약간 놀란 표정으로 물었다.

"어떻게 아셨습니까?"

"나라면 그렇게 했을 것이기 때문이오."

자오진인은 착잡한 표정을 숨기지 못했다.

"정확히 공자님이 말씀하신 대롭니다. 그들은 우리 금갑족을 멸족시키고 나서 다른 종족을 성해오족에 편입시키려는 계획을 수천 년 동안 진행 중입니다. 그 때문에 저희 금갑족은 다른 네 종족에게 공격을 받아 상황이 좋지 못하지요."

"나융사조와 같은 분이 계신 데도 그렇단 말이오?"

"나융사조님이 계시기에 그나마 버티고 있단 표현이 맞겠지요."

그때, 꽤 멀리 떨어진 거리에 있는 하늘에서 은빛 얼음 화살이 마치 폭포수처럼 바다에 쏟아졌다.

유건은 직감적으로 천구족의 또 다른 악수 한 마리가 도겁 중임을 깨달았다.

자오진인은 바로 뇌음을 보냈다.

"서쪽에서 은무족이 도겁 중인 모양이군요."

유건은 뇌력을 퍼트려 보았다.

그러나 조금 전과 달리 그 악수를 노리는 적은 보이지 않았다.

유건은 바로 뇌음을 보내 물었다.

"은무족 악수는 왜 노리는 적이 없는 거요?"

"이곳이 성해 안이기 때문입니다. 성해 안에서는 천구조사의 유지에 따라 특수한 상황이 아니면 살생을 못 하게 되어 있습니다. 만약, 천구조사의 유지를 어길 경우, 천구조사께서 성제궁(聖帝宮)에 남긴 오행신뢰(五行迅雷)가 날아가 원신을 베어 버리지요. 천구조사의 비술이 워낙 비상해 천구족의 그 어떤 수사도 유지를 어길 생각을 못 합니다. 나요는 그릇된 판단으로 성해를 나갔다가 그런 일을 당한 거지요."

"천구조사가 그런 유지를 남긴 이유는 성해오족이 서로 성제가 되겠다고 싸우다가 사이좋게 공멸할 것을 두려워해서요?"

"그렇습니다."

대답한 자오진인은 은무족의 도겁을 말없이 지켜봤다.

깃털 구름은 은무족의 도겁을 신경 쓰지 않고 길을 재촉했다.

그날 저녁, 대륙해의 초령도와 비슷한 크기의 섬이 나타났다.

바로 천구족의 성제가 왕궁으로 사용하는 성도였다.

물론, 지금은 왕궁에 주인이 없었다.

한데 그때 갑자기 나융사조가 유건을 손짓으로 불렀다.

"다른 종족은 성도에 발을 들여놓을 수 없네. 자네가 익힌 위장술이 꽤 고명하긴 하지만 나 같은 늙은이들 몇 명은 자네가 인족이라는 사실을 금방 알아볼 것이네. 그러면 우리 금갑족은 인족을 성도에 들였단 이유로 협박을 당하겠지."

유건은 자오진인에게 그런 언질을 받지 못해 약간 당황했다.

"그럼 방도가 전혀 없는 것입니까?"

나융사조가 빙그레 웃었다.

"방도가 없었으면 자넬 이곳으로 데려오지도 않았겠지."

"아!"

"자네가 익힌 위장술의 구결을 알려 줄 수 있겠는가?"

"물론입니다."

유건은 그와 자오진인이 개조한 복신술의 구결을 알려 주었다.

복신술의 원래 주인은 헌월선사였다.

그러나 자오진인이 복신술 개조에 참여함에 따라 금갑족에도 일정 지분이 있었다.

구결을 다 들은 나융사조가 좌정한 자세로 두 눈을 감았다.

유건 등은 그 옆에서 숨소리도 크게 내지 못하고 기다렸다.

나융사조는 한 시진 후에 다시 눈을 떴다.

"내가 알려 주는 구결을 외우게."

유건은 시키는 대로 나융사조가 알려 주는 구결을 외웠다.

구결 대부분은 복신술의 원래 구결이어서 별로 어렵지 않았다.

다만, 중간중간에 처음 듣는 구결이 있어 약간 헷갈렸다.

그러나 나융사조가 친절하게 설명해 준 덕분에 불과 한 시진이 채 걸리지 않아서 그녀가 알려 준 구결을 전부 이해했다.

나융사조가 물러서며 지시했다.

"새 구결에 따라 펼쳐 보게."

유건은 시키는 대로 새 구결을 펼쳐 보았다.

그 순간, 유건을 중심으로 금빛 소용돌이가 크게 일었다.

지켜보던 나융사조가 자애로운 미소를 지었다.

"역시 훌륭한 선근을 타고난 수사답게 금방금방 익히는구나."

잠시 후, 금빛 소용돌이가 갑자기 사라지며 유건이 다시 모습을 드러냈다.

겉모습은 전과 달라진 점이 전혀 없었다.

한데 몸에서는 전보다 훨씬 정순한 금갑족의 기운이 흘러나왔다.

같은 복신술을 익힌 자오진인마저 유건이 인족인지, 금갑족인지 헷갈릴 정도였다.

나융사조가 뇌력을 퍼트려 유건을 훑었다.

유건은 그녀가 조사할 수 있게 가만히 서 있었다.

잠시 후, 나융사조가 만족한 표정으로 고개를 끄덕였다.

"완벽하구먼. 내 뇌력을 속일 수 있다는 말은 천구족의 그 누구도 유 수사가 익힌 위장술을 알아보지 못한다는 뜻이네."

유건은 정중히 머리를 숙였다.

"노선배님 덕분에 복신술에 큰 진보를 이루었습니다."

나융사조가 뇌음으로 대꾸했다.

"고마워하지 말게. 다 내가 자네를 쓸 일이 있어 그런 것이 니."

유건도 뇌음으로 물었다.

"어떤 일인지요? 제 능력으로 할 수 있는 일이라면 돕겠습 니다."

나융사조가 미소를 지으며 깃털 구름을 다시 움직였다.

"서두를 필요 없네. 때가 되면 자연히 알게 될 것이야."

깃털 구름은 곧장 성도 동쪽의 금신궁으로 날아갔다.

3장. 금갑족의 위기

3장. 금갑족의 위기

해안을 통과한 깃털 구름은 곧장 금신궁으로 날아갔다.

금신궁은 금갑족 수사들이 수련하는 궁이었다.

한데 이름만 궁이지, 작은 나라에 더 가까웠다.

금신궁에는 3만 명이 넘는 금갑족 수사들이 항시 거주하며 성도의 변고에 대비했다.

깃털 구름은 다섯 겹의 진법과 금제를 뚫고 금신궁에서 가장 높은 30층 석조 건물의 꼭대기 층으로 쏜살같이 사라졌다.

금신궁을 경비하는 수사는 천여 명에 달했다.

그러나 깃털 구름을 막아설 정도로 간이 배 밖으로 나온 수사는 없었다.

다들 깃털 구름의 주인이 누군지 알기 때문이었다.

석조 건물은 금신전(金神殿)으로 예전에는 실종된 전대 족장이, 지금은 배분이 가장 높은 나융사조가 거처로 사용했다.

꼭대기 층에는 방석과 다탁만 놓여 있을 뿐, 다른 가구는 없었다.

나융사조는 나요를 다른 제자에게 보내 그녀가 금신궁 내부를 돌아볼 수 있게 해 주었다.

나요는 휘황찬란한 금빛으로 가득한 금신궁을 돌아보며 꿈을 꾸는 듯한 표정을 지었다.

수천 년 동안 황량한 곳에서 홀로 외롭게 지내던 나요로서는 모든 게 신기할 수밖에 없었다.

그녀가 어느 경지까지 올라갈 수 있을지는 오롯이 그녀의 선연에 달린 일이었다.

그러나 어쨌든 지금은 장밋빛 미래가 성큼 다가와 있었다.

나융사조는 시녀를 시켜 유건에게 선차를 가져다주었다.

"유 수사는 선차를 마시면서 휴식을 취하게. 나는 자오와 다른 방으로 잠시 옮겨 그동안 쌓인 회포를 푸는 시간을 갖겠네."

유건은 일어나서 공손하게 대답했다.

"후배는 신경 쓰지 마시고 편하신 대로 하십시오."

잠시 후, 나융사조는 자오진인을 데리고 다른 방으로 향했다.

자오진인은 나융사조 뒤를 따라가며 유건에게 뇌음을 보

냈다.

"사조께서는 그동안 무슨 일이 있었는지 알아보시려는 겁니다."

"알고 있소."

"전 어떻게 하는 게 좋겠습니까?"

"존장에게 거짓을 고할 순 없지 않겠소."

"그럼 사실대로 말해도 좋다는 뜻입니까?"

"그렇소. 금제는 잠시 풀어 두겠소."

"공자님……."

"영감은 나융사조를 믿으시오?"

"믿습니다."

"그럼 나도 나융사조를 믿어 보겠소."

뇌음을 보낸 유건은 바로 천농쇄박 금제를 풀었다.

다른 수사의 뇌력을 차단하는 결계가 쳐진 방에 도착한 나융사조가 돌아서서 자오진인을 향해 엄한 표정으로 경고했다.

"나에게는 사실대로 말해야 할 것이다."

자오진인은 바로 머리를 조아렸다.

"여부가 있겠습니까."

"좋다. 칠선해의 금지 일부터 시작해 전부 털어놓거라."

자오진인은 지금까지 있었던 일을 사실대로 털어놓았다.

도천현무패 금 속성 열쇠에 반서를 당해 경지가 떨어진 일, 도천현무패의 협박을 받아 유건과 주종 관계를 맺은 일, 건곤

도조의 진법을 이용해 북십자성 수사 태반을 제거한 일 등을 시작으로 최근에 있었던 석화동 사건까지 모두 얘기했다.

가만히 듣던 나융사조가 결국 탄식을 토했다.

"칠선해에 부는 혈풍의 원인이 유 수사와 너였다니 기절초 풍할 노릇이구나. 더구나 소문으로만 듣던 무규신갑이 신수 현무의 정혈을 지닌 도천현무패일 줄은 예상도 못 했다. 한 데 무규신갑의 신수 현무가 정말 그렇게 대단하다냐? 금갑족 제일의 수완가가 공선 수사의 종이 될 정도로 말이다."

"사조께서도 당연히 신수 현무의 정혈이 도겁과 천겁 때만 뇌전의 자극을 받아 잠에서 깨어난단 사실을 잘 아실 겁니 다. 한데 공자님이 묵귀라 부르는 영물을 보는 순간, 잠들었 던 신수 현무의 정혈이 깨어나 묵귀 쪽으로 날아가려고 했습 니다. 아마 제가 제때 굴복하지 않으면 저는 신수 현무의 정혈을 전부 잃어 십중팔구 목숨을 잃었을 것입니다."

눈을 반쯤 감은 채 자오진인의 말을 듣던 나융사조가 물었 다.

"유 수사의 내력에 대해선 얼마나 알고 있느냐?"

"확실한 건 없습니다. 다만, 내력이 비범한 것은 분명합니다. 세상에 어느 공선 후기가 그런 능력을 지닐 수 있겠습니까?"

나융사조가 자오진인을 쏘아보며 다시 물었다.

"솔직히 말해 보아라. 믿을 수 있는 자이더냐?"

자오진인은 고민하지도 않고 고개를 끄덕였다.

"예, 믿을 수 있습니다."

"정말 확신하느냐?"

"제 목숨을 걸고 장담할 수 있습니다. 공자님은 의문스러운 구석이 많은 분이지만 한 가지 확실한 것은 은원이 분명하다는 점입니다. 우리가 속일 생각을 하지 않는다면 공자님도 제 체면을 생각해 마냥 거절하지만은 않을 것입니다."

나융사조가 눈을 번득이며 물었다.

"내가 그에게 부탁할 일이 있단 것은 언제 알았느냐?"

"사조께서 공자님을 금신궁으로 데려간다고 하실 때부터 알았습니다. 한데 대체 무슨 일이기에 남의 손까지 빌려야 하는 겁니까? 제가 자리를 비운 사이에 사고가 터진 것입니까?"

나융사조는 착잡한 표정으로 대답했다.

"네 종족이 최후통첩을 해 왔다."

"어떤 식으로 말입니까?"

"얼마 전에 낭림구(浪林區)에서 초인족의 새 유적 터가 발굴되었다. 이곳이 원래 초인족의 왕도였기에 이상한 일은 아니지. 한데 다섯 종족이 공동으로 선발대를 파견해 조사했더니 초인족의 유명한 보물인 십이지신상(十二支神像)을 보관하던 중요한 유적 터라는 결론이 나왔다. 사고는 그다음에 터졌지. 네 종족의 족장이 우리를 빼놓고 회동하여 유적 터의 십이지신상을 가지고 내기를 하기로 한 거다."

자오진인은 불안감이 엄습하는 것을 느끼며 물었다.

"어떤 내기입니까?"

"십이지신상을 가장 많이 차지하는 종족이 성제 자리를 차지한단 내기다. 물론, 그것만이라면 어떻게든 활로를 모색해 볼 여유가 아직 있을 것이다. 한데 그와 동시에 십이지신상을 가장 적게 차지하는 종족을 성해오족에서 퇴출한다는 조건까지 내기에 걸려 있다. 몇 달 전에 네 종족 족장이 모여 결론을 내리고 일방적으로 우리에게 통보해 온 상태다."

자오진인은 미간을 찌푸렸다.

"우리를 성해오족에서 내쫓으려는 시도는 이미 전에도 있었기에 별로 놀랍지 않습니다. 하지만 십이지신상을 가장 많이 차지한 종족이 성제 자리를 차지한다는 게 말이나 됩니까?"

"당연히 말이 안 되지. 은무족과 동검족 중 한쪽이 십이지신상을 가장 많이 차지하면 당연히 흑대족과 백소족이 반발할 테니까. 반대로 흑대족과 백소족이 이겨도 이번엔 은무족과 동검족이 반대할 테지. 그러나 방법이 전혀 없진 않다."

자오진인은 탄성을 터트렸다.

"아, 십이지신상이 열두 개니 네 종족이 세 개씩 나눠 가지면 동률이라 어떤 종족도 성제 자리를 차지할 수 없겠군요. 결국, 이번 내기로 우리를 성해오족에서 쫓아내겠단 말이 아닙니까? 한데 그 일에 공자님의 도움이 왜 필요한 겁니까?"

"유적 터에 들어갈 수 있는 수사의 자격에 엄격한 제한을 두기로 한 탓이다. 우선, 경지는 공선 후기 최고봉 수사 이하로만 가능하다. 또, 법보나, 영수를 지니고 들어갈 수가 없다. 수사가 수련한 공법과 비술만으로 대결하자는 뜻이지."

"왜 그렇게 기이한 제한이 생긴 것입니까?"

"나 같은 늙은이들의 개입을 최대한 억제하기 위해서겠지. 내가 쓰는 법보나, 영수를 빌려주면 어떤 수사도 지닌 능력 이상의 실력을 발휘하기 마련이다. 또, 공선 후기 최고봉 이하로 제한한 이유는 유적 터에 잔인하기로 유명한 녹각문(綠角蚊) 대부대가 내부를 순찰하기 때문이다. 녹각문은 원래 오선 이상의 기운에만 반응하는 것으로 악명이 높지."

녹각문은 초인족이 기르던 대표적인 영수로 성해 여기저기서 소규모로 나타나곤 하였다.

한데 초인족 유적 터가 오랫동안 열리지 않은 탓에 녹각문이 대부대로 늘어난 듯했다.

나웅사조가 다시 물었다.

"유 수사의 공법이나, 비술 실력은 어떤 것 같으냐?"

자오진인은 사실대로 대답했다.

"불가의 고명한 공법을 익힌 것 같았습니다."

"불가의 공법이면 쉽게 당하진 않겠군."

자오진인은 걱정을 감추지 못하며 물었다.

"정말 공자님께 이번 일을 맡기실 생각입니까?"

"초인족 유적 터 안으로 수사 열 명을 들여보내기로 합의를 보았다. 그중 한 명쯤은 유 수사처럼 상식을 뛰어넘는 수

사가 있어야 한다. 전에도 말했다시피 유 수사는 내가 지금
까지 본 그 어떤 공선 수사보다도 법력의 양이 많았다. 거의
오선 중기에 필적할 정도였지. 그런 법력에 불가의 고명한
공법까지 수련했다면 최악의 상황은 면할 수 있을 것이다."

자오진인은 잠시 고민해 보고 나서 말했다.

"공자님은 제 체면을 생각해 도와주긴 할 겁니다. 하지만 전
력을 다해 돕게 하려면 거래를 하는 쪽이 훨씬 좋을 겁니다."

작전을 세운 나융사조와 자오진인은 유건이 있는 방으로
돌아갔다.

선차를 마시던 유건은 일어나서 그들을 맞이했다.

나융사조가 상석에 앉으며 손을 저었다.

"어서 앉게."

"예, 선배님."

"선차는 입에 맞던가?"

"예, 아주 맛있었습니다."

"마음에 든다니 다행이네. 갈 때 찻잎을 몇 봉지 챙겨 주겠
네."

"감사합니다."

그때, 자오진인이 뇌음으로 나융사조의 제안을 전달했다.

한참을 말없이 듣던 유건은 고개를 돌려 나융사조를 보았
다.

"제게 거래를 제안하실 생각입니까?"

"그렇다네. 우리에게 원하는 것이 있는가?"

"이합술과 관련한 비술과 법보를 오염시킨 독을 정화할 수 있는 재료를 주신다면 전력을 다해 일을 성사시켜 보겠습니다."

나융사조는 흔쾌히 대답했다.

"둘 다 내줄 수 있네."

"마지막으로 한 가지 조건이 더 있습니다."

"무엇인가?"

"초인족의 유적 터에서 얻은 보물 중에 선배님께서 말씀하신 십이지신상을 제외한 모든 보물을 제가 가진단 조건입니다."

"그야 당연하지."

일어나서 나융사조에게 공수한 유건이 물었다.

"유적 터에 들어가기 전에 특별히 준비해야 할 일이 있습니까?"

"완벽하게 위장하기 위해서 몇 가지 공부해 둬야 할 것이 있네."

"문제없습니다."

"자오가 공부를 도와줄 것이네. 말한 물건은 바로 가져다주지."

"선배님의 배려에 몸 둘 바를 모르겠습니다."

"이왕 거래할 거라면 확실하게 하는 게 낫지 않겠나?"

"같은 생각입니다."

나융사조는 유건과 자오진인을 아래층 객실에 묵게 하였다.

유건은 그날부터 자오진인을 사부로 삼아 유적 터에서 필요한 내용을 공부했다.

대부분은 금갑족의 문화나 풍습, 역사에 관한 공부였다.

물론, 다른 네 종족에 관한 공부도 하였다.

개방 기간이 열흘 앞으로 다가왔을 때는 자덕(玆悳)이라는 이름을 지닌 금갑족 수사의 정혈을 얻어 자덕으로 변신했다.

자덕은 지금까지 금신전 안에서만 거의 생활해 같은 금갑족 수사라도 그가 정확히 어떤 공법을 익혔는지 알지 못했다.

자덕으로 변신한 유건은 나융사조를 찾아가 성해의 그 어떤 수사도 그가 인족임을 알아볼 수 없다는 확답을 받아 냈다.

나융사조의 손을 거쳐 완성된 새로운 복신술이 마음에 든 유건은 구분을 위해 복령술(複靈術)이라는 새 이름을 붙였다.

나융사조는 만약을 위해 유적 터에 같이 들어가기로 한 다른 아홉 명의 수사들도 유건이 인족임을 알지 못하게 조치했다.

복령술은 완벽해도 다른 수사의 실수로 인해 발각될 수 있어서였다.

유건은 나융사조의 깔끔한 일 처리가 마음에 들었다.

나융사조는 다른 약속도 지켰다.

공부를 시작한 날 바로 이합술과 관련한 비술 서적 두 권과 화린검의 유황열독을 제거하는 데 필요한 재료를 보내왔다.

이합술 비술 서적은 내용을 외운 다음에 바로 태워 버리고 유황열독 제거에 필요한 재료들은 규옥에게 넘겨 영단을 만들게 하였다.

전에 구한 청율세독수와 좌불화에 이번에 받은 재료를 합치면 유황열독을 제거하는 데 충분할 듯싶었다.

사실 유적 터 안으로 들어가는 문제는 걱정하지 않았다.

그가 걱정하는 문제는 따로 있었다.

바로 규옥, 청랑과 그동안 몸에서 한시도 떼어 내 본 적이 없는 자하제룡검, 도천현무패를 이곳 금신전 연공실에 두고 가야 한다는 점이었다.

자오진인이 장담했다.

"제가 목숨을 걸고 지킬 것입니다. 염려하지 마십시오."

"나도 자오진인을 믿소. 그러나 세상일이란 게 예상대로만 돌아가는 게 아니지 않소. 좀 더 확실한 대비책이 필요하오."

"그렇다면 백팔음혼마번을 이용하는 게 어떻겠습니까?"

"백팔음혼마번을?"

"구족도 마기를 품은 법보를 끔찍이 싫어합니다. 방어 진법을 겹겹이 펼쳐 둔 금신전의 방어가 뚫리는 일이 있더라도 백팔음혼마번을 펼쳐 두면 감히 훔칠 생각을 못 할 것입니다."

그가 걱정하는 문제는 구족이 쳐들어와 그의 영수와 영물을 훔치는 게 아니었다.

나융사조가 그를 배신하는 것이었다.

금갑족을 포함한 구족의 누구라도 신수 현무의 정혈이 들어 있는 도천현무패가 눈앞에 있으면 욕심이 날 수밖에 없었다.

물론, 그 생각을 입 밖으로 내뱉진 않았다.

결국, 자오진인의 조언대로 백팔음혼마번을 이용해서 청랑과 규옥, 자하제룡검과 도천현무패 등을 지키기로 하였다.

마음에 걸리던 문제까지 처리한 유건은 연공실에 틀어박혀 수련에 박차를 가했다.

유적 터 안으로 법보와 영수를 데려갈 수 없다면 자신을 보호하고 임무를 완수하기 위해 전보다 훨씬 강력한 공법과 비술을 미리 익혀 둘 필요가 있었다.

다행히 수련에서 만족할 만한 성과를 얻은 유건은 조용히 정양하다가 유적 터 개방 시기에 맞춰 금신전 앞으로 나갔다.

이미 금신전 앞에는 그와 같이 가기로 한 수사 아홉 명이 나와 있었다.

아홉 명 전부가 공선 후기 최고봉의 수사였다.

그들은 그가 공선 후기 수사 자덕임을 보고 고개를 갸웃거렸다.

하지만 하늘 같은 존장들이 눈을 부릅뜨고 지켜보고 있어 이번 일에 왜 자덕이 포함되었는지 물어보지 못했다.

금신전 앞의 분위기는 비장하기 짝이 없었다.

이번 내기의 결과에 금갑족이 앞으로 멸족의 길을 갈지, 아니면 멸족 전까지 약간의 시간을 벌 수 있을지가 걸려 있기 때문이었다.

잠시 후, 금갑족의 이름난 장로들이 줄줄이 걸어 나와 유건 등의 사기를 끌어올릴 목적으로 다양한 혜택을 내걸었다.

귀한 법보부터 시작해 각종 영약의 이름이 줄줄 흘러나왔다.

대부분 듣기만 해도 눈이 번쩍 뜨이는 그런 이름들이었다.

심지어 그중 몇 명은 제자로 받아 준단 약속까지 하였다.

마지막으로 금갑족 수사 수만 명의 장대한 환송까지 받은 후에야 그들은 나융사조의 깃털 구름에 올라타 성도를 떠났다.

유건은 떠나기 전에 고개를 돌려 금신전 꼭대기를 보았다.

창가에 숨어 지켜보던 자오진인이 공수하며 뇌음을 보냈다.

"잘 부탁드립니다, 공자님."

"내가 없는 동안, 규옥과 청랑을 잘 부탁하오."

"염려 마십시오."

그들을 태운 깃털 구름은 유적 터가 있는 낭림구로 날아갔다.

낭림구로 향하는 금갑족 수사들은 수가 많지 않았다.

유적 터 안으로 들어가는 열 명을 제외하면 서른 명을 약간 넘었다.

물론, 그 서른 명 전부가 장선 수사였다.

심지어 나융사조 외에도 장선 후기 최고봉 수사가 무려 세 명이나 동행했다.

웬만한 종문 하나를 순식간에 지워 버릴 수 있는 전력이었다.

유적 터 안으로 들어가는 수사 열 명은 각자 선호하는 장소에서 심신을 가다듬었다.

수사도 본인이 지닌 실력을 온전히 선보이려면 심신을 미리 완벽한 상태로 만들어 둬야 했다.

유건도 구석진 자리를 찾아 조용히 정양했다.

한데 공교롭게도 그가 고른 자리는 벌판처럼 넓은 깃털 구름 전체를 한눈에 조망할 수 있는 곳이었다.

덕분에 그를 제외한 아홉 명의 수사가 세 명씩 붙어 있단 사실을 알아냈다.

유건은 자오진인과 한 공부를 떠올렸다.

'왼쪽에 있는 여자 둘과 사내 하나는 나씨(羅氏) 수사들이겠군.'

금갑족은 다른 종족에 비해 결속력이 아주 강한 편이었다.

수천 년 동안 외부의 위협에 시달리다 보니 자연스럽게 종족 간의 결속력이 다른 종족보다 끈끈해질 수밖에 없었다.

그러나 어떤 종족이든 어느 정도의 파벌은 존재하기 마련이었다.

금갑족도 다르지 않아 크게 세 개의 파벌이 있었다.

바로 나씨, 자씨(玆氏), 곤씨(坤氏) 파벌이었다.

나씨는 금갑족에서 숫자가 가장 많은 파벌로 주로 여제자로 이루어져 있었다.

유건은 나씨 수사 세 명 중 보드라운 금발을 허리까지 치렁치렁 늘어트린 절색의 미녀를 주시했다.

약간 사나워 보이는 눈매를 지닌 그녀는 나씨 수사 중 가장 강한 나검(羅劍)이었다.

금갑족 장로의 애제자로 금 속성 공법을 익혔으며 10년 안에는 오선에 도전할 예정이었다.

그의 시선을 감지한 나검이 사나운 눈매를 바짝 치켜올렸다.

"날 왜 쳐다보는 거냐?"

"쳐다보면 안 되는 거요?"

"안 될 거야 없지. 하지만 다음번에 반드시 눈깔을 파 버리겠다."

유건은 나검의 성격이 눈매보다 더 사납다고 느꼈다.

그때, 오른쪽에 있는 자씨 수사 하나가 급히 끼어들었다.

"싸우지들 마시오. 우리 열 명은 종족의 명운을 걸고 다른 네 종족과 싸워야 하는 처지요. 힘을 합쳐도 모자랄 판에 서로 싸우기까지 해서야 어찌 네 배의 적을 감당할 수 있겠소?"

유건은 끼어든 수사 쪽으로 시선을 돌렸다.

수사는 점잖은 중년 사내였다.

그는 사내 셋으로 이루어진 자씨 수사 중에서 가장 강하단 평가를 받는 자현(玆賢)이었다.

자현의 중재에 나검이 콧방귀를 뀌더니 바로 눈을 감아 버렸다.

그럴 줄 알았다는 듯 쓴웃음을 지은 자현이 뇌음을 보냈다.

"자덕 수사는 금신전에만 머물러 그녀의 성격을 잘 모를 거요. 그녀는 성격이 드세서 사내보다 자신이 더 낫단 걸 항상 증명하려고 드오. 그래서 본심과 다르게 험한 말이 나가지."

"상관없소."

이번에는 유건의 정면 방향에 있는 곤씨 수사 중 하나가 말을 걸어왔다.

그는 곤조(坤趙)란 이름으로 불리는 잘생긴 청년이었는데 눈에 살기가 뚝뚝 떨어져 상대하기 꺼려졌다.

"들어가기 전에 경고하지. 만약, 네가 우리 발목을 잡는다면 그땐 네놈의 목부터 따 버리고 우리 일을 처리할 것이다."

유건은 맹견처럼 으르렁대는 곤조를 보며 피식 웃었다.

"그 말을 꼭 지키시오."

곤조가 험악한 표정으로 다시 뭐라 한마디 하려 할 때였다.

나융사조의 목소리가 깃털 구름 전체에 울려 퍼졌다.

"낭림구에 도착했다. 지금부터는 우리 금갑족을 제외한 모든 수사를 적이라 생각하고 움직여야 한다. 모두 명심하도록!"

금갑족 수사들은 지위 고하를 막론하고 모두 머리를 숙였다.

"예, 태상장로님!"

곧 깃털 구름 위에 투명한 방수 결계가 쳐졌다.

유적 터에 가까워질수록 수사들의 표정에서 비장함이 느껴졌다.

곤조도 입을 꾹 다물고 감히 시비를 걸어오지 못했다.

잠시 후, 깃털 구름은 파도가 들썩이는 바닷속으로 잠수했다.

유건은 투명 결계 쪽으로 시선을 돌렸다.

그러나 풍경이 워낙 빨리 지나가 검은 물 외에는 볼 수 있는 게 많지 않았다.

1천 장 가까이 잠수해 해저에 도착한 깃털 구름은 바다 산맥에 뚫린 동굴로 들어가 다시 구불구불한 통로를 통과했다.

통로를 10리쯤 통과했을 무렵, 깃털 구름은 마침내 방수 결계가 설치된 거대한 공터에 도착했다.

공을 반으로 뚝 자른 것처럼 생긴 공터에는 검은 전함 한 척이 정박 중이었다.

다섯 개 돛대와 1천 개가 넘는 방어 병기를 탑재한 검은 전함은 규모가 엄청나 마치 공터에 검은 산이 솟은 듯했다.

유건은 자오진인과 한 공부를 다시 떠올렸다.

'흑대족의 족장 장천자(長天子)가 타고 다니는 비행 전함인 흑경귀함(黑鯨鬼艦)이군. 과연 듣던 대로 엄청난 규모야.'

깃털 구름은 흑경귀함과 적당히 거리를 두고 공터에 내려섰다.

잠시 후, 흑경귀함 함교에서 검은 탑 같은 거대한 물체가 공중으로 솟아올랐다.

유건은 급히 안력을 높여 자세히 보았다.

검은 탑을 연상시키는 거대한 물체는 바로 키가 3장에 달하는 거인이었다.

온몸이 칠흑처럼 새카만 데다, 옷 밖으로 드러난 팔뚝과 종아리 근육은 터질 것처럼 부풀어서 조금 전에 느낀 인상대로 정말 검은 탑이 스스로 움직이는 듯했다.

'저 검은 거인이 흑대족의 족장인 장천자로군.'

장천자는 동네 마실 나가는 것처럼 깃털 구름 쪽으로 천천히 날아왔다.

깃털 구름에 타고 있던 금갑족 수사들은 너나 할 거 없이 잔뜩 긴장한 얼굴로 장천자의 행동을 주시했다.

그때, 깃털 구름 앞쪽에서 금빛이 번쩍였다.

금빛은 기다란 꼬리를 남기며 유성처럼 쏘아져 가 장천자를 멈춰 세웠다.

바로 장천자를 저지하기 위해 모습을 드러낸 나융사조였다.

장천자가 뒷짐을 쥐며 껄껄 웃었다.

웃음소리가 얼마나 큰지 지름이 10리가 넘어 보이는 반구형 공터가 쩌렁쩌렁 울렸다.

갑자기 웃음을 뚝 그친 장천자가 나융사조의 안색을 슬쩍 살폈다.

그러나 나융사조는 장천자의 광소 공격에 전혀 손해를 입지 않은 듯 담담한 표정으로 그를 바라보는 중이었다.

장천자가 노골적으로 실망한 기색을 드러내며 물었다.

"그래, 그동안 어떻게 지내셨소?"

나융사조는 장천자를 향해 공수했다.

"걱정해 주신 덕에 편하게 잘 지냈소이다, 장천자 족장."

"흠, 그것참 다행이구려."

그들은 곧 이번 내기를 화제 삼아 이런저런 대화를 나누었다.

장천자가 깃털 구름 쪽을 힐끗 보았다.

"나융 장로의 성격상 쓸 만한 제자들만 데려왔겠소이다."

"데려오긴 했지만, 흑대족 제자들에 비하면 아직 멀었소이다."

"엄살도 심하시오."

한데 그때였다.

입구 쪽에서 카랑카랑한 여인의 목소리가 들려왔다.

"우리 은무족이 세 번째인가 보구려."

유건이 목소리가 들려오는 방향으로 고개를 돌렸을 땐 이미 날개가 여덟 개 달린 백마 수천 마리가 이끄는 거대한 은빛 마차 한 대가 깃털 구름, 흑경귀함 사이에 도착해 있었다.

날개가 여덟 개 달린 백마 수천 마리는 한 몸으로 이뤄진 것처럼 다리를 일제히 들어 올렸다가 다시 내리며 멈춰 섰다.

잠시 후, 마차 속에서 눈이 부신 광채를 발하는 은빛 섬광 하나가 솟구쳐 나윰사조, 장천자가 있는 방향으로 날아갔다.

은빛 섬광의 정체는 바로 백발에 가까운 은발을 마치 기둥처럼 정수리 위로 높이 틀어 올린 절색의 중년 부인이었다.

유건은 중년 부인을 바로 알아보았다.

'은무족의 족장 잉설(孕雪)이군.'

잉설은 별처럼 반짝거리는 은색 가루가 떨어지는 둥그런 부채를 꺼내 한가로이 부치면서 장천자와 인사를 주고받았다.

장천자가 귀찮은 표정으로 오른손을 휘저었다.

그 즉시, 그에게 달려들던 은색 가루가 돌풍에 휘말려 자취를 감추었다.

잉설이 부채로 입을 가리며 웃었다.

"호호호, 장천자 족장 같은 담대한 성격을 지닌 사내대장부께서 본녀의 은성한진(銀星寒塵)을 꺼리다니 아주 의외로군요."

장천자가 비웃었다.

"그대의 은성한진을 꺼리는 게 아니오. 난 천성적으로 여자의 지분 냄새가 묻은 물건을 만지면 부정이 타는 성격이오."

잉설이 앙칼진 목소리로 따졌다.

"잠자리 시중을 드는 시첩만 수백 명을 둔 수사의 입에서 그런 말이 나올 줄은 몰랐군요. 더구나 그 시첩 대부분이 우리 은무족에서 납치해 가 법술로 세뇌한 아이들이라면서요."

장천자가 껄껄 웃었다.

"은무족 아이들은 맞소. 그러나 본좌의 시첩은 아니오."

"그럼 대체 그 아이들은 뭐죠?"

"은무족이 신수 현무의 기운이 깃든 법보를 제련한답시고 동족이 지닌 현무 정혈까지 강제로 뽑아다 쓴단 사실을 내 모를 줄 알았소? 난 현무 정혈이 빨릴 위기에 처한 아이들이 불쌍한 나머지 거두어다가 은무족 대신에 키워 주는 거요."

장천자는 그러면서 나융사조를 슬쩍 보았다.

일전에 은무족 수사들이 성해 밖에서 도겁 중이던 금갑족의 어린 수사를 공격해 현무 정혈을 빼앗으려 했기 때문이었다.

그러나 나융사조는 눈을 반개한 채 말싸움에 끼어들지 않았다.

잉설은 금갑족 따윈 알 바 아니라는 듯 장천자만 계속 상대할 뿐, 나융사조의 얼굴이 있는 쪽으론 고개도 돌리지 않았다.

한데 그때, 구리로 지은 100층짜리 전각 하나와 아직 개화하지 않은 흰 연꽃 한 송이가 동시에 공터 안으로 들어왔다.

둘 다 엄청나게 커서 공터 한쪽을 거의 다 차지했다.

우선 구리로 지은 100층짜리 전각은 직사각형 건물이었는데 사방에 검의 모양을 형상화한 창문 1만 개가 뚫려 있었다.

유건은 전각의 거대한 규모에 감탄하며 생각했다.

'저 전각이 동검족이 자랑하는 만검전(萬劍殿)이로군.'

특이하기로는 흰 연꽃도 만만치 않았다.

눈이 어지러울 정도로 뱅뱅 돌면서 날아온 거대한 연꽃의

꽃봉오리가 개화하면서 은은한 연꽃 향이 공터에 진동했다.

'저 연꽃은 백소족의 천향연(天香蓮)이 분명하군.'

잠시 후, 만검전 꼭대기에서 구리로 만든 전신 갑옷을 걸친 청수한 인상의 중년 수사가 날아올라 잉설 쪽으로 향했다.

노인은 바로 동검족의 족장 만검신장(萬劍神將)이었다.

이에 질세라 천향연에서도 피부가 백설처럼 희고 체구가 인형처럼 아주 작은 여인이 날아올라 장천자 옆에 가서 섰다.

여인의 체구가 워낙 작은 탓에 3장이 넘은 장천자 옆에 서기 무섭게 신화 속 거인과 요정이 한자리에 있는 느낌이었다.

젊은 여인은 아하란(娥夏蘭)으로 백소족의 족장이었다.

아하란이 도착함에 따라 성해오족의 네 족장과 족장의 임무를 실질적으로 수행하는 나융사조가 한자리에 모두 모였다.

유건은 그들이 세 개의 무리로 나뉘어 있단 사실을 금방 알아보았다.

은무족 족장 잉설과 동검족 족장 만검신장이 오른쪽에, 흑대족 족장 장천자와 백소족 족장 아하란이 왼쪽에 대치하듯이 서 있었다.

마지막으로 금갑족의 태상장로 나융사조는 양쪽 무리 전체와 약간의 거리를 두고 서 있었다.

그때부터의 대화는 유건도 듣지 못했다.

다섯 명 모두 뇌음으로만 대화를 나눈 탓이었다.

반 시진 후, 나융사조가 깃털 구름으로 다시 돌아왔다.

"회의 결과에 따라 한 시진 후에 진법을 개방하기로 하였다. 유적 터 안으로 들어가는 수사 열 명은 나를 따라오너라."

"예, 태상장로님."

유건 등 열 명은 바로 머리를 조아리며 대답했다.

잠시 후, 유건은 다른 수사들 틈에 섞여 나융사조를 따라갔다.

목적지는 공터 한가운데 있는 3장 크기의 입구 앞이었다.

유건은 나융사조를 따라가며 입구를 슬쩍 훑었다.

입구는 현재 물빛이 어른거리는 방어 진법으로 단단히 막혀 있었다.

나융사조는 입구와 가장 먼 쪽에 멈춰 서서 두 눈을 감았다.

유건 등은 나융사조 뒤에 서서 긴장한 표정으로 기다렸다.

곧 네 명의 족장과 그들이 이끄는 네 종족 수사 40명이 입구에 도착했다.

그들의 외모는 대부분 그들의 족장과 비슷했다.

흑대족은 검은 피부에 거인처럼 체구가 컸다.

백소족은 반대로 눈처럼 흰 피부에 요정처럼 체구가 아주 작았다.

또, 은무족은 은빛 머리카락을 길게 기른 여수사로 이루어져 있었고 동검족은 구리 갑옷을 입은 남수사로 이루어져 있었다.

그때, 흑대족 족장 장천자가 금갑족 수사들이 모여 있는 장소에 갑자기 나타나 뇌력으로 유건 등의 몸을 샅샅이 훑었다.

유적 터 안으로 들어가는 금갑족 중에 다른 종족이 섞여 있는지, 혹은 그들 중에 신체에 법보나, 영수, 혹은 그와 비슷한 신외지물(身外之物)을 지녔는지 알아보기 위해서였다.

유건은 담담한 표정으로 장천자의 뇌력을 받아들였다.

그는 복령술을 신뢰했다.

그리고 나융사조의 실력도 신뢰했다.

나융사조는 그녀가 알아볼 수 없다면 천구해의 그 누구도 그가 인족이란 사실을 알아내지 못할 거라 그에게 장담했다.

나융사조의 장담대로였다.

장천자의 뇌력은 금세 다른 수사 쪽으로 넘어갔다.

그런 방식으로 네 족장과 나융사조가 유적 터 안으로 들어가는 모든 수사를 샅샅이 조사해 이상이 없는지 확인했다.

다행히 모든 수사가 이상 없다는 결론이 나왔다.

곧 네 족장과 나융사조가 방어 진법으로 날아가 동시에 법결을 날렸다.

법결 다섯 개를 동시에 맞은 방어 진법이 자취를 감추며 계단처럼 생긴 나선형 통로가 모습을 드러냈다.

나융사조가 뇌음을 보냈다.

"들어가면 바로 뿔뿔이 흩어지는 탓에 최대한 빨리 금갑족 수사들과 합류해야 한단 사실을 명심하면서 움직이도록 하게."

"알겠습니다."

담담한 목소리로 대답한 유건은 자기 차례가 왔을 때 서슴없이 나선형 계단 안으로 몸을 날렸다.

계단을 따라 100장쯤 내려왔을 무렵, 항거할 수 없는 힘이 그를 끌어당겼다.

◆ ◈ ◆

유건은 눈앞이 흐려졌다가 다시 밝아지는 모습을 보며 재빨리 주변을 경계했다.

한데 그 덕을 바로 볼 줄은 미처 몰랐다.

20장쯤 떨어진 곳에 모여 있던 은무족, 동검족 수사 두 명이 그를 보기 무섭게 이게 웬 떡이냔 표정으로 그를 덮쳐 왔다.

아무래도 네 종족 수사들은 유적 터 내부에서 금갑족 수사가 보이는 족족 죽여 버리란 명령을 받고 들어온 모양이었다.

은무족 수사는 고목처럼 바짝 마른 중년 여인이었고 동검족 수사는 이제 막 코 밑에 수염이 나기 시작한 소년이었다.

유건은 전광석화로 피하면서 상대의 공법을 확인했다.

마른 여인은 수결을 맺은 손으로 유건을 가리키며 진언을 외웠다.

그 순간, 주변 풍경이 180도 달라졌다.

전에는 동굴이었는데 지금은 선계에 와 있는 듯했다.

사방에 화초가 피어 있고 폭포가 쏟아졌으며 하늘에는 무지개가 다리처럼 걸려 있었다.

그때, 하늘하늘한 옷을 입은 선녀들이 부채춤을 추며 내려
와 그를 에워쌌다.

한데 옷이 헐렁한데다, 얇기마저 한 탓에 춤을 출 때마다
선녀의 은밀한 속살이 적나라하게 드러났다.

"환영술이군."

유건은 쓴웃음을 지었다.

잠시 후, 그를 에워싼 여인들의 몸에서 처음 맡아보는 기
이한 향기가 풍겨 나왔다.

유건은 그 순간, 멀미를 하는 것처럼 속이 울렁거리며 하
체에 힘이 들어가는 느낌을 받았다.

"처음부터 나를 만나다니 운이 지지리도 없는 여자군."

유건은 금강부동공을 펼쳤다.

그 즉시, 유건의 머리 뒤에서 불광이 태양처럼 떠올랐다.

심지어 불광 속에서 목탁을 치는 소리까지 은은하게 들려
왔다.

장엄한 불광은 곧 노을처럼 주변을 짙게 물들이며 번져 갔
다.

"으악!"

어디선가 비명이 들림과 동시에 환영이 깨져 흩어졌다.

그때, 붉은 검 한 자루가 유건의 등을 찔러 왔다.

그러나 환영술에 속은 적이 없는 유건은 이미 뇌력으로 환

영 속에 숨어 있던 붉은 검의 정확한 위치를 파악한 상태였다.

돌아선 유건은 눈으로 전광석화 불꽃을 발사했다.

바로 황금빛 불광 두 가닥이 번갯불처럼 날아가 붉은 검을 꿰뚫었다.

"크으윽!"

꿰뚫린 붉은 검에서 생각지도 못한 비명이 터져 나왔다.

붉은 검은 곧 좀 전에 본 소년으로 변신해 미친 듯이 달아났다.

가슴에는 피가 철철 쏟아지는 구멍이 두 개 뚫려 있었다.

그러나 유건은 소년을 살려 줄 생각이 없었다.

곧장 전광석화로 따라붙어 구련보등의 연꽃으로 원신과 같이 녹여 버렸다.

소년을 없앤 유건은 뇌력으로 주변을 훑었다.

환영술이 깨진 탓에 내상을 입은 마른 여인이 지둔술로 도망치려 들었다.

유건은 다시 불광을 날려 여인을 가루로 만들었다.

순식간에 공선 후기 최고봉 수사 두 명을 없애 버린 유건은 손바닥을 살짝 쥐었다가 다시 폈다.

그 순간, 그의 손바닥 위에 은색 철패와 동색 철패 두 개가 얌전히 놓여 있었다.

바로 은무족과 동검족의 신분을 증명하는 신분패였다.

유건도 들어오기 전에 금갑족임을 증명하는 금색 철패를

받았다.

뇌력으로 주변을 훑은 유건은 동굴 통로를 따라 안으로 들어갔다.

동굴은 평범했다.

우윳빛 종유석과 석순이 어지럽게 자라 있고 바닥 한쪽에는 검은빛이 도는 탁한 물이 흘렀다.

한데 동굴 통로를 나오기 무섭게 풍경이 확 달라졌다.

봄이 돌아온 양, 따스한 빛이 내리쬐는 가운데 산과 강, 초록빛 들판이 광대하게 펼쳐져 있었다.

유건은 천장을 확인했다.

파란 하늘에 태양이 있고 한쪽에선 구름이 천천히 흘러갔다.

'이렇게 깊은 바닷속에서 하늘과 태양을 볼 줄은 정말 몰랐군. 이곳에 살았던 초인족과 마경족 수사의 실력이 지금 수사들보다 훨씬 좋았다던 자오진인의 말이 맞는 모양이야.'

자오진인의 말에 따르면 어떤 세계든 시간이 지날수록 영기의 농도가 점점 낮아져 수사의 실력이 퇴보한다고 하였다.

이유는 여러 가지가 있을 테지만 가장 중요한 이유는 생명이 번창하기 때문이었다.

생명이 번창할수록 대기에 녹아 있는 영기의 양이 점점 줄어들어 농도가 낮아진단 것이다.

물론, 지구처럼 처음부터 영기의 농도가 낮은 세계도 있었다.

유건은 비행술을 펼쳐 똑바로 날아갔다.

그때, 갑자기 벌떼가 접근할 때처럼 윙윙거리는 소리가 들렸다.

유건은 재빨리 지상으로 내려가 바위 뒤에 몸을 숨겼다.

윙윙거리는 소리는 점점 커졌다.

급기야 대기마저 부들부들 떨렸다.

소리의 진동에 흔들린 나뭇잎이 우수수 떨어졌다.

유건은 법력을 단전에 갈무리한 상태에서 기다렸다.

잠시 후, 초록빛 구름처럼 보이는 거대한 무언가가 나타나 그가 있는 쪽으로 빠르게 다가왔다.

물론, 진짜 구름은 아니었다.

진짜 구름이라면 저렇게 빠른 속도로 움직이지 못했다.

곧 초록빛 구름이 그가 숨어 있는 장소에 도착했다.

유건은 그제야 초록빛 구름의 정체를 확실히 알 수 있었다.

초록빛 구름의 정체는 바로 주먹만 한 크기의 초록색 모기 수천만 마리가 한데 뭉쳐 다니는 바람에 생긴 기현상이었다.

초록색 모기의 입에는 마치 뿔처럼 생긴 관이 튀어나와 있었다.

모기가 먹잇감의 정혈을 빨아들일 때 사용하는 관이었다.

'자오영감이 말한 녹각문이군.'

녹각문은 유건이 숨어 있는 바위 뒤를 한 바퀴 돌다가 다른 방향으로 사라졌다.

자오진인이 말한 대로 녹각문은 오선 경지 이상의 수사만 쫓아다녔다.

아마 초인족이 영수를 처음 기를 때부터 오선 이상만 노리도록 훈련한 모양이었다.

녹각문처럼 귀한 영수를 공선이나, 입선에게 사용하는 것은 사치였다.

그럴 시간에 오선이나, 장선을 노리는 편이 나았다.

녹각문이 그를 건드리지 않는단 사실을 확인한 유건은 좀 더 속도를 내서 유적 터 가운데로 들어갔다.

유적 터에는 제사를 지낼 때 사용하던 제단도 있었고 거대한 전각도 있었다.

유건은 우선 눈앞에 있는 거대한 전각으로 날아갔다.

다행히 거대한 전각 주변에는 침입을 막는 금제나, 진법이 없었다.

그게 아니면 시간이 너무 오래 지난 나머지 진법 운용에 필요한 오행석이 다 소모되어 작동을 멈췄을 수 있었다.

유건은 전각부터 살펴보기로 한 이유는 간단했다.

조금 전부터 전각 안에서 굉음이 들려오는 중이었다.

대리석 기둥으로 지은 전각 대문 앞에 서서 뇌력을 퍼트려 보았다.

곧 뇌력에 수사 네 명의 기운이 포착되었다.

유건은 전각의 대들보 위로 올라가 안을 살짝 들여다보았다.

흑대족 수사 두 명, 백소족 수사 한 명이 금갑족에서 나온 여수사 하나를 포위한 상태에서 맹렬히 공격하는 중이었다.

유건은 절로 쓴웃음이 지어졌다.

포위당한 금갑족 수사는 바로 눈매가 사나운 나검이었다.

나검은 아직 포기하지 않은 상태였다.

그녀는 적의 공격을 정신없이 받아 내면서도 어떻게든 달아날 기회를 엿보았다.

유건은 나검의 공법을 살펴보았다.

나검은 금 속성 공법으로 만든 황금 방패로 적의 공격을 막아 내면서 손가락으로 금빛 검기를 발사해 적을 기습했다.

금빛 검기 수십 개가 빨랫줄처럼 허공을 가를 때마다 적들이 당황하며 피하는 모습을 봐서는 위력이 대단한 듯했다.

그러나 그녀의 방어 실력은 공격 실력을 반도 따라가지 못했다.

곧 황금 방패의 빛이 깜빡거리며 나검이 위기에 처했다.

유건은 고개를 돌려 나검을 공격하는 적을 관찰했다.

의인화를 푼 흑대족 수사 두 명은 30장 크기의 대형 검은 거북으로 변신한 상태에서 입과 두 눈으로 검은 광선을 발사했다.

마치 검은 전함 두 척이 대포를 발사하는 것 같았다.

반면, 모래보다 작은 크기로 작아진 백소족 수사는 파리처럼 나검 주위를 정신없이 돌며 빈틈을 요리조리 찔러 들어갔다.

오히려 나검은 전함처럼 공격해 오는 흑대족 수사 두 명보다 백소족 수사 하나를 상대하는 데 더 애를 먹었다.

흑대족 수사가 쏘는 검은 광선은 황금 방패로 거의 다 막아 냈다.

그러나 백소족 수사가 파리처럼 쉴 새 없이 왱왱대며 빈틈을 찌를 때마다 몸을 움찔움찔 떨었다.

결국, 백소족 수사가 나검의 왼팔을 뚫고 들어가 반대편으로 잽싸게 탈출했다.

백소족 수사에게 관통당한 나검의 왼팔이 터질 것처럼 부풀어 올랐다.

백소족 수사의 몸에 독이 발라져 있는 탓이었다.

결국, 한계에 봉착한 나검은 금발 머리카락을 한 줌 뽑아 정혈을 뿜었다.

정혈이 묻은 금발 머리카락은 갑자기 1장 길이의 황금 그물로 변신해 달아나는 백소족 수사를 낚아챘다.

나검은 이어서 검은 거북 두 마리가 있는 방향으로 황금 방패를 표창처럼 던졌다.

황금 방패는 도중에 태양처럼 부풀어 오르다가 자폭해 흑대족 수사 두 명의 눈을 멀게 하였다.

한계에 달한 나검이 수명을 깎는 비술을 연달아 펼쳐 흑대족 수사 두 명과 백소족 수사 한 명을 동시에 덮친 것이다.

그렇지 않아도 창백하기 짝이 없던 나검의 얼굴은 비술을 연달아 펼치고 나서 분을 칠한 것처럼 핏기가 싹 사라졌다.

그러나 어쨌든 비술은 효과가 대단해 탈출 기회를 잡는 데 성공했다.

나검은 뒤도 돌아보지 않고 전각 밖으로 달아났다.

한데 그때였다.

전각 대문 속에서 은빛 인영이 튀어나와 그녀 앞을 막아섰다.

인영의 정체는 바로 은무족 여수사였다.

은무족 여수사가 고명한 은신 공법을 익힌 탓에 나검은 그곳에 설마 다른 적이 있을 거라고는 전혀 예상 못 한 눈치였다.

기선을 제압한 은무족 여수사가 은빛 손톱이 길게 튀어나온 팔로 나검을 찔러 갔다.

나검도 순순히 죽어 주지는 않았다.

바로 비행술을 펼쳐 활로를 찾았다.

한데 그 순간, 은무족 여수사의 팔이 갑자기 고무처럼 쭉쭉 늘어나더니 도망치는 나검의 등을 그대로 할퀴고 지나갔다.

"아악!"

비명을 지른 나검은 전각 대들보 10여 개를 부수며 날아갔다.

"도망치지 못한다!"

앙칼진 목소리로 외친 은무족 여수사가 나검을 곧장 쫓았다.

얼마 안 가 나검을 따라잡은 은무족 여수사가 팔을 은빛 채찍처럼 휘둘러 피를 철철 흘리는 나검을 매섭게 찔러 갔다.

붉은 입술을 피가 나도록 잘근 깨문 나검은 눈썹을 바짝 치켜올리며 은무족 여수사를 쏘아보았다.

마치 죽을 땐 죽더라도 적 앞에서 비굴한 모습은 절대 보이지 않겠다는 듯했다.

한데 그때였다.

은무족 여수사 뒤에서 찬란한 불광이 태양처럼 피어올랐다.

"누구냐?"

소리친 은무족 여수사가 바로 돌아서며 팔을 휘둘렀다.

은빛 채찍으로 변한 여수사의 팔이 불광을 후려쳤다.

그러나 둔중한 굉음이 울림과 동시에 여수사의 팔이 도로 팅겨 나갔다.

깜짝 놀란 여수사가 눈을 부릅뜨며 소리쳤다.

"정체를 밝혀라!"

잠시 후, 불광 속에서 유건이 걸어 나오며 진언을 외웠다.

여수사가 경계하는 표정으로 주위를 두리번거릴 때, 밑에서 거대한 연꽃이 피어오르더니 꽃잎을 오므려 그녀를 감쌌다.

은무족 여수사는 비술을 펼쳐 연꽃 꽃잎을 찢어 내려 들었다.

"흥."

코웃음을 친 유건이 꽃잎에 법결을 던져 넣었다.

그 즉시, 연꽃 꽃잎이 하얀 분말을 뿜어 안에 가둔 은무족 여수사를 녹여 갔다.

여수사는 귀가 찢어질 듯한 비명을 질러 대며 고통스러워하다가 원신과 함께 핏물로 변해 흩어졌다.

구해 준 사람이 유건임을 알아본 나검은 말을 제대로 잇지 못했다.

마치 그 사실을 받아들일 수 없다는 듯한 표정이었다.

"너, 너는 금신전의 자덕?"

뒷짐을 쥔 유건은 자덕의 목소리로 물었다.

"부상을 치료할 시간이 필요하오?"

나검은 복잡한 표정으로 말없이 고개를 끄덕였다.

"그러면 여기서 부상을 치료하시오. 나는 마저 청소해야겠소."

그녀를 힐끗 보며 말한 유건은 바로 앞으로 쏘아져 나갔다.

곧 전각 안에서 나검을 공격하던 흑대족 수사 두 명과 백소족 수사 한 명이 뛰쳐나와 그를 삼각형 형태로 포위했다.

유건은 곧장 전광석화를 펼쳐 작은 불꽃으로 변신했다.

작은 불꽃은 바로 공간을 건너뛰는 것처럼 상대와의 거리를 좁혀 파리처럼 왱왱거리는 백소족 수사 쪽으로 달려들었다.

백소족 수사도 피하지 않고 같이 달려들었다.

곧 유건이 변한 작은 불꽃과 비술을 펼쳐 몸을 모래알갱이보다 작게 만든 백소족 수사가 공중에서 정면으로 충돌했다.

125

펑!

충돌한 지점에서 금빛 섬광이 피어오르더니 백소족 수사
가 그대로 불타올라 흩어졌다.

워낙 순식간에 벌어진 일이라 검은 거북 두 마리는 백소족
수사를 도와줄 틈이 없었다.

눈빛을 나눈 검은 거북 두 마리는 그 즉시 서로 반대 방향
으로 도망쳤다.

비슷한 실력을 지닌 백소족 수사를 순식간에 없앤 모습을
봐서는 그들은 유건의 상대가 절대 아니었다.

유건은 바로 숨을 크게 들이마셨다.

그 즉시, 유건의 볼과 배가 풍선에 바람을 집어넣은 것처
럼 순식간에 부풀어 올랐다.

볼과 배가 터지기 직전까지 숨을 들이마신 유건은 이내 입
을 벌리고 참은 숨을 일기에 뱉어 냈다.

그 순간, 간담을 서늘하게 만드는 음파가 수천 개의 고리
로 화해 허공을 갈랐다.

음파 고리에 닿은 것은 전부 산산이 부서져 남아나질 않았다.

그때, 서로 다른 방향에서 비명이 두 번 울리더니 흑대족
거북 두 마리가 화살에 꿰인 기러기처럼 몸을 떨며 떨어졌다.

얼굴이 창백해진 유건은 두 눈으로 전광석화 불꽃을 연달
아 발사해 땅으로 추락하던 흑대족 거북 두 마리를 불태웠다.

4장. 십이지신상

유건은 땅에 굴러다니는 검은 철패 두 개와 하얀 철패 하나, 은색 철패 하나를 주워 품에 보관했다.

이제 그의 손에 죽은 적은 모두 여섯이었다.

시작치곤 나쁘지 않은 성과였다.

유건은 전각 대들보 위에 올라가 금강부동공을 운기했다.

유적 터 안으로 들어올 때, 단약과 영약을 모두 놓고 왔다.

전투 중에 소모한 법력을 회복하려면 운기조식이 필수였다.

운기조식으로 법력을 모두 회복한 유건은 고개를 돌려 나검을 살폈다.

굵은 땀방울을 연신 쏟아 내는 나검은 독에 당해 터질 것처럼 부풀어 오른 왼팔을 치료하는 데 여념이 없었다.

뇌력을 퍼트려 근처에 다른 수사가 없음을 확인한 유건은 좀 전에 본 제단으로 날아갔다.

발가벗은 거인이 네 귀퉁이를 받치는 제단이었는데 가운데 둥근 공 같은 물체가 있었다.

유건은 방대한 뇌력으로 제단 전체를 재빨리 훑었다.

그러나 제단은 전각과 달랐다.

주변에 금제가 펼쳐져 있었다.

그는 시험 삼아 손가락을 튕겨 전광석화 불꽃을 발사해 보았다.

곧 전광석화 불꽃이 제단을 때렸다.

위잉!

그때, 두꺼운 녹색 장막이 제단 전체를 가리면서 전광석화 불꽃이 도로 튕겨 나왔다.

한데 그냥 튕겨 나오는 게 아니었다.

불꽃은 정확히 유건이 있는 방향으로 도로 튕겨 나왔다.

미리 준비하고 있던 유건은 재빨리 몸을 날려 피했다.

한데 불꽃의 속도가 두 배 넘게 빨라져 그를 식겁하게 하였다.

유건은 전력으로 금강부동공을 펼쳤다.

그의 몸에 불광이 내려앉기 무섭게 튕겨 나온 불꽃이 정확히 미간을 강타했다.

그 충격으로 머리가 뒤로 홱 젖혀진 유건은 금강부동공에 주입하는 법력을 늘렸다.

그제야 불꽃이 천천히 사그라들었다.

'반사 금제군.'

유건은 그다음부턴 섣불리 금제를 시험해 보지 않았다.

그때, 뒤에서 인기척이 들렸다.

유건은 돌아보지 않고도 인기척의 주인이 나검임을 알았다.

"몸은 좀 어떻소?"

나검은 그를 경계하며 되물었다.

"당신 정말 공선 후기 수사 맞아요?"

"나 선자처럼 나도 들어오기 전에 성해오족 네 족장의 검사를 받았소. 내가 그들의 뇌력을 속일 수 있을 거라 보는 거요?"

나검은 착잡한 눈빛으로 고개를 가로저었다.

"그런 일은 일어날 수 없겠죠."

유건은 말없이 금제를 깰 방법을 연구했다.

그때, 나검이 참지 못하고 다시 말을 걸었다.

"그렇다면 당신 진짜 공선 후기 수사군요. 금신전에서 당신과 같은 공선 수사를 길러 냈을 줄은 정말 꿈에도 몰랐어요."

유건은 미간을 찌푸리며 짜증 난 목소리로 말했다.

"반사 금제를 연구해야 하니 지금부턴 조용히 하시오."

나검은 유건의 태도에 발끈하며 눈썹을 치켜올렸다.

그러나 어쩌면 임무 성공이 그에게 달려 있을지도 모른단 직감이 들기 무섭게 올라간 눈썹이 원래 자리로 슬며시 돌아왔다.

본인이 유건에게 모욕을 당하는 것은 충분히 참을 수 있었다.

그러나 임무에 실패하면 금갑족은 말 그대로 멸족이었다.

유건은 나검을 신경 쓰지 않았다.

그가 지금 신경 쓰는 유일한 문제는 제단을 보호하는 반사 금제의 해제 방법이었다.

다행히 자오진인과 생활한 요 몇 년 동안 알게 모르게 주워들은 내용이 많아 금제를 해제하는 방법을 몇 가지 알았다.

그러나 그가 아는 해제 방법은 전부 통하지 않았다.

유건은 결국, 이런 때를 대비해 자오진인이 알려 준 최후의 방법을 쓰기로 했다.

바로 모검술을 이용한 해제 방법이었다.

물론, 평범한 모검술론 초인족이 제단을 보호하기 위해 설치한 금제를 뚫지 못했다.

그러나 유건이 지금 반사 금제를 해제하기 위해 쓰려는 모검술은 평범한 모검술이 아니었다.

바로 뇌력을 이용한 특수한 모검술이었다.

그 자리에 가부좌한 유건은 눈을 감고 정신을 집중했다.

눈에 보이진 않지만, 그 실체는 명확한 뇌력이 점점 모여들었다.

유건은 모인 뇌력을 머릿속에서 열 개로 잘게 쪼갰다.

이 과정에서 진종자의 모검술 구결이 필요했다.

뇌력은 원래 파동처럼 수축과 확장을 계속 반복해 쪼개기가 쉽지 않았다.

그러나 모검술을 쓰면 쪼개는 게 가능했다.

유건은 쪼갠 뇌력 열 개를 섬세하게 다듬어 날카로운 쐐기 형태로 만들었다.

이제 밑그림은 얼추 다 완성한 셈이었다.

눈을 번쩍 뜬 유건은 반사 금제를 쏘아보며 고함을 질렀다.

"가랏!"

그 순간, 뇌력 쐐기 열 개가 금제에 원을 그리며 다다닥 박혔다.

예상대로 반사 금제는 법력은 튕겨 내도 뇌력은 튕겨 내지 못했다.

애초에 뇌력을 그처럼 쓰는 수사 자체가 드물었다.

유건은 그 상태에서 남은 뇌력을 망치 형태로 만들었다.

뇌력 망치를 완성한 다음에는 반사 금제에 박힌 뇌력 쐐기 머리를 두들겨 뇌력 쐐기가 반사 금제를 뚫고 들어가게 하였다.

뇌력 쐐기가 반사 금제 안으로 끝까지 파고 들어갔을 때였다.

지이익!

유리에 금이 가는 것 같은 소리가 들리며 반사 금제에 구멍이 뚫렸다.

유건은 바로 뇌력 쐐기와 뇌력 망치를 회수했다.

그러나 유건은 바로 움직이지 않았다.

뇌력을 세밀하게 운용하느라 심력 소비가 너무 큰 탓이었다.

그는 두 눈을 감은 상태에서 정양하며 소모한 심력을 회복하는 데 주력했다.

나검은 그런 유건의 눈치를 슬슬 살폈다.

저 안에 있는 공 같은 물체는 십이지신상 중 하나가 분명했다.

장로들이 십이지신상을 가져오는 수사에게 막대한 혜택을 주겠다고 약속한 점을 생각하면 욕심이 나지 않을 수 없었다.

그러나 몇 번 고민한 끝에 결국 포기하기로 하였다.

유건은 그녀가 작동 원리를 제대로 파악하지조차 못한 반사 금제를 뇌력만으로 뚫어 낼 정도의 고강한 실력을 지녔다.

그녀가 공을 가로채면 그런 그가 어떻게 나올지는 뻔했다.

나검이 번민을 거듭하는 동안, 어느 정도 심력을 회복한 유건은 구멍이 뚫린 반사 금제 안으로 들어가 뇌력을 퍼트렸다.

나검도 놓칠세라 얼른 그를 따라 안으로 들어갔다.

반사 금제 안에 다른 금제가 없음을 확인한 유건은 공처럼 생긴 물체에 법결을 던졌다.

그 순간, 공이 좌우로 벌어지며 안에서 쥐를 형상화한 검은 석상 하나가 천천히 올라왔다.

'십이지신상 중 쥐에 해당하는 자신상(子神像)이군.'

뇌력으로 검은 석상을 꼼꼼히 점검한 유건은 이상이 없음을 확인한 후에야 법결을 날려 자신상을 공중에 띄웠다.

자신상은 늙고 허리가 굽은 검은 쥐가 오른손으로 지팡이를 쥐고 왼손으로 허리를 두드리는 모습을 형상화한 석상이었다.

'초인족의 유명한 보물이래서 기대를 많이 했는데 외관은 평범하기 짝이 없군. 어쨌거나 가짜는 아닌 듯해 다행이야.'

자신상을 챙긴 유건은 제단 밖으로 나와 유적 터 한쪽으로 날아갔다.

나검은 떨어지면 큰일이라는 듯 바짝 따라붙었다.

유건은 미간을 찌푸렸다.

"난 혼자 다니는 게 더 편하오."

"나도 당신이 좋아서 따라다니는 게 아니에요. 나융사조께서 우리 금갑족 수사 열 명이 똘똘 뭉쳐 다른 네 종족 수사들에 대항하라 하셨기에 당신을 따라가고 있을 뿐이라고요."

"그럼 걸리적거리지 마시오."

나검이 눈썹을 다시 치켜올렸다.

"당신은 내가 어느 분의 제자인지 알아요?"

"당신 사부가 나융사조보다 높은 분이오?"

"당연히 아니죠."

"그럼 입 다물고 조용히 따라오기나 하시오."

그러나 나검은 바로 그의 지시를 어겼다.

나검은 그를 의심하는 표정으로 바라보며 물었다.

"설마 당신이 나융사조의 제자란 건가요? 나융사조께서는 평생에 걸쳐 일곱 명의 여제자만 거둔 것으로 아는데요. 나융 사조께서 얼마 전에 거둔 나요가 그 일곱 번째 제자이고요."

나검을 힐끗 본 유건은 전광석화를 펼쳐 순식간에 까마득히 멀어졌다.

소스라치게 놀란 나검은 전력을 다해 쫓아갔다.

그러나 그녀의 비행술 실력으로는 유건의 전광석화를 따라잡는 게 불가능했다.

갈수록 그와의 간격이 쭉쭉 벌어졌다.

얼굴이 하얗게 질린 나검은 얼굴이 창백해져 소리쳤다.

"알, 알았어요! 앞으론 입 다물고 있을게요!"

유건은 그제야 속도를 줄였다.

안도한 나검은 얼른 유건의 뒤에 바짝 따라붙었다.

그다음부터는 감히 지시를 어길 엄두를 내지 못했다.

유건이 또 성질을 부리며 자기 혼자 멀찍이 날아가면 큰일이었다.

유건은 수천만 마리로 이루어진 녹각문 두 무리를 연달아 피한 다음에 두 번째 제단을 찾아냈다.

다행히 그곳에는 다른 수사들이 없었다.

그는 바로 뇌력을 써서 석상을 취했다.

두 번째로 얻은 십이지신상은 돼지를 형상화한 해신상(亥神像)이었다.

해신상은 하얀 돼지가 커다란 코를 벌름거리며 무언가의 냄새를 맡는 중인 모습을 묘사한 석상이었다.

'이제 두 개째군.'

유건은 머릿속으로 자신상과 해신상을 구한 위치를 떠올려 보았다.

그는 곧 자신에게 운이 따른다는 사실을 알아냈다.

원래 십이지신상이 놓인 제단은 유적 터 외곽에 원을 그리며 세워져 있었다.

한데 유건이 공교롭게도 그 원을 정확히 찾아낸 덕에 헤매지 않고 신상을 연달아 찾아낼 수 있었다.

'그렇다면 유적 터 외곽을 돌아야 십이지신상을 전부 취할 수 있단 소리군. 일단, 방향은 알아냈으니 고생을 덜 하겠어.'

방향을 정한 유건은 곧장 날아갔다.

한데 세 번째 제단에는 이미 다른 손님이 와 있었다.

그들은 두 패로 나뉘어 치열한 전투를 벌이고 있었다.

한데 안력을 높여 살펴보니 한쪽은 은무족, 동검족 수사 두 명이었고 다른 쪽은 자현을 포함한 금갑족 수사 세 명이었다.

이번에는 금갑족 수사가 더 많아 겉으로는 훨씬 유리해 보였다.

한데 실제 상황은 전혀 그렇지 않았다.

동검족 수사는 혼자 자현과 금갑족 수사 한 명의 협공을 받으면서도 오히려 상대보다 기세를 올리는 중이었다.

은무족 여수사도 남은 금갑족 여수사를 여유롭게 상대하고 있었다.

유건은 금갑족 수사 열 명 중에서 그를 제외하고 세 손가락에 꼽히는 실력자인 자현을 단독으로 몰아붙이는 동검족 수사에 호기심이 생겼다.

심지어 자현은 동료의 도움을 받으면서도 동검족 수사와 가까스로 평수를 유지하는 중이었다.

동검족 수사는 한쪽 눈에 안대를 찬 애꾸눈 사내였는데 두 팔을 칼처럼 만들어 자현과 곤무(坤武)라는 이름의 수사에게 휘둘렀다.

애꾸눈 사내가 칼을 휘두를 때마다 구릿빛 뇌전이 쏟아져 나와 자현과 곤무의 얼굴을 창백하게 만들었다.

'흠, 뇌 속성 공법이군.'

뇌 속성은 강력한 속성 중 하나로 공법을 익히기가 불가 공법만큼이나 까다로운 편이었다.

일단, 뇌 속성과 관련 있는 선근을 타고 나야지만 뇌 속성 공법에 입문할 수 있었다.

그때, 나검이 유건의 눈치를 살피며 입을 열었다.

"동검족의 공선 후기 최고봉 중에서 가장 강하다는 평가를 받는 관징(官懲)이에요. 관징은 뇌 속성 공법을 수련해서 금 속성 공법을 수련한 자현이 이기기가 불가능한 강적이죠."

그녀의 말이 채 끝나기도 전에 곤무라는 이름의 금갑족 수사가 관징이 쏟아 낸 구릿빛 벼락에 관통당해 목숨을 잃었다.

나검은 은무족 여수사를 상대 중인 금갑족 여수사의 상태를 살폈다.

금갑족 여수사는 나견(羅鵑)으로 나검과 같은 나씨 파벌의 수사였다.

나견도 상황이 좋지 않았다.

그녀는 황금색 거북으로 변신해 적의 공격을 가까스로 버텨 냈다.

나검이 답답해하며 물었다.

"어떻게 할 거죠? 계속 지켜만 볼 건가요?"

"선자는 내 부하도 아니면서 왜 내 지시를 기다리는 것이오?"

눈썹을 치켜뜬 나검이 유건을 사납게 노려보다가 나견 쪽으로 훌쩍 날아갔다.

그녀는 곧 나견을 도와 적을 협공했다.

자현은 곤무가 죽는 바람에 더 큰 위기에 처해 있었다.

그는 금 속성 공법으로 만들어 낸 황금 채찍을 사용했는데 관징의 벼락에 맞을 때마다 이를 악물고 맞은 곳을 잘라 냈다.

그렇게 해야지만 벼락이 채찍 전체를 감전시키지 못했다.

그러나 그런 임시방편에는 한계가 있기 마련이었다.

자현은 반 토막 난 황금 채찍으로 저항하다가 결국 관징의 구릿빛 뇌전에 왼팔이 통째로 잘려 나가는 중상을 입었다.

관징이 중상을 입은 자현을 끝장내려 할 때였다.

유건은 자현 앞을 막아서며 오른손 손가락 다섯 개를 동시에 튕겼다.

그 즉시, 전광석화 불광이 만든 불꽃 다섯 개가 구릿빛 뇌전 사이를 통과해 관징의 가슴으로 빨려 들어갔다.

관징은 피식 웃더니 두 칼을 빙빙 돌려 뇌전 방어막을 만들었다.

그러나 불꽃은 뇌전 방어막을 가볍게 뚫고 들어갔다.

그제야 표정이 바뀐 관징이 급히 칼을 미친 듯이 휘둘렀다.

탕탕탕탕탕!

다섯 번의 충돌음이 동시에 들린 직후에 관징이 눈을 번쩍 뜨며 믿을 수 없다는 표정을 지었다.

손으로 만든 칼날에 꽃잎처럼 생긴 구멍 다섯 개가 선명하게 뚫려 있는 탓이었다.

관징은 유건을 경계하며 다시 한번 뇌력으로 유건을 확인했다.

그러나 아무리 확인해 봐도 유건은 공선 후기 수사였다.

정혈을 뿜어 구멍을 메운 관징이 하나 남은 눈에 힘을 주었다.

"금갑족에 너 같은 공선 후기가 있단 말은 듣지 못했다."

"그건 네가 금갑족을 잘 모른단 뜻이겠지."

이를 바드득 간 관징이 칼날 두 개를 동시에 내리쳤다.

그 순간, 구릿빛 뇌전 다발이 회전하며 날아들었다.

지금까지 본 구릿빛 뇌전 중에서 가장 크고 가장 강력했다.

유건은 전광석화를 펼쳐 작은 불꽃으로 변신했다.

그러나 크기만 작지, 불꽃에 담긴 힘은 구릿빛 뇌전에 못지
않았다.

구릿빛 뇌전 다발을 뚫은 유건은 다시 원 상태로 돌아와서
사자후, 구련보등을 연달아 펼쳤다.

음파 고리가 허공을 가르고 구련보등이 만든 연꽃이 사방
에서 꽃망울을 터트렸다.

그때, 관징의 눈을 가린 안대가 사라지며 무저갱처럼 깊이
를 알 수 없고 유황불처럼 구릿빛 불꽃이 흐르는 시커먼 구멍
이 나타났다.

마치 지옥에 있는 심연을 바라보는 느낌이었다.

등골이 서늘해진 유건은 급히 방어를 강화했다.

그 순간, 구릿빛 구렁이를 닮은 뇌전이 꿈틀거리며 눈구멍
에서 기어 나와 음파 고리를 잡아먹고 구련보등이 만든 연꽃
을 불태웠다.

구릿빛 뇌전 구렁이는 거기서 멈추지 않았다.

구릿빛 뇌전 구렁이는 유건의 목을 휘감고 뇌전을 터트렸다.

◆ ◇ ◆

　구릿빛 뇌전 구렁이를 목에 감은 유건은 마치 사형수가 교수형을 당하기 전에 목에 밧줄을 매단 모습을 떠올리게 하였다.

　더군다나 구릿빛 뇌전 구렁이가 뇌전까지 터트리는 바람에 그의 목이 당장이라도 떨어져 나갈 것처럼 위태로워 보였다.

　관징은 물론이고 이를 지켜보던 모든 수사가 그의 목이 잘려 나가는 광경을 상상했다.

　그러나 그들의 예상은 빗나갔다.

　유건의 몸에서 흘러나온 찬란한 불광이 구릿빛 섬광을 천천히 밀어냈다.

　찬란한 불광의 정체는 바로 유건의 독문 공법인 금강부동공이었다.

　불가 최강의 호신 공법답게 금강부동공의 짙은 불광이 구릿빛 섬광을 밀어내는 데 성공했다.

　유건은 거기서 한발 더 나아가 전광석화 불꽃을 두른 두 손으로 구릿빛 뇌전 구렁이의 머리와 꼬리를 잡아 뜯어 버렸다.

　구릿빛 뇌전 구렁이는 비명을 지르며 두 쪽으로 쪼개져 흩어졌다.

　그 바람에 내상을 크게 입은 관징이 입과 코, 귀, 눈에서 동시에 피를 쏟으며 술에 취한 사람처럼 비틀거렸다.

　그러나 관징도 바로 쓰러지지는 않았다.

그는 동검족 공선 후기 최고봉 수사 중 가장 강자였다.

바로 정신을 차린 관징이 10장 크기의 구릿빛 거북으로 변신해 빙그르르 돌았다.

그 순간, 구릿빛 거북의 등딱지가 수백 개의 구릿빛 칼날로 변신해 유건을 찔러 왔다.

유건은 바로 구련보등, 사자후로 둥그런 방어막을 형성해 구릿빛 거북의 칼 공격을 막았다.

그때, 구릿빛 칼날 수백 개가 유건의 방어막 앞에서 뇌전을 터트렸다.

유건의 방어막은 순식간에 구릿빛 뇌전으로 뒤덮였다.

마치 뇌전으로 둘러싸인 구릿빛 고치를 보는 듯했다.

유건은 쓴웃음을 지었다.

'역시 이 자를 상대로는 전력을 다하는 수밖에 없겠군.'

유건은 단숨에 30장까지 몸의 크기를 키웠다.

바로 유적 터에 들어와 처음으로 펼치는 천수관음검법이었다.

유건은 열여섯 개로 늘어난 팔을 두 개로 합쳐 합장했다.

그 순간, 불광이 해일처럼 밀려가 구릿빛 뇌전을 집어삼켰다.

불광 앞에서는 구릿빛 뇌전도 힘을 쓰지 못했다.

유건을 포위한 구릿빛 뇌전 고치가 순식간에 불광에 먹혀 자취를 감췄다.

덕분에 뇌전 포위망을 빠져나온 유건은 두 팔을 다시 열여섯 개로 나누었다.

변화는 그뿐만이 아니었다.

칼처럼 뾰족하던 손끝이 꿈틀거리더니 빠르게 손가락의 형태를 갖춰 갔다.

유건은 마치 부채를 펼치듯 팔 열여섯 개를 활짝 펼쳤다.

그리곤 형체를 갖춘 손가락으로 각기 다른 수결을 맺었다.

팔이 열여섯 개였기에 수결의 종류도 정확히 열여섯 개였다.

준비를 마친 유건은 바로 진언을 외우며 눈을 감았다.

그 순간, 유건의 머리 위에 30장 크기의 거대한 손바닥이 나타났다.

거대한 손바닥은 마치 황금을 틀에 부어 만든 것처럼 찬란한 빛을 뿜었다.

기이한 점은 그뿐만이 아니었다.

거대한 손바닥은 사이한 기운을 제압하는 장중한 기운을 품고 있었다.

마치 부처님의 손바닥을 보는 듯한 느낌이었다.

그때, 유건이 눈을 번쩍 뜨며 소리쳤다.

"잡아라!"

그 순간, 유건의 머리 위에서 사라진 황금 손바닥이 관징의 머리 위에 나타났다.

관징은 겁에 질린 얼굴로 달아났다.

그러나 관징온 황금 손바닥을 피하지 못했다.

말 그대로 부처님 손바닥 안이었다.

관징은 머리 위에서 떨어지는 황금 손바닥을 보며 머리와 팔다리를 두꺼운 등딱지 안으로 감췄다.

그때, 황금 손바닥이 손가락을 오므려 관징을 세게 틀어쥐었다.

그러나 관징을 죽이진 못했다.

동검족의 등딱지는 아주 단단했다.

황금빛 손바닥이 아무리 강해도 단숨에 부술 순 없었다.

미간을 찌푸린 유건은 곧장 두 번째 황금 손바닥을 불러냈다.

첫 번짼 오른손 손바닥이었고 지금은 왼손 손바닥이었다.

"가라!"

유건의 명령을 받은 왼손 손바닥이 관징 머리 위에 나타났다.

유건은 재빨리 오른손, 왼손 두 손바닥에 연달아 법결을 던졌다.

잠시 후, 오른손 손바닥이 관징을 놓고 물러섰다.

관징은 그 틈에 달아나려고 구명 비술을 연달아 펼쳤다.

한데 그때였다.

오른손, 왼손 두 손바닥이 공중에서 자세를 스스로 고쳐 잡

145

더니 마치 합장할 때처럼 관징을 사이에 두고 손뼉을 딱 쳤다.

짝!

두 손바닥 사이에 끼인 관징은 그 즉시 먼지로 변해 흩어졌다.

유건이 새로 선보인 공법은 바로 천수관음공법의 2단계인 천수관음장법(千手觀音掌法)이었다.

그는 지금까지 법력의 양을 고려해 1단계 공법인 천수관음검법만 사용해 왔었다.

한데 유적 터 안으로 법보와 영수를 들고 갈 수 없단 말을 듣고 나서 뭔가 좀 더 확실한 수단이 필요하단 것을 느꼈다.

그때 생각난 것이 바로 2단계 공법인 천수관음장법이었다.

심언종을 대표하는 공법인 천수관음공법은 실전된 구결까지 합치면 총 12단계로 이루어져 있었다.

그중 유건이 헌월선사 동부에서 확보한 단계는 총 네 단계였다.

나머지 단계는 간단한 설명만 있을 뿐, 구결은 자세히 적혀 있지 않았다.

한데 사부의 세심한 지도를 받지 못한 유건은 바로 천수관음장법을 펼치지 못했다.

그는 한 가지 꼼수를 생각해 냈다.

바로 천수관음검법을 펼친 상태에서 2단계로 넘어가는 꼼수였다.

꼼수는 적중해 천수관음장법을 펼칠 수 있게 되었다.

물론, 천수관음장법에 들어가는 법력의 양은 천수관음검법에 비할 바 아니었다.

천수관음검법을 연달아 네다섯 번 펼치는 법력의 양과 천수관음장을 한 번 펼치는 양이 비슷했다.

더구나 이번에는 연달아 두 번이나 천수관음장법을 펼쳤다.

곧 단전이 혹독한 가뭄을 맞은 논처럼 바짝 말라붙었다.

유건은 규옥에게 배운 지둔술을 이용해 땅속 깊숙한 곳으로 달아났다.

나검, 자현이야 어떻게 되든 그 알 바 아니었다.

사흘 동안 두문불출하며 법력을 어느 정도 회복한 유건은 지상으로 올라와 주변을 재빨리 둘러보았다.

멀지 않은 곳에 있는 제단에서 지축을 흔드는 폭음이 연달아 울려 퍼졌다.

유건은 곧장 제단으로 날아가 살펴보았다.

나검, 자현, 나견 세 수사가 제단을 보호하는 반사 금제를 공격하는 중이었다.

그러나 성과는 별로 크지 않았다.

오히려 반사 금제에 당해 죽을 고비만 여러 차례 넘겼다.

유건은 고개를 절레절레 저었다.

그때, 유건을 본 나검이 가장 먼저 손을 멈추었다.

자현과 나견도 나검의 뇌음을 받고 나서 반사 금제와 거리를 벌렸다.

유건은 뒷짐을 쥔 자세로 날아가 말없이 나검을 쳐다보았다.

나검은 얼굴을 약간 붉히며 물었다.

"부, 부상은 다 나았나요?"

"내가 얼마나 회복했는지는 나 선자가 알 필요 없소."

"그럼 어서 반사 금제를 깨고 신상을 확보하는 게 어때요?
다른 종족 수사들이 신상을 노리고 나타나면 큰일이잖아요."

유건은 눈썹 끝을 살짝 끌어올렸다.

"그보다 먼저 해결해야 할 일이 있소."

나검이 움찔하며 물었다.

"그게 뭐죠?"

"나에게 돌려줄 물건이 두 개 있을 거요."

그때, 눈치 빠른 자현이 급히 끼어들었다.

"자덕 수사, 지금은 우리끼리 이럴 때가 아니오. 나 선자에
게 듣기론 자덕 수사가 반사 금제를 깨는 방법을 알고 있다던
데 우선 신상부터 취한 후에 이야기를 나누는 것이 어떻겠소?"

유건은 말없이 자현을 쏘아보았다.

흠칫한 자현이 겁을 먹은 얼굴로 물러섰다.

자현이 그럴진대 그보다 약한 나견이야 감히 유건과 시선
도 마주치지 못했다.

뒤로 물러선 자현은 바로 나검 쪽을 쳐다보았다.

자현이 나검에게 뇌음을 보내는 중인 듯 나검의 안색이 수

시로 바뀌었다.

결국, 한숨을 내쉰 나검이 품에서 물건 두 개를 꺼내 건넸다.

"여기 있어요."

유건은 나검을 쏘아보며 경고했다.

"다신 내 물건에 손을 대지 마시오."

"그러죠."

자존심이 상한 나검은 입술을 잘근 깨물었다.

유건은 나검이 어떤 감정을 느끼는지는 별 관심이 없었다.

그는 바로 회수한 두 물건부터 살펴보았다.

하나는 관징이 갖고 있던 동색 철패였다.

그리고 다른 하나는 관징이 다른 제단에서 손에 넣은 것이
분명한 미신상(未神像)이었다.

미신상은 숫양이 뿔로 무언가를 들이받기 직전의 역동적
인 모습을 조각한 노란 석상이었다.

미신상을 품에 넣은 유건은 뇌력을 이용해 제단을 보호하
는 반사 금제를 조사했다.

다행히 전에 본 반사 금제와 형태가 일치했다.

유건은 시간을 끌지 않고 바로 뇌력을 이용해 반사 금제를
뚫고 네 번째 십이지신상을 확보했다.

네 번째 십이지신상은 술신상(戌神像)이었다.

술신상은 개가 몸을 동그랗게 만 상태에서 깊은 잠이 든 모
습을 묘사한 회색 석상이었다.

술신상마저 품에 갈무리한 유건은 바로 다음 제단을 향해 날아갔다.

나겸, 자현, 나견 세 수사는 사실 꽤 지친 상태였다.

그러나 유건과 떨어지면 임무도 실패하고 목숨도 잃을 가능성이 컸다.

기력이 다하기 전까진 어떻게든 붙어 있어야 했다.

다행히 유건은 그들에게 떨어지란 말을 하지 않았다.

자현이 어색한 분위기를 깨려는 듯 옆으로 날아와 말을 걸었다.

"전에는 자덕 수사 덕분에 살았소. 그땐 서로 경황이 없어 고맙단 인사를 못 했기에 지금이라도 고맙단 말을 하고 싶소."

유건은 그를 힐끗 보며 대꾸했다.

"내게 고마워할 필요 없소. 당신을 살리려고 관징을 죽인 게 아니라, 임무를 좀 더 수월하게 수행하기 위해 죽인 거요."

자현은 당황한 표정을 숨기지 못했다.

유건이 예의상 하는 빈말조차 하지 않을 거라고는 전혀 예상하지 못한 탓이었다.

그러나 자현은 바로 점잖은 원래 표정으로 돌아왔다.

"선도에 발을 들여놓은 후로 자덕 수사처럼 불가 공법에 정통한 공선 수사는 처음 보았소. 대체 금신전의 어느 분께 배우신 것이오? 내 견문이 좁아 자세히 알진 못하지만, 금신전의 장로 중 자월(玆月), 곤마(坤馬), 나척(羅拓) 세 분이 불가 공법을 익힌 것으로 아는데 혹 그분들께 배운 것이오?"

유건은 자현을 똑바로 바라보며 물었다.

"누구에게 배웠는지가 그렇게 중요하오?"

자현은 바로 손사래를 쳤다.

"아, 오해하지 마시오. 자덕 수사의 뒤를 캐려고 한 질문은
아니오. 그저 순수한 호기심일 따름이었소. 어쨌거나 자덕
수사가 있어 정말 든든하오. 관징에게 걸렸을 때만 해도 끝인
가 싶었는데 자덕 수사 덕분에 몸을 망치지 않을 수 있었소."

뒤에서 조용히 따라가던 나견이 나검에게 물었다.

"사저, 저 자덕이란 자가 정말 공선 후기인가요?"

나검은 말없이 고개를 끄덕였다.

나견이 믿을 수 없단 표정으로 재차 물었다.

"한데 어떻게 공선 후기가 자현 수사도 쩔쩔매던 관징 같은
강적을 죽일 수 있죠? 혹시 그가 경지를 속인 건 아닐까요?"

나검이 나견을 쏘아보며 물었다.

"넌 저자가 성해오족 네 족장을 속일 수 있었을 거라 보느
냐?"

나견은 입을 삐쭉 내밀며 고개를 저었다.

"그건 어렵겠지요."

"믿기 힘들지만, 그는 틀림없이 공선 후기다. 다만, 경지를
초월하는 실력을 지닌 것뿐이지. 이번 임무가 어떻게 끝나든
간에 그는 아마 앞으로 금갑족에서 중요한 자리를 차지하게

될 거다. 아마 곤조와 치열한 경쟁을 펼쳐 나갈 테지."

나견은 나검의 눈치를 보며 물었다.

"곤조 수사가 정말 그렇게 강한가요?"

나검은 한숨을 내쉬며 물었다.

"너도 내가 곤조와의 대결에서 패했는지 알고 싶은 것이더냐?"

나견은 손사래를 쳤다.

"전 그냥 궁금했을 뿐이에요."

나검은 피식 웃었다.

"맞다. 곤조가 나보다 강하다. 그리고 자현보다도 더 강하다."

"그럼 정말 곤조 수사가 금갑족 공선 수사 중에서 가장 강한 거군요. 저 자덕이란 수사가 갑자기 등장하기 전까지는요."

그때, 유건 일행은 네 번째 제단에 도착했다.

그러나 네 번째 제단은 이미 파괴되어 있었다.

이미 다른 수사가 다녀갔다는 뜻이었다.

유건은 별말 없이 계속 날아갔다.

자현이 다시 말을 걸었다.

"자덕 수사가 보기에 다음 제단에는 신상이 남아 있을 것 같소?"

"그건 가 봐야 알 일이오."

"그건 그렇소. 한데 나 선자 말에 따르면 자덕 수사가 이미 신상을 네 개나 확보했다던데 앞으로도 계속 그렇게 할 거요?"

"무슨 뜻이오?"

자현이 유건의 눈치를 살피며 물었다.

"만일을 위해 십이지신상 중 반 정도는 나나, 나 선자가 보관하는 편이 더 낫지 않겠소? 그래야 우리에게 최악의 상황이 닥쳐오더라도 훗날을 기약할 수 있을 것 같아서 말이오."

"난 변수를 싫어하오."

"어떤 변수를 말하는 거요?"

"이번 임무에서는 나를 제외한 모든 것이 변수요. 내게는 적도 변수고 당신들도 변수요. 나는 오직 나만 믿을 뿐이오."

자현은 기분이 나빴다.

유건의 대답은 그를 믿지 못한다는 뜻이었다.

그러나 유건의 진짜 실력을 알기에 대놓고 따지지는 못했다.

그다음부터는 자현도 유건에게 말을 걸길 포기했다.

그렇게 유건 일행은 침묵을 유지하며 다섯 번째 제단에 도착했다.

한데 다섯 번째 제단에는 예상치 못한 광경이 펼쳐져 있었다.

제단의 반사 금제가 깨져 있는 일은 그리 이상한 광경이 아니었다.

좀 전에 지나온 네 번째 제단도 금제가 깨져 있었다.

유건이 예상하지 못한 것은 이미 반사 금제가 깨진 제단 위에 체구가 2장에 달하는 검은 거인 하나가 대자로 드러누워

153

코를 드르렁드르렁 굴며 잠을 자고 있었기 때문이었다.

'흑대족 수사군.'

거인 주위에는 같은 흑대족 수사로 보이는 사내 두 명과 여인 한 명이 있었다.

그러나 그들은 자지 않고 서 있었다.

더 놀라운 광경은 따로 있었다.

제단 주위에 다른 종족 수사들의 시체가 수북하게 쌓여 있었다.

시체는 전부 다 금갑족, 은무족, 동갑족 수사들이었다.

한데 그중에는 금갑족에서 가장 강하다던 곤조도 있었다.

곤조조차 흑대족의 검은 거인에게 당한 모양이었다.

곤조의 시체를 본 자현, 나검, 나견은 놀라움을 감추지 못했다.

그때, 검은 거인 주위에 있던 흑대족 수사 세 명이 새 먹잇감을 발견한 매처럼 곧장 날아올라 유건 일행을 덮쳐 왔다.

유건은 흑대족 수사 세 명을 신경 쓰지 않고 곧장 검은 거인 쪽으로 날아갔다.

흑대족 수사 세 명은 그런 유건을 막지 않았다.

오히려 비웃음이 섞인 시선으로 그를 바라보았다.

공선 후기 최고봉도 아니고 고작 공선 후기에 불과한 유건이 검은 거인에게 달려드는 모습이 어처구니없어 보인 듯했다.

유건은 그들의 시선을 신경 쓰지 않았다.

곧장 천수관음검법을 펼친 그는 거대한 칼을 만들어 검은 거인을 찔러 갔다.

코를 드르렁드르렁 굴며 자던 검은 거인이 갑자기 눈을 번쩍 떴다.

그때, 유건이 찌른 거대한 칼이 검은 거인을 갈랐다.

콰아아앙!

수십 장 깊이의 거대한 구멍이 뚫리면서 제단이 있던 자리가 폐허로 변했다.

이런 폐허 속에는 누구도 살아남지 못할 것 같았다.

그러나 유건은 검은 거인의 실력을 잘 알았다.

유건은 바로 뇌력을 퍼트려 검은 거인을 찾았다.

검은 거인은 어느새 그의 앞에 와 있었다.

코까지 골며 여유를 부리던 모습은 이미 사라진 지 오래였다.

검은 거인은 폐허로 변한 제단을 내려다보며 물었다.

"금갑족에 너 같은 공선 후기가 있었던가?"

유건은 담담한 표정으로 대답했다.

"있으니까 내가 여기에 있겠지."

"말을 재밌게 하는 놈이군."

"네가 흑대족의 묵산(墨山)인가?"

거인은 철갑처럼 두른 근육을 자랑하듯 내보이며 대답했다.

"그렇다. 내가 묵산이다."

"금갑족은 너희 네 종족이 십이지신상을 세 개씩 나눠 가질 거로 예측했는데 틀린 모양이군. 은무족과 동검족 수사까지 죽인 것을 보면 흑대족이 성제 자리를 차지하려는 모양이지?"

묵산은 껄껄 웃었다.

"하하, 이런 좋은 기회를 그냥 놓칠 멍청이는 없지."

"그럼 은무족도 흑대족과 같은 생각인가?"

묵산은 어깨를 으쓱했다.

"안 물어봤으니 그거야 나도 모르지. 하지만 은무족은 원래 교활하기 짝이 없는 족속이지. 아마 지금도 어디 구석진 곳에 숨어서 우릴 엿 먹일 계획을 세우고 있을걸. 하지만 내가 한 가지는 장담하지. 이 유적 터에서 살아 나갈 수 있는 종족은 오로지 흑대족과 백소족뿐이란 사실을 말이야."

유건은 볼록 튀어나온 묵산의 앞섶을 보며 물었다.

"십이지신상은 몇 개나 챙겼지?"

묵산은 팔짱을 끼며 자랑스러운 표정으로 대답했다.

"다섯 개."

유건은 입맛을 다셨다.

"아쉽군."

묵산은 고개를 갸웃거리며 물었다.

"뭐가 아쉽다는 거지?"

"널 죽이고 십이지신상을 다섯 개 차지해도 앞으로 세 개나 더 찾아야 한단 소리니까. 나로서는 당연히 귀찮을 수밖에."

"하하, 정말 재밌는 친구군."

"그럼 지금부터 더 재밌게 놀아 보자고."

유건은 다시 거대한 칼로 묵산을 찔러 갔다.

묵산도 가만있지 않았다.

그는 순식간에 유건과 비슷한 30장으로 몸을 키웠다.

마치 검은 탑을 연상케 하는 모습이었다.

묵산은 근육이 꿈틀거리는 검은 팔로 유건이 찌른 거대한 칼을 틀어쥐었다.

유건도 지지 않고 거대한 칼에 법력을 더 밀어 넣었다.

그러나 한번 잡힌 칼은 움직일 기미가 없었다.

'자오진인의 말처럼 묵산은 힘 속성 공법을 익혔군.'

유건은 자오진인을 통해 네 종족 수사 중 경계할 필요가 있는 자들에 대한 정보를 미리 받았다.

그중에는 며칠 전에 죽인 동검족 관징과 흑대족 묵산에 대한 정보도 들어 있었다.

피식 웃은 유건은 바로 법술을 펼쳐 거대한 칼을 다시 열여섯 개의 팔로 나누었다.

열여섯 개의 팔은 곧장 기름을 칠한 촉수처럼 묵산의 억센

손아귀에서 부드럽게 빠져나왔다.

유건은 다시 열여섯 개의 팔을 합쳐 두 개로 줄였다.

두 팔은 묵산 못지않은 커다란 근육으로 덮여 있었다.

마치 풍선에 바람을 집어넣은 듯했다.

팔의 변화는 그뿐만이 아니었다.

팔 전체에 불경으로 만든 황금빛 선문이 번쩍거렸다.

묵산은 그 모습을 보고 어이가 없단 표정을 지었다.

"지금 이 묵산과 힘겨루기를 해보자는 거야?"

"왜 자신 없나?"

"너무 쉽게 끝나서 재미가 없을까 봐 그러지."

"걱정하지 마. 네 예상보다는 훨씬 재밌을 거니까."

대담한 유건은 전광석화를 펼치며 날아가 두 팔로 묵산의 두 팔을 틀어쥐었다.

묵산은 힘을 주어 그의 팔을 뿌리쳤다.

유건은 사자후로 음파 고리를 발출해 묵산의 목과 팔다리를 결박했다.

묵산은 근육을 크게 부풀려 음파 고리를 끊었다.

'일단, 사자후는 안 통하는군.'

이번에는 묵산이 먼저 공격해 왔다.

묵산은 덩치에 어울리지 않게 엄청나게 빠른 속도로 날아와 주먹을 찔러 넣었다.

유건은 전광석화로 피하면서 구련보등을 펼쳤다.

곧 구련보등 연꽃이 묵산의 온몸을 뒤덮었다.

그러나 이번에도 실패였다.

묵산은 두 팔과 두 다리로 연꽃을 찢어발기며 튀어나왔다.

연꽃이 뒤늦게 하얀 꽃가루를 뿌려 보았지만, 묵산의 몸에 닿기 무섭게 검은 연기를 내며 타올라 피해를 주지 못했다.

'구련보등도 안 통하는 모양이군.'

그때, 묵산이 양 주먹을 번갈아 내질렀다.

그 순간, 주먹 허상 수천 개가 하늘을 빼곡하게 채우며 유건 쪽으로 쏟아졌다.

유건은 피하지 않고 팔을 다시 열여섯 개로 나누어 동시에 찔러 갔다.

그 즉시, 수천 개에 달하는 검기가 날아가 주먹 허상을 일일이 요격했다.

검기와 주먹 허상이 충돌할 때마다 금빛과 검은빛으로 이루어진 섬광이 쉴 새 없이 명멸했다.

얼굴을 굳힌 묵산이 몸에 힘을 잔뜩 주었다.

그 순간, 묵산의 몸이 순식간에 40장까지 자라났다.

그 바람에 온몸의 핏줄이 터질 것처럼 도드라지고 근육은 찢어지기 직전이었다.

그러나 확실한 것은 몸의 크기가 30장일 때보다 묵산의 기운이 배로 강해졌단 점이었다.

그 모습에서 심상치 않은 느낌을 받은 유건은 급히 두 팔에 법력을 더 밀어 넣었다.

유건의 팔에 새겨진 불경 선문이 눈을 찌를 듯한 광채를
토했다.

한데 그때였다.

그 자리에서 유령처럼 사라진 묵산이 유건의 머리 위에 다
시 나타나더니 깍지를 단단히 낀 두 팔로 유건을 내리찍었다.

유건은 두 주먹을 힘껏 뻗어 막았다.

그러나 역시 묵산의 힘이 그보다 한 수 위였다.

쿵 하는 소리가 들리기 무섭게 유건이 땅바닥에 처박혔다.

어찌나 세게 처박혔는지 그 주변 지반이 같이 무너져 내렸
다.

그러나 유건도 이 정도론 쓰러지지 않았다.

바로 구덩이에서 튀어나와 맹렬히 반격했다.

웬만한 봉우리보다 큰 두 거인이 눈으로 따라가기 힘들 정
도의 엄청난 속도로 움직이며 주먹과 발길질을 연신 해 대는
모습은 지켜보는 이들의 감탄을 불러일으키기에 충분했다.

그때, 묵산이 발로 유건의 머리를 걷어찼다.

유건은 선문이 번쩍이는 팔을 교차해 묵산의 발길질을 막
았다.

그러나 묵산의 발길질에 실린 힘을 전부 막아 내진 못했다.

퍼엉!

발길질을 막던 자세 그대로 날아가던 유건은 뒤에 있던 산

봉우리 두 개를 박살 난 후에야 가까스로 멈춰 설 수 있었다.

그러나 묵산의 공격은 아직 끝나지 않았다.

순간 이동하듯 갑자기 사라진 묵산이 유건 뒤에서 다시 나타나더니 철퇴를 닮은 두 주먹으로 그의 등을 냅다 후려갈겼다.

퍼엉!

유건은 피를 게워 내며 봉우리 옆에 있는 전각으로 떨어졌다.

콰콰콰쾅!

유건이 밀려날 때마다 전각의 대리석 기둥이 부서져 내리고 전각의 두꺼운 벽에 그림자처럼 그를 닮은 구멍이 뚫렸다.

또다시 피를 토한 유건은 법술로 부서진 대리석 기둥 100여 개를 들어 올려 묵산에게 날려 보냈다.

묵산은 주먹 허상을 만들어 내 그가 날린 대리석 기둥을 전부 가루로 만들었다.

유건은 발을 굴러 다시 공중으로 올라갔다.

그때, 갑자기 거리를 좁힌 묵산이 양 주먹을 동시에 내질렀다.

이번에 내지른 주먹에는 공간 균열을 일으킬 정도로 강한 힘이 실려 있었다.

아마도 묵산이 전력을 다한 듯했다.

유건도 지지 않고 주먹을 뻗어 묵산의 주먹에 맞섰다.

쾅쾅!

네 개의 주먹이 서로 부딪힐 때, 마치 범종을 때린 듯한 진동이 퍼져 나가며 주변에 있던 흙과 나뭇가지가 뒤로 밀려났다.

묵산은 이번 공격에 전력을 다한 게 맞았다.

유건의 팔뚝이 구부러지며 묵산의 주먹이 점점 그의 얼굴 쪽으로 다가왔다.

묵산의 주먹에 실린 힘은 가공스럽기 짝이 없었다.

닿지도 않은 상태에서 얼굴뼈가 드러날 정도로 살이 푹푹 패였다.

그러나 유건도 그대로 당하고 있지만은 않았다.

유건은 남은 법력을 팔뚝에 밀어 넣었다.

그 순간, 유건의 팔을 뒤덮은 불경 선문이 눈을 멀게 할 듯한 불광을 쏟아 냈다.

유건은 불경 선문이 쏟아 내는 막대한 힘을 바탕으로 묵산의 주먹을 천천히 밀어냈다.

잠시 후, 그는 기어코 묵산의 두 주먹을 원래 있던 위치까지 다시 밀어내는 데 성공했다.

그 모습을 보고 얼굴을 잔뜩 구긴 묵산이 이가 부서지도록 잔뜩 힘을 주었다.

그 순간, 묵산의 몸에서 뼈가 부러지고 근육이 찢어지는 것 같은 소름 끼치는 소리가 연달아 들렸다.

잠시 후, 묵산의 몸이 좀 더 불어나 50장까지 자라났다.

초조해진 묵산이 한계를 넘는 위험한 비술을 펼친 것이 분명했다.

묵산의 살이 가뭄이 든 논처럼 찢어지는 바람에 근육이 드러나고 그 속에서 피가 꿀렁꿀렁 흘러나왔다.

안구는 튀어나오기 직전이었고 팔꿈치, 어깨, 무릎과 같은 관절의 뼈가 근육을 뚫고 나오는 바람에 보기만 해도 끔찍한 모습이었다.

물론, 그 덕에 묵산의 체구가 유건의 거의 두 배에 달했다.

당연히 힘도 같이 세져 그의 주먹을 가볍게 뒤로 밀어냈다.

묵산이 벌겋게 내려앉은 잇몸을 드러내며 히죽 웃었다.

"이제 서로 즐길 만큼 즐겼으니 여기서 끝장을 보자고."

"싫은데."

"왜 싫지?"

"난 이제 막 재밌어졌거든."

유건은 단전을 열어 원신을 내보냈다.

유건의 원신은 곧장 묵산의 단전을 뚫고 들어갔다.

아무리 유건의 원신이 괴이한 능력을 지녔어도 묵산처럼 단단한 본신을 지닌 수사의 단전을 한 번에 뚫을 수는 없었다.

그러나 묵산이 한계를 넘으면서 힘은 좀 더 세졌을지 몰라도 본신의 강도는 현격히 떨어져 한 번에 뚫을 수가 있었다.

수사와 원신은 원래 감각, 생각, 감정 등을 공유했다.

그 덕분에 유건도 원신이 보는 광경을 선명하게 공유할 수 있었다.

유건의 원신은 적진을 점령한 오만한 장군처럼 허리에 손을 척 올린 자세로 주변을 쓱 둘러보았다.

그때, 살과 등딱지는 물론이고 심지어 눈동자까지 까만 새끼 거북이 나타났다.

바로 묵산의 원신이었다.

새끼 거북은 유건의 원신을 보고 눈을 부릅떴다.

"넌 금갑족이 아니구나!"

유건은 원신의 입을 이용해 대답했다.

"어때? 점점 더 재밌어지는 것 같지 않아?"

"네 종족 족장의 감시를 어떻게 피한 거지?"

유건의 원신은 고개를 가로저었다.

"그건 내 영업 비밀 같은 거라 아무한테나 가르쳐 줄 순 없지."

새끼 거북은 유건의 원신을 뚫어져라 바라보며 물었다.

"반인족인가?"

"너무 파고들면 재미가 반감되는 법이야."

대답을 피한 유건의 원신은 바로 뿔로 오색 벼락을 뿜어냈다.

새끼 거북은 급히 달아났다.

그러나 오색 벼락은 순간 이동하듯 사라졌다가 다시 새끼 거북의 머리 위에 나타났다.

새끼 거북의 눈이 공포로 얼룩질 때였다.

오색 벼락이 곧장 떨어져 새끼 거북을 터트렸다.

유건의 원신은 너무 빨라 재미가 없다는 듯 하품을 몇 번 하더니 묵산의 단전에 아예 드러누워 나갈 생각을 하지 않았다.

한편, 원신을 잃은 묵산은 몸을 미친 듯이 떨다가 갑자기 검은 거북으로 변해 바닥으로 추락했다.

원신이 죽으면서 몇백 년에 걸쳐 수행한 공법과 법력을 전부 상실한 탓이었다.

본신이 죽는다고 해서 원신이 죽는 게 아닌 것처럼 원신이 죽는다고 해서 본신이 죽는 것도 아니었다.

수사가 원신을 처음부터 다시 배양하면 수행을 계속 이어 갈 수 있었다.

그러나 유건은 당연히 묵산에게 그럴 시간을 주지 않았다.

그는 팔 열여섯 개를 합쳐 만든 거대한 칼로 묵산을 갈랐다.

묵산의 빈 단전에서 자기가 주인인 마냥 뭉그적거리던 원신은 그제야 헐레벌떡 밖으로 뛰쳐나왔다.

그러나 바로 돌아가진 않았다.

유건을 한번 슬쩍 노려보곤 단전으로 돌아갔다.

묵산은 곧 황금빛 불광에 휩싸였다가 몸이 산산조각 나 흩어졌다.

유건은 그 잔해마저 전광석화 불꽃으로 태워 없앴다.

다시 원래 모습으로 돌아온 유건은 바닥에 떨어진 십이지신상 다섯 개와 검은 철패를 뇌력을 이용해 눈앞으로 끌어왔다.

검은 철패는 바로 품속에 집어넣고 십이지신상 다섯 개는 공중에 띄워 놓은 상태에서 진품이 맞는지 하나하나 확인했다.

갈색 소가 여물을 씹어 먹는 모습을 형상화한 축신상(丑神像), 붉은 호랑이가 먹잇감을 향해 달려가는 듯한 자세의 인신상(寅神像), 분홍 토끼가 뒷발로 일어나서 큰 귀를 쫑긋 세운 모습을 조각한 묘신상(卯神像)은 확실히 진품이었다.

유건은 나머지 두 신상도 마저 살펴보았다.

남색 원숭이가 익살맞은 표정으로 뺨을 긁고 있는 모습을 조각한 신신상(申神像), 주황색 수탉이 하늘을 보고 우는 것 같은 모습을 묘사한 유신상(酉神像) 역시 모두 진품이었다.

'이제야 아홉 개를 모았군.'

유건은 잠시 땅속으로 들어가 소모한 법력과 지친 심신을 회복하는 데 집중했다.

몸을 완벽히 회복한 그가 닷새 만에 밖으로 나왔을 때는 나검, 자현 쪽의 전투도 끝나 있었다.

나검, 자현, 그리고 죽은 곤조는 금갑족이 기대하던 수사들이었다.

당연히 일반 흑대족 수사를 상대로는 강점을 지녔다.

흑대족 수사 세 명을 처리하고 나서 조용히 회복 중이던 그들은 유건을 보기 무섭게 바로 달려와 그의 눈치를 살폈다.

유건은 그들에게 명령을 내린 적이 단 한 번도 없다.

한데 그들은 알아서 유건을 대장으로 모시며 그의 지시를 기다렸다.

유건은 그들을 데리고 남은 제단을 전부 돌았다.

그러나 모든 제단의 반사 금제가 뚫려 있을 뿐만 아니라, 제단에 있던 십이지신상도 이미 누가 와서 다 가져간 상태였다.

유건은 잠시 고민하다가 제단이 보호하듯 둘러싸고 있는 초인족 유적 터 가운데로 날아갔다.

왠지 남은 세 개의 십이지신상은 유적 터 가운데 있을 것 같다는 느낌이 들어서였다.

유건 일행은 유적 터 가운데로 날아가는 중에 녹각문 대부
대를 다섯 번이나 만났다.

이곳까지 오면서 녹각문 대부대를 몇 번 마주치긴 했으나
지금처럼 자주 만난 적은 없었다.

'유적 터 가운데와 녹각문에 어떤 관계가 있는 것일까?'

유건은 유적 터 가운데로 날아가며 뇌력을 퍼트렸다.

그는 나검, 자현보다 뇌력이 미치는 범위가 훨씬 넓었다.

당연히 그들보다 먼저 무슨 일이 일어나는 중인지 알 수 있
었다.

지금도 마찬가지였다.

가장 앞에서 날아가던 유건이 갑자기 비행술을 중단했다.

나검, 자현 등은 영문을 모르겠단 표정으로 그를 쳐다보았다.

잠시 그 자리에 멈춰 있던 유건은 갑자기 근처 계곡으로 내려가 법력을 단전에 갈무리했다.

나검, 자현 등은 여전히 영문을 모르겠단 표정이었다.

그러나 지금은 다른 방법이 없었다.

그들도 유건처럼 계곡에 숨어 기척을 최대한 죽였다.

잠시 후, 흰 섬광 두 개가 꼬리를 길게 남기며 그들이 있는 계곡을 빠르게 지나쳤다.

섬광의 색으로 봐선 백소족이었다.

나검과 자현, 나견은 즉시 솟구쳐 흰 섬광을 쫓아가려 하였다.

그때, 유건이 뇌음을 보내 그들을 말렸다.

"돌아오시오."

움찔한 세 수사는 시키는 대로 원래 자리로 돌아왔다.

그로부터 얼마 지나지 않아 이번에는 은빛 섬광 세 개가 나타나더니 계곡을 지나 앞서 본 흰 섬광 두 개를 쫓아갔다.

나검 등은 그제야 안도의 숨을 내쉬었다.

유건 말대로 하지 않았으면 그들은 흰 섬광을 급히 쫓다가 뒤에 있는 은빛 섬광 세 개에 기습당했을 가능성이 컸다.

그들이 반드시 은빛 섬광 세 개에 진다고는 할 수 없었다.

그러나 불리한 상황에서 적을 맞게 되는 것은 사실이었다.

나검, 자현 등은 새삼스러운 눈으로 유건을 쳐다보았다.

나검은 유건을 힐끗 보며 자현에게 뇌음을 보냈다.

"저자의 뇌력이 우리보다 월등하단 뜻일까요?"

"그렇다고 해도 그리 이상한 일은 아닐 거요. 나 선자도 그의 실력을 봤잖소? 그는 오선 초기를 넘어서는 실력을 지녔소."

"금신전에 저런 실력자가 있을 줄은 몰랐어요."

"금신전은 우리 금갑족이 종족 보존을 위해 설립한 기관이오. 아마 저 자덕이란 수사 외에도 숨은 실력자가 많을 거요."

"한데 이젠 어떻게 하죠?"

나검이 막 자현에게 뇌음으로 질문했을 때였다.

갑자기 유건이 뒷짐을 쥔 자세로 그들 앞에 나타났다.

나검과 자현은 깜짝 놀라 당황한 표정으로 유건을 쳐다보았다.

그러나 아무리 그라도 뇌음까지 훔쳐 듣지는 못할 거란 생각이 들기 무섭게 안도하며 유건이 먼저 입을 열길 기다렸다.

유건은 은빛 섬광이 사라진 방향을 쳐다보았다.

"당신들은 저 다섯을 따라가 처리하시오."

나검은 눈썹을 치켜뜨며 물었다.

"당신은 그동안 뭐할 건데요?"

"난 그사이 남은 십이지신상을 찾을 거요."

"십이지신상이 방금 지나간 수사들에게 있다면요?"

"그럼 나머지 십이지신상은 당신의 차지가 되겠지."

자현이 불안한 표정으로 끼어들었다.

"그 다섯 중에 실력자가 있으면 우리만으론 어려울 수도 있소."

유건은 서늘한 표정으로 대꾸했다.

"애초에 당신들도 실력이 있어서 뽑혔을 거 아니요? 이제부턴 남의 뒤꽁무니 좀 그만 따라다니고 그 실력을 보여 보시오."

자존심이 상한 자현은 점잖은 얼굴이 시뻘겋게 달아올랐다.

그때 나검이 다시 자현에게 뇌음을 보내왔다.

"우리 셋이 힘을 합치면 저 건방진 놈을 죽일 수 있을 거예요."

자현은 애써 태연한 표정으로 뇌음을 보내 물었다.

"죽인 후에는 어찌할 거요?"

"저자의 품속에는 십이지신상이 최소 다섯 개 이상 들어 있어요."

"확실하오?"

"확실해요. 저자는 묵산과 싸우기 전에도 십이지신상을 최소 네 개 이상 갖고 있었어요. 그렇다면 십이지신상을 최소 세 개 이상 확보하라는 나융사조의 명령은 이미 완수한 셈이에요. 우린 물건을 챙겨 이곳을 나가기만 하면 된다고요."

한데 그때였다.

유건은 뒷짐을 쥔 자세로 자현을 쏘아보았다.

"어떻게 할 거요?"

자현은 잠시 생각해 보다가 결국 고개를 끄덕였다.

"자덕 수사 말대로 하겠소."

대답을 들은 유건은 바로 발을 굴러 뇌전이 흐르는 작은 불꽃으로 변하더니 유적 터 가운데가 있는 방향으로 사라졌다.

나검은 눈썹을 치켜뜨며 자현에게 따졌다.

"왜 그냥 보낸 거죠?"

"확신할 수 없었소."

"우리가 그를 이기지 못할 거라는 건가요?"

"그자는 관징과 묵산을 연달아 죽인 실력자요. 더구나 묵산은 우리가 껄끄러워하던 상대인 곤조까지 죽인 강적이라는 점을 잊지 마시오. 우리가 힘을 합친다 해도 확실히 죽일 수 있다고 장담할 수 없다면 지금은 물러나는 것이 맞소."

나검은 이를 부드득 갈았다.

"그 건방진 놈에게 당한 모욕을 생각하면 지금도 이가 갈려요."

자현은 유건이 사라진 방향을 보며 눈을 가늘게 떴다.

"어쩌면 우리에게 아직 기회가 남아 있을지도 모르오."

"그게 무슨 뜻이죠?"

"그놈이 간 방향에 뭐가 숨어 있을지 어떻게 알겠소? 일단, 그 다섯 놈부터 처리하고 나서 그놈이 간 방향으로 가 봅시다. 그럼 우리에게 기회가 있을지, 없을지 판가름이 나겠지."

그들은 유건이 간 방향과 반대로 날아갔다.

당연히 그들을 지나친 흰 섬광과 은빛 섬광을 쫓기 위해서였다.

그러다 보니 어느새 흑대족 수사들과 싸우던 폐허로 돌아와 있었다.

폐허 위에서는 흰 섬광 두 개와 은빛 섬광 세 개가 뭉쳤다가 흩어지길 반복하며 사생결단을 내는 중이었다.

예상대로 흰 섬광은 백소족 수사였고 은빛 섬광은 은무족 수사였다.

원래 숫자에서 밀린 백소족 수사들은 동맹을 맺은 흑대족 수사와 합류해 은무족 수사들을 함정에 빠트릴 계획을 세웠다.

한데 폐허에 도착해 보니 묵산도, 다른 흑대족 수사도 어디로 갔는지 보이지 않았다.

이미 한참 전에 그들이 유건과 금갑족 수사들의 손에 당했다는 사실을 알지 못한 탓이었다.

눈빛을 교환한 금갑족 수사들은 숨어서 때가 오기를 조용히 기다리다가 적 몇 명이 중상을 입었을 때, 재빨리 기습했다.

기습은 대성공이었다.

백소족 수사 두 명과 은무족 수사 세 명 전부가 제 실력도 발휘하지 못하고 그들 손에 죽어 갔다.

현장을 정리한 금갑족 수사들은 유건이 간 방향으로 날아갔다.

한편, 유건은 유적 터 가운데로 계속 날아갔다.

그렇게 무수히 많은 산과 강을 지났을 때였다.

유건은 마침내 유적 터 가운데에 도착해 주변을 둘러보았다.

바닷속 깊은 곳에 종일 해가 지지 않는 파란 하늘이 있을 때도 놀랐지만 지금은 그보다 더했다.

유적 터 가운데에 모양이 정사각형인 거대한 호수가 떡하니 자리 잡고 있었다.

바람에 실려 온 냄새로 호수의 물이 바닷물이 아니라, 민물임을 알아낸 유건은 신중한 눈빛으로 호수를 향해 날아갔다.

그때, 습관적으로 퍼트린 뇌력에 엄청나게 많은 기운이 포착되었다.

그러나 다행히 법력을 지닌 수사의 기운은 아니었다.

유건은 금강부동공을 끌어올린 상태에서 호숫가에 도착했다.

"흐음."

호수는 수백 장 깊이였는데 물이 기이할 정도로 맑아 맨눈으로도 바닥을 볼 수 있었다.

그러나 유건은 바닥이 눈에 들어오지 않았다.

물속에 크기가 수백 장이 넘는 거대한 나무 한 그루가 물살에 천천히 흔들리며 서 있는 탓이었다.

물속의 나무는 어찌나 큰지 호수의 공간을 반 넘게 차지할 정도였다.

지상에서도 이렇게 큰 나무를 본 적은 없었다.

호기심이 인 유건은 안력을 높여 좀 더 자세히 살폈다.

녹색 이파리가 버드나무 가지처럼 늘어져 있는 보라색 나무였다.

한데 녹색 이파리에 벌레의 유충을 품은 투명한 고치 수십만 개가 빈자리가 없을 정도로 빽빽하게 붙어 있었다.

아직 유충이라 정확한 판별은 힘들었다.

그러나 생김새로 봐서는 유적 터 안을 돌아다니는 녹각문의 유충으로 보였다.

유건이 뇌력으로 포착한 기운은 바로 이 유충의 기운이었다.

잠시 고민하던 유건은 호수 속으로 잠수해 들어갔다.

그때, 희미하긴 하지만 수사의 것이 분명한 기운이 느껴졌다.

유건은 얼른 기척을 죽인 상태에서 녹각문 유충이 붙어 있는 이파리 밑으로 숨었다.

다행히 상대방은 아직 그를 발견하지 못한 듯했다.

한참이 지나도 그를 찾는 뇌력이 없었다.

유건은 기척을 최대한 죽인 상태에서 나무뿌리가 있는 방향으로 조용히 내려갔다.

한데 나무뿌리 쪽으로 가까이 내려가다 보니 전에는 보지 못하던 광경이 드러났다.

바로 보라색 나무뿌리 가운데서 꿈틀거리는 거대한 공간 균열이었다.

거대한 공간 균열은 안이 어떤 식으로 되어 있는지 알 길이 없었다.

그러나 공간 균열이 계속 암흑 상태는 아니었다.

가끔 안에서 녹색 불꽃이 주변을 밝힐 때가 있었는데 그때마다 거대한 무언가가 꿈틀거리며 움직이는 모습이 보였다.

불길한 느낌을 받은 유건은 더는 다가가지 않고 기다렸다.

그러나 마냥 기다릴 수도 없는 노릇이었다.

이곳을 찾은 이유는 십이지신상 중 나머지 세 개를 확보하기 위해서였다.

호수를 살펴보기로 한 그의 판단이 틀렸다는 생각은 들지 않았다.

실제로 조금 전에는 수사의 기척을 느끼기까지 하였다.

결정을 내린 유건은 그 자리에 가부좌한 상태로 뇌력을 천천히 끌어올렸다.

곧 충분하다 싶을 정도의 뇌력이 모였다.

유건은 모검술을 이용해 모은 뇌력을 벌레만 한 크기로 잘게 쪼갰다.

반사 금제를 깰 때보다 훨씬 어려운 작업이었다.

만족할 만한 개수를 만들어 내는 데 하루가 넘게 걸렸다.

마침내 뇌력을 360개까지 만들어 낸 유건은 그 만든 뇌력을 다시 물속에 퍼트렸다.

360개의 뇌력은 벌레처럼 호수 속을 느릿느릿 헤엄쳐 다니며 각종 정보를 그에게 전해 주었다.

다행히 정보 중에는 그가 필요로 하던 정보도 들어 있었다.

바로 호수에 뛰어들 때 기운을 잠시 포착한 수사의 정보였다.

한데 놀라운 점은 수사가 한 명이 아니라, 두 명이란 점이었다.

두 번째 수사는 워낙 은밀하게 숨어 있어 뇌력을 벌레처럼 만들어 살펴볼 생각을 하지 않았으면 절대 발견하지 못했다.

호수에 뛰어들 때, 기척을 느낀 수사는 공간 균열에서 북쪽으로 100장쯤 떨어진 곳에 있는 수초 더미 안에 숨어 있었다.

그리고 두 번째로 찾아낸 수사는 수초 더미에서 다시 100장쯤 떨어진 장소에 있는 검은 바위 밑에 숨어 있었다.

유건은 그 두 수사를 같이 없앨 방법을 궁리했다.

십이지신상 세 개가 둘 중 누구에게 있는지 모르는 탓이었다.

한 명이 세 개를 다 가지고 있을 수도 있었고 아니면 두 명이 한두 개씩 나눠 가지고 있을 가능성도 충분했다.

'역시 지금으로서는 두 수사가 상대와 싸우게 만든 다음에 그 틈에 어부지리를 취하는 게 가장 확실한 방법일 것 같구나.'

빠르게 결정을 내린 유건은 뇌력 두 개를 빼내 숨어 있는 두 명 쪽으로 날려 보냈다.

뇌력으로 건들면 수사는 어떤 식으로든 반응하기 마련이었다.

그리고 그 와중에 기척이 흘러나와 자신이 어디에 숨어 있는지 드러날 수밖에 없었다.

그다음은 쉬웠다.

유건이 보는 앞에서 두 수사는 열심히 치고받고 싸울 수밖에 없었다.

더구나 유건이 간신히 기척을 알아낼 정도로 실력이 뛰어난 수사들이었다.

붙으면 끝장을 보려 들 터였다.

한데 그때 갑자기 이상한 일이 벌어졌다.

나무뿌리 가운데 있는 공간 균열이 갑자기 자취를 감추더니 방수 결계가 설치되어 있는 거대한 지하 공간이 나타났다.

유건은 깜짝 놀라 두 수사 쪽으로 날린 뇌력을 얼른 회수했다.

그때, 지하 공간 밑에서 통나무보다 굵은 초록색 관 같은 게 쑥 올라왔다.

관이 빠져나온 다음에는 괴이하게 생긴 머리와 몸통, 날개, 다리가 차례대로 지하 공간을 빠져나왔다.

마침내 괴물이 지하 공간에서 완벽히 빠져나옴에 따라 정체가 자연스레 밝혀졌다.

괴물의 정체는 바로 녹각문이었다.

다만, 크기가 일반 녹각문보다 수천 배 크고 여덟 쌍인 초록빛 날개에 기이한 선문이 잔뜩 적혀 있단 점만 다를 뿐이었다.

유건은 그제야 거대한 공간 균열 속에서 언뜻언뜻 형체 일부가 드러나던 괴물의 실체가 이 거대 녹각문이었을 깨달았다.

거대 녹각문은 평소에 공간 균열을 일으키는 진법 속에 숨어 지내다가 때가 되면 호수 바닥으로 올라오는 모양이었다.

거대 녹각문은 오선 중기 정도의 기운을 발산했다.

그때, 나무 중간에 도착한 거대 녹각문이 초록빛 관을 꿀렁거리며 수천 개의 광선을 발사했다.

수천 개의 광선은 곧 사방으로 흩어지더니 이파리에 달린 투명한 고치를 찢어 고치에 있던 녹각문 새끼들이 밖으로 나올 수 있게 해 주었다.

초록빛 광선을 발사하는 데 꽤 많은 기운을 사용한 듯 거대 녹각문의 기운이 오선 중기에서 오선 초기로 뚝 떨어졌다.

몸의 크기도 거의 반절로 줄어 이젠 10장 정도 크기였다.

녹각문 새끼 수천 마리는 거대 녹각문 주위를 한 바퀴 돌고 나서 호수 수면으로 솟구치더니 순식간에 자취를 감추었다.

그 모습을 한참 바라보던 거대 녹각문은 아직 할 일이 남아 있다는 듯 갑자기 몸을 부르르 떨었다.

그 순간, 날개 여덟 쌍에 적힌 선문이 반짝거리더니 거대 녹각문의 배에서 알 수천 개가 튀어나와 늘어진 녹색 이파리 위에 달라붙었다.

거대 녹각문은 알을 낳으면서 또 한 번 기력을 소모한 듯했다.

기운이 오선 초기에서 공선 최고봉 수준까지 떨어졌다.

물론, 크기도 더 작아져 이젠 1장 크기에 불과했다.

거대 녹각문은 마치 새끼가 잘 있는지 살펴보는 어미처럼 나무 위를 오르락내리락하며 고치와 알을 전부 살펴보고 나서야 방수 결계가 설치되어 있는 호수 바닥으로 돌아갔다.

그때, 수초 더미에 숨어 있던 수사가 거대 녹각문을 기습했다.

◆ ◈ ◆

거대 녹각문을 기습한 수사의 정체는 치렁치렁한 은빛 머리카락을 뒤꿈치까지 길게 기른 아름다운 은무족 여수사였다.

입술을 달싹거리며 진언을 외우던 은무족 여수사가 복잡한 수결을 맺은 양손을 움직여 허공에 기이한 문양을 그렸다.

그 순간, 은무족 여수사 얼굴에 징그러운 검은 줄무늬가 돋아나며 눈에서 요사한 기운이 흘러나왔다.

그뿐만이 아니었다.

비단결처럼 곱던 은빛 머리카락이 100여 마리의 은색 뱀으로 변하더니 혀를 날름거리며 거대 녹각문 쪽으로 날아갔다.

거대 녹각문은 화가 단단히 난 듯 날카로운 울음을 토해내며 날개 여덟 쌍을 펄럭거렸다.

그 즉시, 날개에 적힌 선문이 녹색 빛 덩어리로 변해 은색 뱀의 머리 쪽으로 쇄도했다.

그때부터 은무족 여수사와 거대 녹각문은 사생결단을 벌

였다.

은무족 여수사는 길이가 10장까지 늘어난 뱀 100여 마리를 조종해 독을 뱉거나, 뾰족한 송곳니로 거대 녹각문을 물었다.

거대 녹각문은 날개에 적힌 선문을 녹색 빛 덩어리로 만들어 계속 쏘아 보냈다.

또, 빛 덩어리가 막힐 때는 수사의 정혈을 빨 때 쓰는 녹색 관으로 광선을 발사해 허점을 찔렀다.

대결은 갈수록 험악해져 갔다.

급기야 거대 녹각문은 내단까지 꺼내 들었고 은무족 여수사는 원신을 동원해 대항했다.

이런 상황에서 둘 다 무사하길 바라는 것은 욕심이었다.

거대 녹각문은 날개 세 쌍이 잘려 나가고 녹색 관도 반절이 뜯겨 나가 제 기능을 하지 못했다.

배와 머리에 입은 상처에서는 녹색 피가 수돗물을 틀어 놓은 것처럼 계속 쏟아졌다.

은무족 여수사도 상처를 입긴 마찬가지였다.

그녀가 조종하던 뱀은 열 마리로 줄어 있었고 입가에는 피가 흐른 흔적이 역력했다.

무엇보다 원신이 상처를 크게 입은 탓에 전체적으로 기운이 널을 뛰는 것처럼 불안해져 있었다.

숨어서 지켜보던 유건은 속으로 생각했다.

'저 은무족 여수사가 자오진인이 은무족 중에 경계하라고 하던 악사심(岳蛇心)인 듯한데 거의 쓰러지기 일보 직전이군.'

한데 악사심은 보통 독한 성격이 아니었다.

입술을 피가 나도록 잘근 깨문 악사심은 자신의 왼팔과 왼다리를 동시에 잘라 은색 뱀이 있는 방향으로 날려 보냈다.

그 순간, 머리카락이 변한 은색 뱀 10여 마리가 미친 듯이 달려들어 악사심이 내준 팔과 다리를 게걸스레 먹어 치웠다.

수사의 본신과 정혈을 흡수한 은색 뱀은 순식간에 몸통이 두 배로 굵어졌다.

당연히 힘도 그만큼 세져 거대 녹각문의 가죽을 이빨로 뜯고 들어가 모아 둔 독을 일시에 쏟아부었다.

크아앙!

고통스러운 듯 몸을 흔들며 구슬픈 비명을 지르던 거대 녹각문은 갑자기 움직임을 멈추더니 바닥으로 천천히 가라앉았다.

기뻐한 악사심은 거대 녹각문의 시체를 조각내 무언가를 찾았다.

그러나 공격에 동원한 내단 외에 다른 물건은 없었다.

"으아아악!"

미친 듯이 고함을 지르며 광분하던 악사심은 갑자기 방수 결계가 설치된 지하 쪽으로 곧장 쏘아져 갔다.

한데 그때, 흰 섬광 하나가 반대 방향에서 튀어나와 악사심을 기습했다.

흰 섬광의 정체는 바로 요정처럼 작은 어린 소녀였다.

숨어서 지켜보던 유건은 고개를 끄덕였다.

'예상대로 백소족의 청교(青巧)로군.'

자오진인은 유적 터에서 경계할 필요가 있는 수사 네 명의 이름을 알려 주었는데 은무족은 악사심, 동검족은 관징, 흑대족은 묵산이었다.

그리고 백소족에서는 바로 이 청교였다.

청교는 정보대로 은신 공법을 익혀 찾아내기 쉽지 않았다.

아마 악사심도 청교가 숨어 있단 사실을 전혀 눈치채지 못했기에 위험한 비술을 써 가며 거대 녹각문을 없앴을 것이다.

아마 청교가 숨어 있단 사실을 미리 알았다면 아무리 상황이 절박해도 악사심은 절대 비술을 사용하지 않았을 것이다.

가까스로 공격을 피한 악사심은 눈에 쌍심지를 켜며 소리쳤다.

"이 요망한 년, 대체 언제부터 숨어 있었던 것이냐?"

동그란 얼굴의 청교가 소녀처럼 해맑게 웃었다.

"호호호, 너희 은무, 동검 것들이 다른 종족들의 시선을 십이지신상 쪽으로 돌려놓고 실제로는 자근유엽수(紫根柳葉樹)가 있는 문산호(蚊產湖)에서 녹각사령소(綠角司令簫)를 훔치려 한다는 사실을 우리 백소, 흑대가 모를 줄 알았더냐?"

몸을 흠칫 떤 악사심은 재빨리 주변을 훑었다.

"묵산도 같이 왔더냐?"

청교는 피식 웃었다.

"네년 하나 없애는 데는 나 청교 한 명이면 충분하다."

그러나 청교는 사실 약간 불안한 상태였다.

원래 흑대족 묵산이 동검족의 관징을 죽이고 십이지신상
을 전부 확보하면 문산호로 와서 그녀를 도와주기로 했었다.

한데 녹각문모(綠角蚊母)가 모습을 드러낸 지금도 묵산은
나타날 기미가 전혀 없었다.

이는 분명 십이지신상 확보 임무를 맡은 흑대족 수사 쪽에
사고가 일어났음을 의미했다.

청교의 처지에서 최악의 상황은 묵산은 죽고 관징만 살아
남아 관징이 악사심을 지원하러 문산호로 달려오는 상황이
었다.

청교도 악사심처럼 뇌력을 계속 퍼트려 주변에 관징이 있
나 확인했다.

그러나 아무리 퍼트려 봐도 문산호 안에는 그녀와 악사심
두 명밖에 없었다.

은신 공법을 오랫동안 수련하면 다른 수사의 뇌력이나, 기
척에 민감해질 수밖에 없었다.

청교는 결국, 문산호 안에 다른 수사는 없단 결론을 내렸다.

"어디 그 병신이 된 몸으로 얼마나 버티는지 보자꾸나."

귀여운 얼굴에 어울리지 않은 악담을 퍼부은 청교는 은신

공법을 펼쳐 물속에 녹아들었다.

입술을 피가 나도록 깨문 악사심은 뇌력을 겹겹이 퍼트려 사라진 청교를 추적했다.

그때, 청교가 발밑에서 튀어나와 악사심의 하나 남은 종아리를 베었다.

악사심은 상처에서 피를 철철 쏟아 내며 달아났다.

"흥, 네년이 내 손에서 달아날 수 있을 성싶으냐?"

코웃음을 친 청교가 쫓아가 다시 수도로 악사심의 등을 베었다.

한데 그 순간, 악사심의 머리카락이 변신한 은빛 뱀 열 마리가 고무줄처럼 길게 늘어나더니 갑자기 청교를 확 덮쳤다.

악사심은 이번 공격에 남은 법력을 다 썼기에 은빛이 번쩍했을 때는 이미 뱀의 송곳니 한 쌍이 청교의 가슴을 물었다.

청교가 뒤로 달아나며 이를 바득바득 갈았다.

"나도 너만큼이나 독한 년이란 걸 잊지 말아라!"

씹어뱉듯 소리친 청교가 수도로 뱀에게 물린 가슴을 도려냈다.

가슴을 도려낸 고통이 엄청날 텐데도 청교는 얼굴 한번 찡그리지 않은 상태에서 다시 은신 공법을 펼쳐 물에 녹아들었다.

그다음부턴 거의 일방적이었다.

중상을 입은 악사심을 우습게 봤다가 큰코다칠 뻔한 청교는 은신 공법을 이용해 치고 빠지는 식으로 상대를 괴롭혔다.

"내가 죽는다면 네년도 절대 살아남지 못할 것이다!"

악에 받친 악사심은 결국, 절대 쓰면 안 되는 비술을 사용했다.

마침 은신 공법을 푼 청교가 수도로 악사심의 심장을 찔렀다.

악사심은 그 즉시 팔과 다리를 10여 개의 은빛 뱀으로 만들어 청교를 기습했다.

청교는 전처럼 은신 공법을 펼쳐 도망치려 하였다.

그러나 악사심이 펼친 비술은 수명을 전부 태워 펼치는 비술이었다.

일반적인 방법으론 도망치지 못했다.

악사심의 팔과 다리가 변한 은빛 뱀 10여 마리가 청교의 팔다리를 단단히 휘감았다.

이미 죽기로 작정한 악사심은 머리카락으로 만든 은빛 뱀까지 전부 동원해 청교를 결박했다.

악사심이 비술로 자폭하려 한단 사실을 안 청교는 급히 비술을 써서 달아났다.

그때, 악사심이 풍선처럼 부풀어 오르다가 폭발했다.

곧 그 일대가 전부 피에 젖어 붉게 물들었다.

그때, 자욱한 핏물 속에서 두 개의 신형이 거의 동시에 밖으로 튀어나왔다.

하나는 은색 등딱지를 지닌 악사심의 원신이었고 다른 하나는 흰색 등딱지를 지닌 청교의 본신이었다.

악사심의 원신은 뒤도 돌아보지 않고 수면으로 달아났다.

다시 의인화를 펼친 청교는 원신을 쫓아가려다가 잠시 비틀거렸다.

악사심의 자폭 공격에 중상을 입었음이 분명했다.

청교가 달아나는 악사심의 원신을 다시 쫓아가며 소리쳤다.

"개 같은 년! 임무에 실패하는 한이 있더라도 네년만은 절대 살려 보내지 않겠다! 어디 그 잘난 비술을 또 펼쳐 보아라!"

한데 그때였다.

부웅!

뇌전이 번득이는 작은 불꽃 하나가 물속을 쏜살같이 가르며 날아가더니 달아나던 악사심의 원신을 순식간에 갈라 버렸다.

"으아악!"

악사심의 원신은 단말마의 비명을 지른 후에 먼지로 흩어졌다.

악사심의 원신이 당하는 모습을 눈앞에서 목격한 청교는 재빨리 머리를 굴렸다.

처음에는 백소족의 동료나, 묵산, 혹은 흑대족 수사 중 하나가 그녀를 도와주러 온 줄 알았다.

한데 그들 중 누구도 뇌전이 섞인 불꽃을 만들어 내는 공법을 익히지 않았단 사실이 떠올랐다.

강적이 출현했음을 직감한 청교는 잠시 고민하다가 호수 지하 쪽으로 내려갔다.

그 시각, 지하에 설치된 방수 결계에서는 검은 공이 나타나 천천히 회전하며 크기를 점점 늘려 가는 중이었다.

검은 공의 정체는 바로 조금 전에 자취를 감춘 공간 균열이었다.

원래 문산호 지하에 설치된 진법은 초인족이 녹각문을 낳는 녹각문모를 보호할 목적으로 오래전에 설치한 진법이었다.

그러나 녹각문모를 호수 지하에 계속 가둬만 두면 녹각문 숫자를 늘리지 못했다.

그런 이유로 한 달에 한 번, 딱 한 시진만 진법이 공간 균열을 흡수해 녹각문모가 호수 지하와 자근유엽수가 자라는 호수 사이를 오갈 수 있도록 하였다.

한데 그 한 시진이 거의 다 지나가는 바람에 진법이 다시 공간 균열을 불러내 호수와 지하 사이를 차단하는 중이었다.

한편, 전광석화 불꽃으로 악사심의 원신을 없애 버린 유건은 뇌력으로 그녀가 품속에 지니고 있던 철패 몇 개와 파란색 오신상(午神像), 녹색 사신상(巳神像)을 동시에 끌어왔다.

철패 몇 개는 대충 살펴보고 나서 바로 품에 집어넣었다.

그러나 파란색 오신상과 녹색 사신상은 그렇게 할 수 없다.

선도에서는 무슨 일이 벌어질지 아무도 몰랐다.

십이지신상을 품에 넣기 전에 반드시 진품인지 먼저 확인해 봐야 했다.

파란색 오신상은 바람에 갈기를 휘날리면서 앞다리 두 개를 높이 처든 역동적인 모습의 준마를 형상화한 석상이었다.

녹색 사신상은 뱀이 똬리를 단단히 튼 상태에서 머리만 위로 처든 모습이었는데 먹잇감을 물기 직전처럼 크게 벌린 입속에 날카로운 송곳니 한 쌍이 송곳같이 튀어나와 있었다.

'둘 다 확실한 진품이군.'

오신상과 사신상을 확보하면서 유건은 십이지신상 중 열한 개를 손에 넣었다.

그러나 그는 별로 기쁜 얼굴이 아니었다.

유건은 악사심 수중에 십이지신상 세 개가 있으면 뒤도 돌아보지 않고 호수를 떠날 생각이었다.

한데 악사심은 두 개만 들고 있었다.

즉, 나머지 하나는 청교의 손에 있단 뜻이었다.

유건은 하는 수 없이 지하로 도망치려는 청교 앞을 막아섰다.

청교는 자덕으로 위장한 유건의 등에 황금색 등딱지가 있는 모습을 보고 믿을 수 없다는 듯 눈을 몇 차례 깜빡거렸다.

"금갑족 수사더냐?"

유건은 귀찮은 표정으로 대꾸했다.

"보시다시피."

"공선 후기 놈이 용케도 살아남아 이곳까지 왔구나."

"유적 터에 나를 죽일 정도의 실력자는 없었으니까."

청교가 미친 여자처럼 웃어 젖히다가 물었다.

"호호호, 그럼 묵산과 관정도 네 상대가 아니란 말이냐?"

"당연히 아니지. 둘 다 내 손에 죽은 지 오래니까."

청교가 눈을 부릅뜨며 소리쳤다.

"개수작 부리지 마라!"

"난 이번에 살업(殺業)을 쓸데없이 너무 많이 쌓아서 고민 중인 상태야. 그래서 내 쪽에서 통 크게 양보해 네게 둘 중 하나를 고를 수 있는 권리를 줄 생각이야. 첫 번째 선택은 네가 가진 진신상(辰神像)을 내게 순순히 넘기는 거지."

청교가 의심스러운 기색으로 물었다.

"내게 진신상이 있단 소리를 누구에게 들었지?"

"다른 수사에게 들은 게 아니야."

"그럼 어떻게 알아냈지?"

"나만 아는 방법을 써서 알아냈지."

그때, 청교가 뭔가를 떠올린 듯 경악을 금치 못했다.

"너에게 십이지신상이 열한 개가 있고 너와 나를 제외한 모든 수사가 죽었다면 진신상은 나의 손에 있을 수밖에 없겠군."

유건은 손뼉을 쳤다.

"훌륭한 추리야. 한 가지 틀린 점이 있긴 하지만 얼추 맞아."

청교는 다급하게 물었다.

"뭐가 틀린 거지?"

유건은 고개를 가로저었다.

"시간을 적당히 끌면서 내상을 치료하려나 본데 난 기다리는 걸 못 참거든. 이젠 이 빌어먹을 임무도 끝낼 때가 되었어."

유건은 바로 천수관음검법을 펼쳐 거대한 칼로 청교를 찔러 갔다.

청교는 아쉽단 표정으로 은신 공법을 펼쳐 달아났다.

그러나 유건은 이미 뇌력 조각 100여 개를 사방에 수중 지뢰처럼 퍼트려 둔 상태였다.

청교가 수중 지뢰 사이를 지날 때마다 그녀의 현재 위치가 고스란히 유건 쪽으로 전달되었다.

유건은 전광석화, 구련보등, 사자후, 천수관음검법을 총동원해 청교를 몰아붙였다.

그러나 청교도 끈질기게 저항했다.

"그렇게 나온다 이거지."

천수관음검법을 펼친 상태에서 금빛 손바닥 두 개를 불러낸 유건은 청교를 가운데 가두고 합장해 그녀를 먼지로 만들었다.

유적 터에 들어와 두 번째로 펼친 천수관음장법이었다.

유건은 청교가 지닌 철패 몇 개와 진신상을 회수했다.

진신상은 보라색 용이 승천하는 모습을 조각한 석상이었다.

물론, 당연히 진품이었다.

이리하여 그는 십이지신상 열두 개를 확보해 나융사조가 그에게 부탁한 임무를 완벽히 수행했다.

주변을 둘러본 유건은 연못 벽으로 향했다.

천수관음장법을 펼치는 바람에 법력이 전부 바닥나 회복할 시간이 필요했다.

유건이 법술로 연못 벽에 잠시 쉴 곳을 만들려 할 때였다.

수면에서 내려온 나검, 자현, 나견 세 수사가 그를 기습했다.

나검은 금빛 검기 수백 가닥으로 유건을 짐승처럼 몰았고 자현은 황금 채찍 두 개를 쥐고 빈틈을 집요하게 찔러 왔다.

실력이 가장 떨어지는 나견은 두 수사를 뒤에서 받쳐 주었다.

미간을 찌푸린 유건은 남은 법력을 쥐어짜 내 호수 지하로 달아났다.

호수 지하에 설치된 진법 속의 공간 균열은 거의 원상태로 돌아와 진법 가장자리 쪽만 약간 비어 있었다.

유건은 바로 진법 가장자리를 향해 뛰어들었다.

그때, 나검의 금빛 검기 몇 가닥이 유건의 등을 뚫고 가슴으로 빠져나갔다.

또, 자현의 황금 채찍이 낚싯대처럼 그의 발목에 틀어박히더니 그를 다시 호수 중간으로 끌어올렸다.

절체절명의 위기에 처한 유건은 원신을 꺼낼 준비를 하였다.

한데 그 순간, 아무도 예상하지 못한 일이 일어났다.

나견이 갑자기 끼어들어 호수의 물로 만든 칼로 유건의 발목에 틀어박힌 황금 채찍을 잘라 냈다.

또, 나검이 날린 금빛 검기는 물로 만든 거대한 방패로 튕겨 내 유건을 보호했다.

유건은 처음에 나견의 의도를 의심했다.

나견이 그를 도와줄 이유가 전혀 없어서였다.

이곳까지 오는 동안, 그녀와 대화 한마디 제대로 나눠 본 기억이 없었다.

혹시 나융사조가 그가 위기에 처하면 도와주란 명을 그녀에게 내렸나 싶어 고개를 갸웃했지만, 곧 아니란 생각이 들었다.

나견의 실력은 금갑족 수사 열 명 중에서 가장 떨어졌다.

그런 밀명을 내릴 거라면 그녀보다는 실력이 좀 더 강한 수사에게 내려야 이치에 맞았다.

그렇다면 답은 한 가지였다.

그를 방심하게 하려는 목적이었다.

한데 그때, 나검이 날린 금빛 검기가 그녀의 배를 관통했다.

그녀는 고통스러운 듯 신음을 흘리면서도 그를 끝까지 지켰다.

'아무래도 진심인 모양이군.'

의심을 떨친 유건은 소맷자락으로 나견을 감싼 후에 마지막 남은 한 줌의 법력을 전부 금강부동공에 쏟아부었다.

곧 흩어지기 직전의 옅은 불광이 그의 몸에 서리처럼 내려앉았다.

유건은 그 틈에 진법 안으로 뛰어들었다.

불과 한 치 너머에 무시무시한 위력을 지닌 공간 균열이 있었다.

그러나 그는 그쪽으로는 시선도 주지 않고 진법을 통과하는 데 주력했다.

유건이 나견을 데리고 진법 속으로 뛰어든 직후였다.

나검과 자현이 낭패한 표정으로 나타나 진법을 내려다보았다.

나검은 초조한 표정으로 물었다.

"이젠 어떻게 하죠?"

"우린 이미 날아가는 용의 등에 올라탄 상태요."

"뛰어내리기에는 이미 늦었단 건가요?"

"그렇소."

눈빛을 나눈 그들은 진법이 공간 균열로 막히기 전에 밑으로 뛰어내렸다.

그들이 진법 속으로 사라진 직후에 공간 균열이 진법 전체를 장악해 호수와 지하 사이를 틀어막았다.

한편, 지하로 내려온 유건은 급히 주변을 둘러보았다.

호수 지하는 천연 동굴이었다.

다만, 벽에 복잡한 선과 도형, 선문이 가득 적혀 있다는 점이 다른 동굴과 다를 뿐이었다.

'진법을 거치지 않고 들어오려는 적을 막기 위한 수단인 듯하군.'

동굴 북서쪽에는 밑으로 뚫린 통로가 세 개 있었다.

유건은 나견을 보며 말했다.

"가운데 있는 통로로 갑시다."

"알았어요."

봉긋한 가슴이 들썩거릴 정도로 숨을 거칠게 몰아쉬던 나견은 그의 팔을 잡고 가운데 통로를 향해 전속력으로 날아갔다.

그들이 통로 안으로 막 들어갔을 때쯤, 나검과 자현이 내려와 뇌력을 퍼트렸다.

곧 뇌력에 유건과 나견이 포착되었다.

그들은 유건과 나견을 쫓아 통로로 들어가며 뇌음을 나누었다.

자현은 이해가 가지 않는다는 얼굴로 물었다.

"나견 수사는 대체 왜 그런 멍청한 짓을 한 거요?"

나검은 고개를 저었다.

"나도 잘 모르겠어요. 뇌음으로 물어봤는데 대답이 없더 군요."

자현은 나검의 눈치를 살피며 말했다.

"알겠지만 이번 일은 누구도 알아선 안 되오."

나검은 이를 부드득 갈며 대꾸했다.

"물론이에요. 당신이 나견을 살려 주자고 해도 내가 허락하지 않을 거예요. 반드시 나견 그년을 죽여 입을 봉해야 해요."

"역시 나 선자는 큰일을 도모하는 데 적합한 분이오."

나검은 자현의 칭찬이 그다지 싫지 않은 표정이었다.

그 시각, 유건과 나견은 두 번째 갈림길에 도착해 있었다.

한데 주변 풍경이 그들이 처음 들어왔던 동굴과 완전히 똑같았다.

종유석, 석순이 놓여 있는 위치는 물론이고 북서쪽에 뚫려 있는 통로 세 개도 좀 전에 지나온 통로와 일치했다.

뒤를 힐끗 본 나견이 발을 동동 구르며 물었다.

"환영 진법인 것 같은데 이젠 어쩌죠?"

"당황하면 수렁으로 더 깊숙이 빠져들 뿐이오."

"돌파할 방법이 있어요?"

유건은 나견에게 방위 몇 개를 알려 주며 말했다.

"내가 말한 방위대로 움직여 보시오."

나견은 유건이 시키는 대로 방위를 바꿔 가며 움직였다.

그 순간, 주변 풍경이 싹 바뀌며 처음 보는 동굴이 나타났다.

이번에도 동굴이었지만 전과 달리 통로가 네 개였다.

나견은 기뻐하며 물었다.

"어떻게 한 거죠?"

유건은 어깨를 으쓱하며 대답했다.

"나도 이 방법이 통할 줄 몰랐소."

"맙소사!"

"내가 잘 아는 수사 중에 진법에 통달한 수사가 한 명 있소. 그 옆에서 몇 년 지내다 보니 알게 모르게 주워듣는 지식이 많아 그중 한 가지를 되나, 안 되나 시험해 봤을 뿐이오."

나견은 못 당하겠다는 듯 고개를 절레절레 저었다.

"자덕 수사는 정말 담이 크군요."

"그보다 나검과 자현은 진법에 대해 잘 아는 편이오?"

나견은 잠시 머뭇거리다가 대답했다.

"나검 사저는 진법에 미숙해요. 그러나 자현 수사는 자씨 수사답게 진법에 해박한 편이고요. 곧 파훼법을 알아낼 거예요."

"그럼 어서 움직입시다."

유건은 나견에게 두 번째 통로 안으로 들어가란 지시를 내렸다.

나견이 유건을 데리고 통로를 날아가며 물었다.

"한데 이곳은 대체 어디죠?"

유건은 녹각문모, 문산호, 자근녹엽수 등에 대해 알려 주었다.

나견은 눈을 동그랗게 떴다.

"은무족과 동검족이 녹각문을 노리고 들어왔을 줄은 몰랐어요."

"나도 문산호에 들어오기 전까진 몰랐소."

잠시 후, 그들은 또다시 환영 진법과 마주했다.

유건은 몇 번의 시도 끝에 가까스로 파훼법을 알아내 나견에게 알려 주었다.

나견은 유건이 알려 준 방법대로 방위를 밟아 적이 쫓아오기 전에 두 번째 환영 진법을 통과했다.

그런 방식으로 다시 두 개의 환영 진법을 더 통과했을 때였다.

갑자기 그들 앞에 거대한 동굴이 나타났다.

한데 동굴 가운데에는 악사심 손에 죽은 녹각문모보다 열 배 이상 큰 초대형 녹각문모가 꼼짝하지 않고 엎드려 있었다.

나견은 깜짝 놀라 소리쳤다.

"달아나야 해요!"

유건은 그녀의 팔을 붙잡았다.

"자세히 보시오."

"아, 녹각문모의 사체였군요."

나견의 말처럼 동굴 가운데 엎드려 있는 녹각문모는 이미 한참 전에 수명을 다해 죽은 상태였다.

다만, 워낙 기운이 생생해 마치 지금도 여전히 살아 있는 것처럼 느껴질 뿐이었다.

나견은 침을 꼴깍 삼키며 말했다.

"저렇게 큰 녹각문모라면 내단도 엄청나게 크겠군요."

유건은 고개를 저었다.

"아쉽게도 내단은 없는 것 같소."

믿지 못한 나견은 뇌력을 넓게 퍼트려 녹각문모의 사체를
조사했다.

그러나 유건의 말처럼 내단의 모습은 보이지 않았다.

유건은 아쉬워하는 나견을 재촉해 반대쪽 통로로 들어갔다.

통로 끝에도 좀 전에 지나온 동굴에 못지않은 거대한 동굴
이 있었다.

한데 이번 동굴에는 죽은 녹각문모가 아니라, 살아 있는
녹각문모가 있었다.

이번 녹각문모는 크기가 반장에 불과했고 지금은 투명한
고치 속에서 잠을 자는 중이었다.

유건은 뇌력으로 녹각문모를 품은 투명한 고치를 조사했다.

법력은 한참 전에 바닥을 드러냈어도 뇌력은 여전히 상당
한 양이 남아 있었다.

투명한 고치를 조사할 뇌력은 충분했다.

"이번 녹각문모도 내단이 없는 건 마찬가지군."

뇌력으로 조사해 본 나견도 신기하단 표정을 지었다.

"정말 그렇군요. 영수가 아직 고치 안에 있어서 그런 걸까
요?"

"그건 아닌 것 같소. 풍기는 기운이 공선 초기인 것을 보면 분명 내단이 있어야 하오. 아마 어떤 곡절이 있는 모양이오."

유건은 내단 따위에 관심이 없었기에 다시 반대편 통로로 들어갔다.

한데 통로 끝에 그가 애타게 찾던 장소가 있었다.

바로 시간을 잠시 벌 수 있는 장소였다.

그곳은 지금까지 통과해 온 장소들과 달리 수사의 손길이 닿은 흔적이 강하게 남아 있는 곳이었다.

직사각형으로 이루어진 거대한 벽에 석실 수천 개가 정확한 간격을 두고 만들어져 있었다.

아마도 어떤 물건을 보관하던 장소인 듯했다.

유건은 나견의 도움을 받아 그중 하나로 들어갔다.

석실은 예상대로 물건을 보관하던 장소였다.

위에는 선반이 있고 밑엔 궤짝이 있었다.

그러나 초인족이 멸족하기 전에 물건을 전부 다른 곳으로 옮겼는지 지금은 텅 비어 있었다.

석실 입구엔 출입을 통제하는 간단한 금제가 설치되어 있었다.

사실, 문산호 지하에 설치된 진법이나, 금제는 공간 균열을 만들어 내는 진법을 제외하면 그렇게 뛰어난 편은 아니었다.

그렇지 않았다면 그가 아무리 자오진인에게 배운 게 많더라도 초인족이 만든 공간을 제 맘대로 돌아다니기는 어려웠다.

'내부에 설치해 둔 금제나, 진법은 구획을 나누는 정도의 역할만 하는 모양이군. 어쨌든 덕분에 우리로선 한숨 돌린 셈이지.'

유건은 자오진인에게 배운 대로 석실 입구에 설치된 금제를 조작해 마치 석실이 텅 비어 있는 것처럼 보이게 만들었다.

한숨 놓은 유건은 바로 가부좌하여 금강부동공을 운기했다.

나견도 그 옆에 가부좌하고 배에 입은 상처를 치료했다.

그렇게 반나절이 지났을 무렵, 가슴과 발목에 입은 부상을 어느 정도 치료한 유건은 단전에 모인 법력의 양을 확인했다.

천수관음검법을 딱 한 번 펼칠 수 있는 법력이었다.

'어쨌든 급한 불은 끈 셈이군.'

유건은 뇌력을 퍼트려 석실 주변을 조사했다.

다행히 주변에 나검과 자현이 숨어 있지는 않았다.

유건이 앞으로 어떻게 할지 생각 중일 때, 나견이 눈을 떴다.

나견은 약간 머뭇거리면서 물었다.

"한데 내가 자 수사를 구한 이유가 궁금하지 않아요?"

"선자가 먼저 말해 주길 기다렸소."

나견이 한숨을 내쉬었다.

"난 나 사저와 자현 수사가 우리 금갑족의 명운이 달린 중대사를 너무 가볍게 보는 것 같아 화가 났어요. 자 수사의 엄청난 활약 덕에 네 종족 수사들을 전부 따돌리고 십이지신상을 가장 많이 확보했는데 그저 모욕을 당했다는 이유만으로 그런 자 수사를 해치려고 들다니요. 이건 우리를 믿고 있는 금갑족 수만 명의 염원을 배신하는 짓이나 다름없다고요."

"난 나검과 자현을 모욕한 적이 없소."

"자 수사는 어떨지 모르지만, 그들은 모욕당했다고 생각했어요."

"그들이 그렇게 느꼈다면 그런 거겠지."

나견은 고개를 갸웃거리며 물었다.

"한데 한 가지 궁금한 게 있어요."

"뭐가 궁금하오?"

"자 수사는 왜 그 둘을 그렇게 차갑게 대한 거죠? 좋게 좋게 넘어갔으면 그들도 감히 이런 짓을 벌이지 못했을 텐데요."

유건은 피식 웃었다.

"내 태도는 문제의 본질이 아니오."

"그럼 뭐가 본질이죠?"

"그들이 동족인 날 배반했다는 게 문제의 본질이오. 내가 그들을 좋게 좋게 대하면 그들이 날 배신하지 않았을 거로 생각하시오? 난 아니라고 보오. 일족의 명운이 걸린 위중한 상황에서도 배신할 자들이라면 다른 상황에서도 배신했을 거요. 난 애초에 나 외에 다른 수사는 전부 믿지 않았소."

"그럼 나도 마찬가지겠군요."

"당연하오."

"내가 그때 당신을 구해 주지 않았으면 어떻게 할 생각이었어요?"

"난 수행하면서 위기에 처한 적이 아주 많소. 덕분에 굴을 여러 개 파는 여우처럼 반드시 최악의 상황을 고려해 계획을 세우는 편이오. 당연히 그때도 아직 남은 한 수가 있었소."

나견은 입술을 빼죽 내밀었다.

"어련하시겠어요."

"자자, 이제 그 이야기는 그만하고 다시 움직이도록 합시다."

"그 상태로 나 사저와 자현 수사를 상대할 수 있겠어요?"

"쉽지 않은 일이오. 하지만 우리가 지금 움직이지 않으면 영영 기회가 없을지도 모르오. 그러니 지금 움직여야 하오."

"그게 무슨 말이죠?"

"그곳에 가면 내가 무슨 말을 하는지 알 수 있을 거요."

유건은 나견을 데리고 석실을 나와 반대쪽 통로로 들어갔다.

통로 반대쪽에는 말 그대로 지하 도시가 광활하게 펼쳐져 있었다.

그러나 죽은 도시처럼 생기가 전혀 느껴지지 않아 장관처럼 느껴지기보다는 음습하단 인상이 좀 더 강했다.

도시 북쪽에는 수천 개의 계단으로 이루어진 거대한 제단이 있었다.

한데 그 제단 꼭대기에서 폭음과 섬광이 난무했다.

나견은 깜짝 놀라 물었다.

"대체 저게 뭐죠?"

"도굴꾼이 보물을 훔치는 중이오."

유건은 나견을 데리고 제단으로 천천히 접근했다.

곧 나검과 자현이 힘을 합쳐 제단 정상을 보호하는 반사 금제를 돌파하기 위해 고군분투하는 모습이 보였다.

그동안 전력을 다해 금제를 공격한 듯 둘 다 몰골이 말이 아니었다.

나검은 금발을 미친년처럼 산발한 상태였고 자현은 물에 들어갔다가 나온 사람처럼 온몸이 땀에 푹 젖은 모습이었다.

그때, 펑 소리가 나며 마침내 반사 금제가 깨졌다.

나검과 자현은 누가 먼저랄 거 없이 안으로 쏘아져 들어갔다.

그들이 노리는 물건은 제단 꼭대기에 있는 초록색 피리였다.

한데 한발 앞서 초록색 피리를 집어 든 자가 있었다.

바로 유건이었다.

6장. 녹각사령소

초록색 피리는 바로 청교가 얼마 전에 언급한 녹각사령소
였다.

유건은 녹각사령소를 재빨리 살펴보았다.

팔뚝만 한 길이의 초록색 대나무를 깎아 만든 피리였다.

피리 뒤에는 초인족 문자처럼 보이는 복잡한 선문이 있었고
앞에는 손톱보다 약간 작은 구멍 아홉 개가 뻥 뚫려 있었다.

한데 구멍 아홉 개 중 네 개에서 상서로운 기운을 품은 암녹
색 광채가 흘러나와 제단을 나무가 울창한 숲처럼 만들었다.

그때, 눈이 뒤집힌 나검이 살벌한 기세로 날아오며 소리쳤
다.

211

"살가죽을 죄다 발라내 버리기 전에 어서 내 피리를 내놓
아라!"

자현도 가만있지 않았다.

그는 바로 황금 채찍을 불러내 유건의 팔을 자르려 들었다.

전광석화로 황금 채찍을 피한 유건은 재빨리 사자후, 구련
보등, 금강부동공으로 방어막을 만들었다.

곧 위에서 짙은 불광이 노을처럼 내려와 그와 제단 전체를
단단하게 감쌌다.

"염병할!"

화를 참지 못한 자현은 방어막을 황금 채찍으로 후려갈겼
다.

쾅쾅쾅!

황금 채찍이 방어막을 때릴 때마다 제단 전체가 무너질 것
처럼 흔들거렸다.

뒤이어 도착한 나검은 금빛 검기로 한곳을 집중적으로 공
격해 어떻게든 방어막에 구멍을 뚫으려 하였다.

유건은 방어막에 법력을 주입하는 틈틈이 뇌력으로 녹각
사령소가 있던 바닥을 훑었다.

바닥에는 세 가지 물건이 있었다.

오른쪽에는 암녹색 대나무로 만든 죽간(竹簡) 한 부가 있
었고 가운데에는 푸른 금강석으로 제작한 목걸이가 있었다.

그리고 왼쪽에는 용 눈알을 닮은 붉은 영약이 세 개 있었다.

목걸이와 영약에는 시선도 주지 않은 유건은 바로 뇌력으로 죽간을 끌어와 내용을 확인했다.

그러나 내용이 방대한 데다, 난해한 부분마저 많아 단숨에 해석하긴 힘들어 보였다.

그나마 유적 터 안에서 이런 일이 발생할 것에 대비해 초인족 문자를 미리 배워 두기로 한 것은 정말 잘한 결정이었다.

제단 바닥에 녹각사령소 외에도 보물이 더 있는 모습을 본 나검과 자현은 거의 눈이 뒤집힌 상태에서 방어막을 공격했다.

방어막은 당장이라도 깨져 나갈 것처럼 빛을 계속 깜박거렸다.

유건은 뇌력으로 죽간의 내용을 해석하면서 방어막에 틈틈이 법력을 주입했다.

그러나 그는 법력을 완벽히 회복한 상태가 아니었다.

법력을 주입하는 속도보다 방어막이 깨져 나가는 속도가 더 빨랐다.

방어막이 깨지는 건 시간문제였다.

유건은 잠시 갈등했다.

죽간에서 그가 찾는 내용을 8할쯤 해석한 상태였다.

한데 나머지 2할을 해석하는 동안, 방어막이 버티지 못할 듯했다.

한데 그때, 방어막이 예상한 시점보다 훨씬 빨리 깨지며 자현의 황금 채찍과 나검의 금빛 검기가 앞다투어 날아들었다.

유건은 일단 피하는 게 우선이라 생각해 전광석화를 펼쳤다.

그러나 그는 전광석화를 끝까지 펼치지 못했다.

장내에 변화가 생긴 탓이었다.

왼쪽에서 푸른 검기 수십 가닥이 폭죽을 터트리는 것처럼 쏟아져 나와 황금 채찍과 금빛 검기 허리를 거세게 들이쳤다.

콰콰콰콰쾅!

푸른 검기가 황금 채찍과 금빛 검기를 막아 낼 때마다 푸른 섬광과 황금 섬광이 부풀어 오르다가 동시에 터져 나갔다.

때맞춰 푸른 검기를 날려 그를 도운 수사는 바로 나견이었다.

내친김에 유건 앞을 막아선 나견은 물 속성 기운이 풍기는 푸른 검기를 부챗살처럼 촤라락 펼쳐 방어할 준비를 하였다.

나견을 본 나검의 표정이 금세 표독스럽게 바뀌었다.

"음탕한 년, 사내에게 빠져 자길 길러 준 사문을 배신하다니! 지금부터 내가 사문의 어른 자격으로 네년을 응징하겠다!"

나견도 고분고분한 성격은 결코 아니었다.

"보물에 눈이 뒤집혀 우리 금갑족의 명운이 달린 중대사를 망치려는 사저야말로 사문과 일족을 배신한 대역 죄인이 아닌가요? 아마 이곳에 사문의 존장들이 계셨다면 사저를 당장 극형에 처해 영원토록 윤회하지 못하게 만들었을 거예요!"

얼굴이 시뻘게진 나검이 악에 받쳐 소리쳤다.

"개 같은 년이 뚫린 입이라고 주둥이를 함부로 놀리는구

214

나! 오냐, 내 오늘 손해를 크게 보는 한이 있더라도 네년만은 반드시 죽이고 말 것이다! 그때 가서 우는 소리나 말아라!"

소리친 나검은 사생결단을 낼 기세로 나견을 몰아붙였다.

곧 금빛 검기가 볏짚 다발처럼 크게 뭉쳐 나견에게 쏟아졌다.

자현도 마음이 조급하긴 마찬가지였다.

여기서 유건, 나견 둘 중 한 명이라도 살아 나가는 날에는 그들이 벌인 짓이 금갑족 장로의 귀에 들어갈 수밖에 없었다.

그다음은 뻔했다.

대로한 금갑족 장로들은 나견의 말대로 그와 나검을 극형에 처해 윤회조차 불가능하게 만들 것이다.

눈빛에 살기를 머금은 자현은 채찍 끝을 뱀 대가리로 만들어 나견의 급소를 찔렀다.

채찍 뱀은 움직임이 미꾸라지처럼 아주 교묘했다.

평소에는 느릿느릿 움직이다가 틈이 생기면 쏜살같이 달려들어 나견의 급소를 날카롭게 깨물었다.

심지어 가슴, 사타구니, 엉덩이처럼 여수사에게는 잘 공격하지 않는 부위도 서슴없이 노렸다.

자현은 겉모습만 봐선 아주 점잖을 듯하지만, 비열한 걸로 따지면 나검보다 더했다.

그러나 나견은 의지가 아주 굳건했다.

그녀는 자현의 비열한 공격을 받으면서도 흥분한 기색을

전혀 드러내지 않았다.

그러나 나견은 어찌 되었든 그들보다 실력이 떨어졌다.

나검, 자현이 제단의 반사 금제를 뚫느라 법력 대부분을 소비한 상태라고는 해도 혼자 그 둘을 같이 상대하긴 무리였다.

나견은 얼마 지나지 않아 바로 위기에 처했다.

자현의 황금 채찍 뱀 대가리가 그녀의 허벅지를 물어 움직임을 봉쇄하는 동안, 나검이 날린 금빛 검기가 폭포수처럼 쏟아져 내렸다.

얼굴이 창백해진 나견은 급히 비술을 써서 달아나려 하였다.

한데 그때였다.

위이잉!

갑자기 3장 크기의 녹각문 네 마리가 나타나 나견을 에워쌌다.

날개를 퍼덕이며 나견 앞을 막아선 녹각문 두 마리는 나검의 폭포수 같은 금빛 검기를 암녹색 관으로 빨아들여 없앴다.

그사이, 다른 두 마리는 나견의 허벅지에 박힌 자현의 황금 채찍 끝을 이빨로 끊어 나견이 도망칠 수 있게 도와주었다.

때맞춰 모습을 드러낸 유건은 녹각사령소를 입으로 불었다.

그 즉시, 순간 이동하듯 사라진 녹각문 네 마리가 나검과 자현 앞에서 다시 나타나더니 암녹색 관을 뻗어 찔러 갔다.

"앗!"

"도망치시오!"

나검과 자현은 비술을 이용해 달아나려 들었다.

한데 그 순간, 녹각문의 암녹색 관이 고무줄처럼 늘어나더니 공간을 뛰어넘는 것처럼 날아가 표적에 정확히 틀어박혔다.

나검과 자현은 몸속 깊숙이 틀어박힌 녹색 관을 통해 정혈과 법력에 이어 원신을 구성하는 원기까지 전부 빨려 나갔다.

"으아악!"

태어나 처음 느껴 보는 지독한 고통에 미친 듯이 비명을 지르던 나검은 몸이 점점 줄어들다가 순식간에 살가죽 속에 뼈만 남은 괴이한 모습으로 변했다.

나견은 그래도 정이 남은 듯 사저의 비참한 최후를 보지 못하고 고개를 돌렸다.

나검은 결국, 원독에 찬 눈빛으로 유건과 나견을 노려보다가 철퍼덕 소리를 내며 바닥에 추락해 더는 움직이지 않았다.

자현도 별수 없긴 마찬가지였다.

"아, 나검의 꼬드김에 넘어가는 바람에 일족의 자랑이던 이자현이 여기서 신세를 망치는구나. 2천 년의 고행이 물거품처럼 사라질 줄 알았다면 그렇게 아등바등하지 않았을 것을……."

장탄식을 터트린 자현은 곧 몸이 해골처럼 변해 죽었다.

유건은 전광석화의 불꽃으로 나검과 자현의 시체를 태워 그들의 흔적을 깨끗이 없앴다.

시체에 있던 원신은 이미 녹각문 네 마리가 원기 한 방울

남기지 않고 빨아먹은 상태였다.

나견은 유건 쪽으로 날아갔다.

그리고는 약간 경계심이 느껴지는 눈빛으로 새로 나타난 녹각문 네 마리를 살펴보았다.

새로 나타난 녹각문은 생김새가 지금까지 보아 오던 녹각문과 달랐다.

물론, 녹각문모와도 차이가 있었다.

일단, 가죽의 색부터 초록색이 아니라, 광택이 흐르는 암녹색이었다.

날개는 여섯 쌍이었고 암녹색 관과 날개, 배에는 기이한 선문이 잔뜩 적혀 있었다.

일반 녹각문과 녹각문모는 곤충이란 인상이 강했는데 이 녹각문은 영물과 같은 기운을 풍겼다.

공선 후기 최고봉 수사 두 명을 눈 깜짝할 사이에 잡아먹은 녹각문 네 마리는 유건의 손에 들린 녹각사령소 주위를 정신없이 맴돌며 아이가 우는 듯한 기이한 울음소리를 냈다.

마치 빨리 녹각사령소로 돌아가고 싶어 칭얼대는 것 같았다.

나견은 경계를 풀지 않으며 물었다.

"이 녹각문은 대체 뭐죠?"

유건은 녹각사령소 주위를 도는 녹각문을 관찰하며 대답했다.

"녹각문장(綠角蚊將)이라 불리는 녹각문 대장이오."

"좀 전에 얻은 암녹색 죽간에서 읽은 내용인가요?"

"그렇소. 내가 좀 전에 읽은 죽간에 따르면 녹각문장은 수많은 녹각문 중에서 아주 희박한 확률로 태어나는 돌연변이의 일종이오. 한데 아주 뛰어난 비행 능력을 지니고 태어나는 덕에 예전부터 초인족이 아주 귀한 영수로 여긴 듯하오."

유건은 죽간에서 해석한 내용을 응용해 녹각사령소에 법결을 날렸다.

그 순간, 쌀알보다 작아진 녹각문장 네 마리가 자기가 나온 구멍 안으로 들어가 순식간에 자취를 감추었다.

녹각문장이 구멍으로 들어간 후에는 다시 구멍 네 곳에서 상서로운 기운을 품은 암녹색 빛이 흘러나와 주변을 밝혔다.

녹각사령소를 품에 갈무리한 유건은 제단 바닥으로 내려갔다.

바닥에는 푸른 금강석으로 제작한 목걸이와 용의 눈알을 닮은 붉은 영약 세 개가 있었다.

유건은 뇌력으로 금강석 목걸이와 붉은 영약 세 개를 앞으로 끌어와 자세히 관찰했다.

나견은 옆에서 부러운 시선으로 목걸이와 영약을 바라보았다.

유건이 곤란할 때, 그녀가 옆에서 도운 건 맞지만 보물 소유권을 주장할 정도로 엄청난 활약을 펼친 건 아니었다.

유건은 푸른 금강석으로 제작한 목걸이를 나견 쪽으로 보냈다.

얼떨결에 목걸이를 받아 든 나견이 깜짝 놀라 물었다.

"이, 이걸 왜 제게?"

"나 선자도 이곳에 들어와 죽을 고생을 했는데 뭐가 됐든 챙겨 가는 게 있어야 하지 않겠소? 이 푸른 금강석 목걸이는 청강뢰(靑剛雷)라는 이름의 초인족 보물이오. 죽간의 설명이 맞는다면 쓰임새가 아주 많은 보물이지. 우선 목걸이로 푸른 뇌전을 일으키면 자기보다 강한 적도 상대할 수 있소. 그리고 목에 차고 있을 땐 금강석보다 몇 배 강한 보호막이 저절로 생겨나 위기에서 목숨을 구해 주기도 하오."

유건은 그 자리서 바로 암녹색 죽간에 적힌 구결을 불러주었다.

나견은 총명한 덕에 짧지 않은 구결을 금세 암기했다.

다음은 붉은 영약 차례였다.

유건은 그중 하나를 나견에게 건넸다.

"적안단(赤眼丹)이란 영약이오. 초인족이 고대 약방을 보고 제련한 영단으로 경지가 낮을수록 효능이 더 커진다고 하오. 아마 공선 수사가 복용하면 오선도 꿈은 아닐 것이오."

적안단을 받아 든 나견은 꿈을 꾸는 듯한 표정을 지었다.

그녀는 유적 터에 들어가는 수사로 뽑혔을 때부터 살아 돌아올 생각을 하지 않았다.

한데 옳은 일이라고 여겨 한 행동 덕에 목숨을 구했을 뿐만 아니라, 엄청난 보물까지 얻었다.

전화위복도 이런 전화위복이 없었다.

나견은 아직도 믿기지 않는단 표정으로 물었다.

"나에게 왜 이렇게 잘해 주는 거죠?"

"난 단순한 놈이오. 누군가에게 은혜를 입으면 그 은혜를 갚기 위해 노력하고 해코지를 당하면 복수하기 위해 노력하오."

나검과 자현의 끔찍한 최후를 떠올린 나견은 긴장한 듯 몸을 움찔 떨었다.

그러나 긴장은 그리 오래가지 않아 풀렸다.

나검처럼 유건의 뒤에서 이상한 행동만 하지 않는다면 그가 자신을 해치는 일은 절대 없을 거라는 확신이 들어서였다.

유건은 적안단을 품속에 고이 간직하는 나견을 보며 충고했다.

"적안단은 지금 당장 복용하도록 하시오. 적안단을 가지고 나가면 그때부터 적안단은 나 선자의 소유가 아닐 수도 있소."

나견은 앞서 말했다시피 총명했다.

그녀는 유건의 조언을 바로 이해했다.

"자덕 수사도 바로 복용할 건가요?"

"난 나 선자와 상황이 약간 다르오."

나견은 더 캐묻지 않고 조용한 건물 안으로 들어가 적안단을 복용했다.

221

적안단은 불 속성 영단이어서 바로 거센 불길이 그녀의 몸을 휘감았다.

당연히 금빛 머리카락은 물론이고 몸에 걸친 겉옷과 속옷까지 전부 불에 타서 녹아내렸다.

호법을 서던 유건은 그녀가 불편해할 것 같아 먼저 자리를 피했다.

다행히 지하 도시에는 그녀를 위협할 만한 적이 없었다.

더 엄밀히 말하면 생명체 자체가 존재하지 않았다.

유건은 이참에 미뤄 둔 일을 처리하기로 하였다.

왔던 길을 되돌아간 유건은 투명한 고치에 쌓여 있는 녹각문모를 다시 조사했다.

그러나 전과 달라진 점이 전혀 없었다.

동굴 입구까지 돌아간 유건은 고개를 들어 위를 보았다.

여전히 진법이 만든 공간 균열이 호수와 지하를 차단한 상태였다.

유건은 품속에서 녹각사령소를 꺼내 공중에 띄워 놓고 법결을 몇 개 던져 넣었다.

그 즉시, 녹각사령소 끝에서 암녹색 빛줄기 하나가 튀어나와 공간 균열 진법의 진핵을 건드렸다.

잠시 후, 공간 균열이 사라진 자리에 호수가 다시 나타났다.

◆　◆　◆

　호수로 올라온 유건은 뇌력으로 주변을 훑었다.

　곧 그가 찾던 물건이 뇌력에 포착되었다.

　바로 악사심이 죽인 녹각문모의 내단이었다.

　뇌력을 이용해서 녹각문모 내단을 눈앞으로 끌어온 유건은
혀를 깨물어 만든 정혈 한 모금을 뱉어 주종 관계를 맺었다.

　주종 관계를 맺은 내단을 품속에 갈무리한 다음에는 다시
지하 동굴로 내려와 녹각문모가 들어 있는 투명한 고치를 찾
았다.

　투명한 고치 앞에 서서 암녹색 죽간에 적힌 대로 진언을 외
운 유건은 수결을 맺은 손으로 녹각문모를 가리키며 외쳤다.

　"나와라!"

　그 순간, 눈을 번쩍 뜬 녹각문모가 고치를 찢고 밖으로 나
왔다.

　유건은 녹각문모가 도망치기 전에 재빨리 내단을 던져 주
었다.

　녹각문모는 날아오는 내단을 받아 망설임 없이 입에 넣었다.

　내단을 삼킨 녹각문모는 몸이 순식간에 열 배로 커졌다.

　그리고 날개 여덟 쌍에 적혀 있던 선문도 별빛처럼 반짝거
렸다.

　'녹각문모가 내단을 완전히 흡수한 모양이군.'

쾌재를 부른 유건은 암녹색 죽간에 적힌 복종 진언을 외웠다.

그 즉시, 그 앞에 순한 양처럼 내려앉은 녹각문모가 명령을 내려 달라는 듯 눈을 반짝이며 자그마한 주인을 쳐다보았다.

유건은 품속에서 녹각사령소를 꺼내 공중으로 던졌다.

"넌 녹각사령소 속에서 잠시 쉬고 있거라."

알았다는 듯 고개를 끄덕인 녹각문모는 곧 쌀알보다 작은 크기로 작아져 공중에 떠 있는 녹각사령소 속으로 들어갔다.

녹각문모를 흡수한 녹각사령소는 전보다 몇 배 더 강한 광채를 발산해 그 일대 주변 전체를 밝은 녹색 빛으로 물들였다.

긴장을 푼 유건은 초대형 녹각문모가 죽은 장소로 이동했다.

암녹색 죽간의 내용이 전부 사실이라면 녹각문모는 거스를 수 없는 자연의 섭리에 따라 세상에 딱 한 마리만 존재했다.

다시 말해 기존에 있던 녹각문모가 먼저 죽어야지만 하늘의 허락을 받아 다음 대 녹각문모가 태어날 수 있단 뜻이었다.

물론, 그렇게 하면 당연히 맥이 끊길 확률이 높아 녹각문모는 예비 녹각문모 후보를 미리 만들어 두는 습성을 지녔다.

투명한 고치에 쌓여 있던 녹각문모가 바로 그 예비 후보였다.

그리고 죽간에 따르면 유건 앞에 죽어 있는 이 초대형 녹각문모의 정체는 바로 삼월천에서 처음 태어난 녹각문모였다.

즉, 이 유적 터에 살고 있는 모든 녹각문모의 조상이 바로 이 초대형 녹각문모였다.

이를테면 초대 녹각문모인 셈이었다.

원래는 이 초대 녹각문모가 초인족의 도움을 받아 녹각사령소 완성에 필요한 녹각문장 아홉 마리를 생산할 예정이었다.

한데 초대 녹각문모가 녹각문장 네 마리를 갓 만들어 낸 시점에서 마경족과의 전쟁이 터지는 바람에 뜻을 이루지 못했다.

유적 터에 버려진 초대 녹각문모는 초인족의 도움을 받지 못한 탓에 결국 이 문산호 속 지하 동굴에서 쓸쓸히 죽어 갔다.

그러나 녹각문모가 지닌 습성은 어디 가지 않았다.

초대 녹각문모는 죽기 전에 미리 낳아 둔 예비 녹각문모에게 자신의 내단을 주어 2대 녹각문모를 만드는 데 성공했다.

그 2대 녹각문모가 바로 악사심의 손에 죽은 녹각문모였다.

즉, 유건이 얻은 녹각문모는 3대 녹각문모인 셈이었다.

유건은 암녹색 죽간에 적힌 법술을 써서 초대 녹각문모의 사체를 쌀알보다 작은 크기로 줄여 녹각사령소에 집어넣었다.

녹각문은 원래 적의 정혈과 원기를 흡수해 성장하는 영수였다.

그러나 초대 녹각문모가 수만 년 동안 고행을 통해 만든 막대한 원기는 내단에 고스란히 담긴 상태로 2대 녹각문모에게 전해진 상태라 체내에 원기가 거의 남아 있지 않았다.

그러나 정혈은 달랐다.

정혈은 사체에 고스란히 남아 있는 상태라 초대 녹각문모의 사체를 녹각사령소에 넣어 주면 그 속에서 사는 3대 녹각문모와 녹각문장 네 마리가 훨씬 빠르게 성장할 수 있었다.

작업을 마친 유건은 녹각사령소에 법결을 몇 개 던져 넣었다.

잠시 후, 녹각사령소가 스스로 날아올라 호수 쪽으로 날아갔다.

유건은 뒷짐 쥔 자세로 녹각사령소를 따라갔다.

진법을 지나 호수 위로 올라간 녹각사령소는 용이 솟구치듯 단숨에 수면으로 비상한 다음 남서쪽으로 맹렬히 날아갔다.

유건은 발을 굴러 그런 녹각사령소를 급히 쫓아갔다.

잠시 후, 그 앞에 엄청난 규모의 녹각문 대부대가 나타났다.

녹각문이 얼마나 많은지 거대한 산이 공중에 떠 있는 듯했다.

심지어 녹각문이 일제히 날갯짓하면 지상에 폭풍이 일었다.

또, 동시에 울음소리를 내면 대기가 미친 듯이 흔들렸다.

그 박력에 압도당한 유건은 즉시 그 자리에 멈춰 섰다.

'맙소사, 녹각문이 거의 1억 마리에 달하는군.'

지금까지 녹각문 대부대를 몇 번 마주치긴 했다.

그러나 1억 마리가 넘는 대부대는 이번이 처음이었다.

한데 녹각사령소는 유건과 달리 거침없이 앞으로 나아갔다.

녹각문 1억 마리가 동시에 고막이 찢어질 것 같은 괴성을
지르며 그 앞을 막아선 녹각사령소 쪽으로 쇄도해 들어갔다.

팔뚝 길이에 불과한 녹각사령소는 금세 녹각문 대부대에
완전히 뒤덮여 밖에서는 그 형체조차 제대로 보이지 않았다.

그러나 유건은 걱정하지 않았다.

은무족이 십이지신상을 포기하는 막대한 희생을 감수하면서
까지 녹각사령소를 독차지하려 한 이유는 크게 두 가지였다.

첫 번째는 좀 전에 언급한 녹각문장이었다.

초인족 전설에 따르면 녹각문장을 아홉 마리 만들어 녹각
사령소를 완성하면 그들을 능가할 종족이 없을 거라 하였다.

두 번째 이유는 녹각사령소로 녹각문을 부릴 수 있어서였다.

'녹각문에게 당한다면 진짜 녹각사령소가 아니라는 뜻이
겠지.'

유건의 기대대로 녹각사령소는 스스로 기이한 음률을 토
해 내 그 일대를 뒤덮은 녹각문 1억 마리를 단숨에 제압했다.

그러나 유건이 바란 건 그게 아니었다.

녹각문 1억 마리는 당연히 엄청난 전력이었다.

그러나 이들이 진정한 위력을 발휘하는 장소는 초인족과
마경족의 결전처럼 수만, 수십만 명이 대결하는 전장이었다.

유건과 같은 낭선이 부리기에는 적합하지 않았다.

그러나 녹각문장은 달랐다.

지금은 그렇게 강하지 않지만 순조롭게 성장할 경우, 녹각

문장 한 마리가 장선 하나를 손쉽게 상대할 정도로 강력했다.

그때, 유건이 기다리던 다섯 번째 녹각문장이 마침내 도착했다.

1억 마리로 이루어진 녹각문 바다를 홍해 가르듯 가른 녹각문장은 오만한 눈빛으로 앞을 막은 녹각사령소를 쏘아보았다.

마치 너에게는 나를 부릴 자격이 없다는 것 같은 눈빛이었다.

녹각사령소도 지지 않고 짙은 암녹색 광채를 뿜어 대항했다.

녹각사령소와 녹각문장은 마치 사람처럼 기세 싸움을 벌였다.

그러나 어떤 싸움이든 승자가 있기 마련이었다.

특히, 기세 싸움은 항상 인내심이 부족한 자가 지는 법이었다.

인내심이 먼저 바닥난 녹각문장이 성급하게 달려들었다.

녹각사령소는 피하지 않았다.

그 대신, 제자리에서 빙그르르 돌았다.

그 순간, 녹각사령소 뒤에 적힌 초인족 선문이 암녹색 광채를 뿜어내며 튀어나와 녹각문장의 살가죽 속으로 스며들었다.

워낙 눈 깜짝할 사이에 벌어진 일이라 비행 능력으로는 타의 추종을 불허하는 녹각문장조차 선문을 제때 피하지 못했다.

초인족 선문을 흡수한 녹각문장은 엄청나게 고통스러운

듯 구슬픈 울음소리를 내며 몸을 사시나무처럼 떨다가 고개
를 획 돌려 원망스러운 눈길로 녹각사령소 쪽을 쏘아보았다.

그러나 녹각사령소는 봐줄 생각이 없는 듯했다.

녹각사령소는 쉬지 않고 초인족 선문을 날려 보냈다.

결국, 녹각사령소에 적힌 초인족 선문 전체를 흡수한 녹각문
장은 감전당한 사람처럼 몸을 떨다가 녹색 핏덩이를 토했다.

핏덩이를 토한 녹각문장은 확실히 분위기가 달라졌다.

전보다 눈빛과 태도 등이 훨씬 고분고분해져 있었다.

이런 기회를 놓칠 리 없는 유건은 바로 암녹색 죽간에 적힌
법결을 날려 굴복한 녹각문장을 녹각사령소에 집어넣었다.

유건은 내친김에 유적 터에 살아 있는 녹각문장이 더 있는
지 알아볼 목적으로 다시 녹각사령소에 법결을 던져 넣었다.

그러나 다섯 번째 녹각문장이 마지막인 듯 이번에는 잠잠
했다.

유건은 녹각사령소를 불러들이며 생각했다.

'초인족의 도움 없이도 다섯 번째 녹각문장을 성공적으로
길러 냈으니 죽은 2대 녹각문모도 제 할 일을 다 한 셈이군.'

잠시 후, 유건은 다시 문산호 밑에 있는 지하 동굴로 돌아
왔다.

그러나 바로 나견을 찾아가지는 않았다.

나견을 만나기 전에 확인해 둘 일이 하나 있어서였다.

호수 진법 밑에 가부좌한 유건은 녹각사령소를 공중에 띄워

놓은 상태에서 신중한 표정으로 법결을 몇 개 던져 넣었다.

그 순간, 녹각사령소가 갑자기 투명한 빛을 발하며 높이는 수십 배, 너비는 수백 배 늘어나 거대한 원통 건물로 변했다.

유건은 곧장 몸을 솟구쳐 원통 건물 안으로 들어갔다.

녹각사령소가 변신한 원통 건물은 놀랍게도 작은 호수였다.

작은 호수 안에는 문산호와 마찬가지로 가운데에 호수 지름의 절반을 차지할 정도로 큰 자근유엽수가 자라고 있었다.

또, 자근유엽수에 피어난 이파리에는 녹각문을 품은 투명한 고치가 수를 세기 힘들 정도로 빼곡하게 달라붙어 있었다.

마치 밖에 있는 문산호를 이곳으로 옮겨 온 듯한 모습이었다.

그러나 암녹색 죽간에 따르면 이는 주객이 전도된 설명이었다.

초인족이 녹각사령소 속에 펼쳐진 작은 호수에서 영감을 받아 이 유적 터 안 담수호에 문산호를 만들었기 때문이었다.

녹각사령소는 원래 초인족이 만든 보물이 아니었다.

원래 녹각사령소는 초인족보다 훨씬 먼저 삼월천으로 이주해 온 상계의 어떤 고명한 종족이 가지고 있던 보물이었다.

그러나 그 종족은 얼마 안 가 내분으로 멸망했다.

그 종족이 남긴 고대 유적을 조사하던 초인족은 운 좋게 은밀한 장소에 보관되어 있던 녹각사령소를 찾아낼 수 있었다.

녹각사령소가 지닌 신비한 능력에 매료된 초인족은 녹각

문장을 더 빨리 만들어 낼 욕심에 녹각사령소 속에 있는 호수를 이곳 유적 터에 있는 담수호에 비슷한 모습으로 재현했다.

그 담수호가 바로 지금의 문산호였다.

심지어 문산호에 있는 자근유엽수조차 녹각사령소의 작은 호수에 있는 자근유엽수 뿌리를 가져다가 만들었을 정도였다.

유건은 작은 호수 속을 헤엄치며 주변을 둘러보았다.

곧 별로 어렵지 않게 녹각문모와 녹각문장을 찾아낼 수 있었다.

녹각문모는 자근유엽수에 동굴처럼 뚫린 깊은 구멍에 들어가 죽은 듯이 잠을 자는 중이었고 녹각문장 다섯 마리는 그런 녹각문모를 호위하듯 원을 그리며 그 주위에 앉아 있었다.

유건이 좀 전에 넣어 준 초대 녹각문모의 사체는 그새 녹각문모와 녹각문장이 다 뜯어 먹었는지 모습이 보이지 않았다.

유건은 좀 더 가까이 다가가서 자세히 살펴보았다.

녹각문장 다섯 마리는 각자 맡은 임무가 다른 듯했다.

두 마리가 널브러져 휴식하는 동안, 다른 두 마리는 마치 수사처럼 입정(入定)에 든 모습으로 수련에 힘쓰는 중이었다.

또, 마지막 한 마리는 눈을 부릅뜬 채 주변을 경계했다.

유건을 본 녹각문장은 약간 경계하는 눈빛으로 그를 훑었다.

그러나 유건이 그들의 주인임을 알아보곤 곧 경계를 풀었다.

그때, 자근유엽수에 달린 이파리 몇 개가 미친 듯이 흔들렸다.

유건은 무슨 일인가 싶어 그쪽으로 고개를 돌렸다.

한데 그 순간, 마치 기다렸다는 듯 녹각문장 다섯 마리가 흔들리는 이파리 쪽으로 날아가 앞발 두 개로 사방을 찔렀다.

녹각문장의 앞발이 이파리를 가를 때마다 다 자란 녹각문 수십 마리가 고치 밖으로 쏟아져 나와 물속을 둥둥 떠다녔다.

녹각문장의 솜씨가 워낙 탁월한 덕분에 얼마 지나지 않아 수천 마리가 넘는 녹각문이 부화해 고치 밖으로 빠져나왔다.

녹각문장 다섯 마리는 막 태어난 녹각문 수천 마리가 흩어지지 못하도록 주변을 포위한 상태에서 누군가를 기다렸다.

그때, 잠을 자는 줄 알았던 녹각문모가 갑자기 나타나 녹각문장이 포위한 녹각문 수천 마리를 주의 깊게 살펴보았다.

그러나 막 태어난 녹각문 중에 여섯 번째 녹각문장으로 삼을 후보가 없는 모습을 본 녹각문모는 실망한 기색을 드러냈다.

유건도 실망스럽긴 마찬가지였다.

그러나 녹각문장이 그렇게 쉽게 태어날 거였다면 땅을 가르고 하늘을 부술 만한 능력을 지닌 초인족 수사들이 벌써 녹각문장을 아홉 마리 다 채워 녹각사령소를 완성했을 것이다.

한데 그때 전혀 예상하지 못한 일이 벌어졌다.

녹각문모가 갑자기 녹색 관으로 갓 부화한 녹각문 수백 마리를 빨아들여 톱처럼 생긴 이빨로 우걱우걱 씹어 먹은 것이다.

232

유건은 미간을 찌푸렸다.

'이런 얘긴 암녹색 죽간에 없었는데.'

배를 다 채운 녹각문모가 갑자기 날카로운 울음소리를 내었다.

그 순간, 침을 흘리며 지켜보던 녹각문장 다섯 마리가 기다렸다는 듯 앞다투어 달려들어 남은 녹각문을 먹어 치웠다.

고치 속에서 막 부화한 녹각문 수천 마리가 눈 깜짝할 사이에 녹각문장 다섯 마리의 뱃속으로 들어가 자취를 감추었다.

녹각문모는 녹각문장이 남은 녹각문을 전부 먹을 때까지 기다리다가 빈자리에 새로운 알을 낳아 놓고 바로 돌아갔다.

2대 녹각문모는 알을 낳을 때마다 경지가 떨어졌는데 3대 녹각문모는 녹각문을 잡아먹어 그런지 기운이 아주 쌩쌩했다.

새로운 알들이 이파리에 잘 붙어 있는지 확인한 녹각문장 다섯 마리도 녹각문모가 잠을 자는 구멍으로 다시 돌아갔다.

유건은 놀람이 가시지 않은 눈빛으로 생각했다.

'녹각문모와 녹각문장이 갓 부화한 녹각문을 먹이로 삼는 줄은 몰랐군. 녹각사령소는 원래 이런 식으로 성장하는 보물이었는데 초인족이 녹각문 숫자를 늘리려는 욕심에 문산호를 만든 거겠지. 문산호와 지하 동굴을 만들어 녹각문모, 녹

각문장, 녹각문을 따로 관리하면 녹각문을 늘릴 수 있으니.'

어찌 보면 초인족은 그들의 뜻을 이룬 셈이었다.

유적 터에 돌아다니는 녹각문을 다 합치면 엄청난 전력이었다.

물론, 그 시기가 늦어도 너무 늦었다는 게 문제였지만.

녹각사령소 속에 있다는 진짜 문산호의 신비한 모습까지 자기 눈으로 직접 확인한 유건은 밖으로 나와 법술을 펼쳤다.

작은 호수던 녹각사령소가 다시 원래 모습인 피리로 돌아왔다.

피리를 챙긴 유건은 유령 도시로 돌아가 나견을 찾았다.

나견은 그사이 적안단이 지닌 불 속성 기운을 완벽히 흡수했는지 오선 초기 경지를 불과 한 걸음만 남겨 둔 상태였다.

'운과 때가 따라 준다면 곧 오선에 이르겠군.'

유건이 감탄하며 그런 생각을 할 때였다.

도시에서 찾은 낡은 갑옷을 걸친 나견이 날아와 머리를 숙였다.

"영약을 베풀어 준 은혜는 잊지 않고 두고두고 갚겠어요."

유건은 손을 저었다.

"고마워할 필요 없소. 선자는 선연을 누릴 자격이 충분하니까."

흐트러진 옷매무새를 정리한 나견이 조용히 물었다.

"갔던 일은 잘 끝났나요?"

"덕분에 잘 끝났소."

"그럼 이제 이곳을 나가는 건가요?"

"그럴 생각이오."

대답한 유건은 바로 돌아서서 호수 쪽으로 날아갔다.

나견은 도시를 잠시 둘러보다가 앞서가는 유건을 쫓아갔다.

적안단을 복용하고 나서는 실력이 확실히 일취월장했는지 비행술을 펼칠 때마다 마치 샛별이 밤하늘을 가르는 듯했다.

유적 터 입구에 도착한 유건은 나견에게 뇌음을 보냈다.

심각한 얼굴로 뇌음을 듣던 나견이 눈에 힘을 주며 대답했다.

"그 정도쯤은 문제없어요."

"좋소. 그럼 이제 밖으로 나가시오."

고개를 끄덕인 나견은 혼자 먼저 밖으로 나갔다.

유적 터 밖으로 나온 나견은 단숨에 성해오족의 관심을 끌었다.

유적 터를 개방하고 나서 꽤 시일이 지났음에도 밖으로 나온 수사가 나견을 제외하면 지금까지 아무도 없기 때문이었다.

한데 유적 터 밖으로 나온 나견은 무슨 일인지 심각한 표정으로 그 자리에 멈춰 서서 움직일 생각을 전혀 하지 않았다.

마치 누군가와 다급하게 뇌음을 나누는 것 같은 모습이었다.

이상함을 느낀 수사 몇 명이 그녀에게 다가가려 할 때였다.

깃털 구름 위에 가부좌한 자세로 조용히 앉아 있던 나융사조가 갑자기 수결을 맺은 손으로 전방을 가리키며 소리쳤다.

"날아라!"

그 순간, 깃털 구름이 자리에서 귀신처럼 사라졌다가 하얀 광채를 번쩍이며 유적 터 입구 상공에 다시 모습을 드러냈다.

그야말로 유령을 방불케 하는 움직임이었다.

"이런!"

"당했다!"

뒤늦게 상황을 파악한 흑대족 족장 장천자, 백소족 족장 아하란, 은무족 족장 잉설, 동검족 족장 만검신장 네 명이 동시에 빛줄기로 변해 깃털 구름 쪽으로 빛살처럼 쏟아져 갔다.

그러나 그들 네 명이 도착했을 때는 이미 깃털 구름이 유적 터 입구에 도착해 나견과 안전하게 합류를 마친 상태였다.

그때, 유적 터 입구에서 다시 한 번 빛이 번쩍하며 몸에 불광을 두른 유건이 튀어나와 곧장 깃털 구름 쪽으로 달아났다.

"어림없다!"

코웃음 친 장천자가 검은 콧바람을 홍 하고 내뿜었다.

그 순간, 장천자가 내뿜은 검은 콧바람이 순식간에 1장 두께의 철벽으로 변해 유건과 깃털 구름 사이를 완벽히 차단했다.

잉설도 질 수 없다는 듯 바로 손을 썼다.

곧 잉설의 섬섬옥수가 10장 크기의 손으로 변신하더니 장천자가 만든 검은 철벽에 막혀 갈팡질팡하는 유건을 잡아갔다.

마치 파리채로 벌레를 때려잡는 듯한 모습이었다.

양쪽 진영에서 장천자와 잉설이 거의 동시에 손을 쓰는 바람에 만검신장과 아하란은 뒤로 물러나 상황을 예의 주시했다.

한데 그때, 금색 벼락이 유건의 머리에 콰쾅 내리쳤다.

지켜보던 수사들은 깜짝 놀라 눈을 치켜떴다.

성해 안에서는 누구도 다른 수사를 향해 살수를 쓰지 않았다.

아니, 못한다는 표현이 더 적절했다.

수사가 성해 안에서 살수를 쓰면 천구조사가 성제궁에 남겨 둔 오행신뢰가 날아와 그자의 원신을 태워 버리는 탓이었다.

유적 터는 초인족의 영역이라 다른 수사를 죽일 수 있었다.

그러나 성해에 속하는 이곳에서는 그러지 못했다.

애초에 장천자와 잉설도 죽이려고 손을 쓴 게 아니었다.

유건이 깃털 구름과 합류하지 못하도록 막으려 했을 뿐이었다.

한데 아직 정체가 밝혀지지 않은 수사 하나가 겁도 없이 천구조사의 유지를 어기고 금색 벼락으로 유건을 공격했다.

다들 놀랄 수밖에 없었다.

그러나 모든 수사가 놀란 건 아니었다.

공터에 집결한 성해오족 수사 중에서 오직 네 명만이 놀라지 않았는데 그들은 장천자, 잉설, 만검신장, 아하란이었다.

그들 네 명의 얼굴에 떠오른 표정은 전부 다 달랐다.

장천자는 불쾌한 표정이었고 잉설은 질투심을 숨기지 않았다.

또, 만검신장은 감탄한 듯했고 아하란은 두려움을 드러냈다.

공중에 뭉쳐 한동안 지직거리며 사방으로 전깃불을 쏟아 내던 금색 벼락은 나타날 때와 마찬가지로 순식간에 사라졌다.

한데 금색 벼락이 사라진 자리에 뜬금없이 나융사조가 나타나 장천자, 잉설 등을 훈계하는 표정으로 엄하게 꾸짖었다.

"일족의 족장이란 지엄한 신분을 지니신 분들이 감히 내가 보는 앞에서 우리 금갑족의 어린 후배를 힘으로 겁박하려 들다니요! 설마 이 나융이 그 정도로 우스워 보였단 말입니까?"

굴욕감을 느낀 네 족장은 얼굴이 금세 붉으락푸르락해졌다.

그러나 감히 나융사조에게 대놓고 따지진 못했다.

나융사조가 뿜어내는 대양과 같은 기세에 압도를 당한 데다, 조금 전에 그녀가 보여 준 한 수가 마음에 걸린 탓이었다.

나융사조가 조금 전에 펼친 금색 벼락은 금강진천뢰(金剛震天雷)라는 고명한 수법으로 불가의 유명한 비술 중 하나였다.

그들이 금강진천뢰를 두려워하는 이유는 비술에 상위 속성인 공간의 힘이 실려 있어 지금처럼 누군가를 이동시킬 수 있을 뿐만 아니라, 일정한 공간을 태워 버릴 수도 있어서였다.

아무리 네 족장이 비선의 경지를 반보 앞둔 장선 후기 최고봉 수사라도 금강진천뢰 앞에선 한 수 접어줄 수밖에 없었다.

그래도 나견과 유건을 이대로 돌려보내는 건 왠지 꺼림칙했다.

결국, 장천자가 나서서 네 족장을 대표해 사과했다.

"나융 장로의 말대로 조금 전엔 우리가 약간 과한 면이 있었소. 그 점은 정중히 사과하리다. 하지만 내기 결과를 확인하기도 전에 유적 터에서 나온 수사를 이대로 돌려보낼 순 없는 일이오. 상황이 더 나빠지기 전에 유적 터에서 방금 나온 귀족 수사 두 명을 우리가 만날 수 있게 해 주시오. 우리 네 종족 수사들은 그들에게 물어볼 말이 아주 많소이다."

장천자는 그러면서 다른 세 족장을 보며 동의를 구했다.

잉설, 만검신장, 아하란은 같은 생각인 듯 고개를 끄덕였다.

나융은 서릿발이 선 목소리로 되물었다.

"유적 터 안에서 벌어진 일이 그렇게 궁금하다면 네 종족의 수사를 안으로 들여보내 직접 알아보면 될 일이 아닙니까?"

"안 그래도 그러려던 참이었소. 다만, 본 족장을 포함한 네 종족의 족장들은 일전에 내기 결과를 확인하기 전에는 어떤 종족도 이곳을 벗어나선 안 된다는 합의에 이르렀소. 금갑족도 이 합의에 따라 네 종족 수사들이 유적 터 안에서 일어난 일을 확인하기 전까진 이곳을 떠나선 안 될 것이오. 우리가 이렇게까지 하는 이유는 우리 네 종족의 수사들이 유적 터에서 확인한 내용과 방금 유적 터에서 나온 귀족 수사의 말이 일치하는지 확인할 필요성이 있기 때문이오."

나융사조가 눈을 가늘게 뜨며 물었다.

"우리 금갑족이 제안을 거절한다면 어찌할 생각입니까?"

장천자가 그 말을 기다렸다는 듯 의미심장한 표정을 지었다.

"나융 장로도 알 테지만 오행신뢰를 피하는 방법이 전혀 없진 않소. 나중에 땅을 치고 후회할 일을 만들지 말란 뜻이오."

나융사조는 잠시 생각해 본 연후에 고개를 끄덕였다.

"제안을 따르지요. 다만, 오래 기다리진 못합니다."

장천자가 안다는 듯 손을 내저었다.

"걱정하지 마시오. 그렇게 오래 걸리진 않을 테니."

잠시 후, 장천자 등은 네 종족 수사 1천여 명을 초인족 유적 터 안으로 들여보내 그곳에서 무슨 일이 있었는지 조사했다.

한편, 나융사조가 제때 나서 준 덕분에 무사히 깃털 구름으로 돌아온 유건은 장로들에 둘러싸여 수많은 질문을 받았다.

나견도 마찬가지였다.

그녀는 장로들의 질문 세례를 받을 때마다 어쩔 줄 몰라 하는 모습을 보이며 바로 옆에 있는 유건만 계속 힐끔거렸다.

마치 유건에게 물어보라는 것 같은 행동이었다.

유건은 장로들을 적당히 상대하며 나융사조를 기다렸다.

다행히 오래 기다릴 필요는 없었다.

네 족장과 합의한 나융사조가 돌아와 현장을 바로 정리했다.

"고생 많았네. 한데 안에서 무슨 일이 있었던 것인가?"

유건은 그녀를 속일 생각이 없었기에 사실대로 말했다.

나융사조를 비롯한 금갑족 장로들은 유건이 하는 말을 한 마디도 놓치지 않겠다는 것처럼 온 정신을 집중해 경청했다.

그들은 금갑족에 좋은 내용이 나올 때면 어린애처럼 좋아했다.

반대로 좋지 않은 내용이 나올 때는 한숨을 쉬거나, 탄식했다.

급기야 나검, 자현, 곤조 등을 포함한 금갑족 수사 여덟 명이 죽었다는 부문에서는 혀를 차거나, 고개를 절레절레 저었다.

그리고 나검과 자현이 공에 욕심내다가 유건과 나견의 손에 죽었단 부문에 이르러선 장로들의 표정이 급격히 엇갈렸다.

특히, 나검, 자현과 관련 있는 자들은 격양해 소리쳤다.

"우리 나검이 그럴 리가 없다!"

"자현도 마찬가지일세! 자현은 누구보다 신중한 성격을 지닌 아이여서 이번 일에 가장 큰 공을 세울 기대주였단 말일세!"

유건은 어깨를 으쓱거렸다.

"제 말은 틀림없는 사실입니다. 믿지 못하시겠으면 제 원신을 고문해 보시지요. 그럼 사실이 명명백백하게 밝혀질 겁니다."

그래도 믿지 못한 장로들은 나견을 쏘아보며 물었다.

"자덕의 말이 모두 사실이더냐?"

나견은 긴장한 기색으로 대답했다.

"천구조사께 제 원신을 걸고 말씀드리겠습니다. 자덕 수사의 말은 전부 틀림없는 사실입니다. 나검, 자현 두 수사가 금갑족을 배신한 사실은 오히려 자덕 수사보다 제가 더 상세히 압니다. 전 계속 나검, 자현 수사와 함께 움직였으니까요."

그때, 손을 저어 장로들의 입을 막아 버린 나융사조가 물었다.

"정말 십이지신상을 전부 찾아냈단 말인가?"

고개를 끄덕인 유건은 품속에서 십이지신상을 꺼내 건넸다.

"이겁니다."

십이지신상을 받아 공중에 띄워 놓은 나융사조가 눈을 반개한 상태에서 뇌력을 퍼트려 석상 열두 개를 샅샅이 조사했다.

잠시 후, 나융사조가 탄복한 표정으로 입을 열었다.

"정말 십이지신상이로구나."

유건을 의심하던 장로들도 그제야 안도의 한숨을 내쉬었다.

그중 몇몇은 진심으로 유건을 칭찬하기까지 하였다.

유건은 장로들의 반응에는 별 관심이 없었다.

그는 다시 나융사조를 바라보며 물었다.

"혹시 십이지신상이 공간의 힘과 관련한 보물인지요?"

나융사조가 기특하단 표정으로 물었다.

"오, 그것을 느낀 것인가?"

"제가 어찌 사조처럼 바로 알아볼 수 있었겠습니까? 석상을 오래 관찰하다 보니 그 기운을 약간이나마 느낀 것이지요."

"십이지신상은 자네 말처럼 공간의 힘을 지닌 보물이네. 좀 더 정확히 말하면 공간 진법을 펼칠 수 있는 진법 보물이지."

바로 십이지신상 열두 개를 깃털 구름 외곽에 배치한 나융사조는 진언을 외우다가 공중으로 법결 하나를 쏘아 올렸다.

공중으로 올라간 법결은 다시 열두 개의 작은 법결로 갈라져 깃털 구름 외곽에 배치해 둔 십이지신상 쪽으로 날아갔다.

십이지신상은 곧 각 석상의 색과 일치하는 빛기둥을 발사했다.

빛기둥 열두 개는 깃털 구름 위를 교차하며 지나갔는데 깃털 구름 상공에 열두 가지 색으로 만든 지붕을 씌운 듯했다.

법술을 마친 나융사조가 담담한 어조로 설명했다.

"이는 초인족이 자랑하는 진법인 십이지신 진법(十二支神陣法)이다. 위력이 아주 강력해 한번 펼치면 깨기가 정말 어렵지."

진법에 감탄한 장로들은 저마다 찬사를 쏟아 냈다.

그때, 유적 터 입구에서 펑 하는 소리가 들렸다.

놀란 수사들은 급히 그쪽으로 시선을 돌렸다.

잠시 후, 폭발한 유적 터 입구에서 셀 수 없이 많은 녹각문이 해일처럼 쏟아져 나와 수사들을 닥치는 대로 잡아먹었다.

네 종족 족장이 유적 터 안으로 들여보낸 수사들이 코빼기도 보이지 않는 점을 봐선 그들은 이미 진작 죽은 듯했다.

물론, 녹각문 한 마리로는 수사에게 큰 위협을 주지 못했다.

그러나 녹각문 숫자가 무려 수천만, 혹은 수억에 달할 때는 제아무리 장선 후기 최고봉이라도 내빼는 수밖에 없었다.

"이런 상황에서는 그 어떤 합의도 무용지물일 테지."

고개를 끄덕인 나융사조는 법술을 펼쳐 깃털 구름을 움직였다.

십이지신 진법을 펼친 덕에 깃털 구름에 달라붙은 녹각문은 십이지신의 형상을 닮은 거대한 괴물에 잡아먹혀 사라졌다.

깃털 구름은 가장 먼저 유적 터를 빠져나와 성도로 돌아갔다.

그 뒤를 흑대족의 흑경귀함, 은무족의 은하비차(銀河飛車), 백소족의 천향연, 동검족의 만검전 등이 서둘러 따라붙었다.

성도로 돌아가던 중에 나융사조가 뇌음으로 넌지시 물었다.

"녹각문은 자네 솜씨던가?"

"솜씨랄 것도 없습니다. 녹각사령소를 이용해 유적 터 안으로 들어온 모든 수사를 없애라는 명령을 내린 것뿐이니까요."

나융사조가 고개를 끄덕였다.

"어쨌든 녹각사령소가 은무족의 손에 들어가지 않은 일은 천만다행이야. 은무족이 십이지신상을 미끼로 써서 다른 이들을 속이고 녹각사령소를 노리고 있단 사실을 알았으면 나도 자네에게 녹각사령소를 우선시하라고 지시했을 것이네."

"녹각사령소가 그렇게 대단한 보물입니까?"

"그렇고말고. 원래 초인족과 마경족은 바다의 주인을 결정할 날이 머지않았단 사실을 깨닫곤 적을 압도할 만한 막강한 보물을 연성했네. 그게 마경족에서는 백린해화리로 만든 백린화염검(白鱗火焰劍)이고 초인족에서는 녹각사령소였지."

"아!"

유건이 참지 못하고 뱉은 탄성에 나융사조가 미소를 머금었다.

"맞네. 자네가 석화동에서 구한 화린검이 바로 마경족이 초인족과의 결전에 대비해 백린해화리로 만든 백린화염검일세."

유건은 나융사조의 말을 들으면서 소름이 끼쳤다.

그가 천구해에서 운 좋게 구한 보물 두 가지가 마경족과 초인족이 결전에 대비해 연성하던 보물일 줄은 꿈에도 몰랐다.

평소 자오진인은 그가 선연을 타고났다며 부러워하곤 하였다.

물론, 유건은 그럴 때마다 적당히 둘러대며 넘어갔다.

한데 우연히 구한 두 보물에 엄청난 내력이 있단 사실을 안 지금은 자오진인이 한 말을 부정하기 힘든 게 사실이었다.

나융사조의 말이 이어졌다.

"그 두 보물은 둘 다 독특한 특성을 가졌네. 우선 백린화염검은 수사의 뇌력을 잡아먹는 것으로 악명이 자자하고 녹각사령소로 부리는 녹각문은 수사의 정혈과 원기를 갉아먹지. 수사에게는 그야말로 천적이라 할 수 있는 특성들이네. 그러나 두 종족이 보물을 완성하기 전에 결전이 벌어지는 바람에 결국, 그 두 보물이 세상 밖으로 나오는 일은 없었네."

"두 보물에 그런 내력이 있을 줄은 정말 몰랐습니다."

유건은 담담히 대답했다.

그러나 속으로는 전혀 다른 생각을 하는 중이었다.

'이 나융사조는 내가 감히 쳐다볼 수조차 없는 엄청난 강자다. 뒷간 들어갈 때와 나올 때의 마음가짐이 다르단 말처럼 그녀가 내가 지닌 보물에 욕심이 생겨 날 어찌할 마음을 품는다면 나는 절대 도망치지 못할 것이다. 일단, 돌아가는 대로 성해를 빨리 벗어날 방법을 찾아보는 게 좋겠어.'

그때, 나융사조가 다 안다는 듯한 표정으로 미소를 머금었다.

"내가 자네의 보물을 빼앗아 갈까 봐 걱정되는가?"

"아니라고 하면 그건 솔직하지 못한 대답이겠지요."

"걱정하지 말게. 금신궁으로 돌아가는 즉시 자네가 거령대륙으로 갈 수 있도록 전송진을 제공할 생각이니까. 다른 종족은 몰라도 우리 금갑족은 은혜를 원수로 갚지는 않는다네."

"그렇게 해 주신다면 더 바랄 게 없겠습니다."

그때, 나융사조가 갑자기 한숨을 길게 내쉬며 말했다.

"그 대신, 조건이 하나 있네. 아니, 부탁이라 해 두지."

유건은 이미 예상했다는 듯 눈을 빛내며 물었다.

"어떤 조건입니까?"

"내가 죽고 나서 우리 금갑족이 위기에 처한다면 한 번만 도와주게. 딱 한 번이네. 그럼 나도 편히 눈을 감을 수 있겠지."

유건은 흠칫해 물었다.

"어찌 그런 불길한 말씀을 하십니까?"

"나는 이미 비선을 포기했네. 비선에 오르기 위해서는 하늘이 정해 준 선연을 만나야 하는데 나에겐 그런 운이 없었네."

그러나 유건은 쉽게 대답하지 못했다.

원래 선도에서는 이런 약속을 쉽게 하지 않는 법이었다.

만약, 그가 약속을 지키지 않는다면 이는 심마(心魔)로 이어져 그가 더 높은 경지로 올라갈 때 반드시 걸림돌이 되었다.

유건이 고민하는 이유를 안다는 듯 나융사조가 다시 제안했다.

"제안을 수락한다면 자네가 탐낼 만한 것을 하나 주지."

"혹시 그게 금강진천뢰입니까?"

"눈치가 빠르구먼."

"사조께서 펼치시는 금강진천뢰를 보고 감명을 받았기 때문입니다. 특히, 불가 비술이란 점이 매력적으로 다가오더군요."

"어떻게 하겠는가?"

"금강진천뢰를 배우기 위해 사조의 문하로 들어가야 합니까?"

"그건 아닐세."

고개를 저은 나융사조가 눈빛으로 어찌할지를 물었다.

유건은 마음이 금강진천뢰 쪽으로 쏠리는 것을 느꼈다.

금강진천뢰는 천수관음공법에 비견할 만한 불가의 비전이었다.

그리고 이런 수준 높은 비술을 배울 기회는 그리 흔치 않았다.

유건은 결국, 나융사조의 제안을 수락하기로 마음먹었다.

"앞으로 언제가 되었든, 멸족의 위기에 처한 금갑족을 위기에서 구해 낼 능력이 제게 있다면 전력을 다해 돕겠습니다."

"고맙네."

미소를 지은 나융사조는 바로 금강진천뢰를 전수했다.

다행히 금강진천뢰 전수는 금방 이루어졌다.

사실 천령근을 타고난 유건이 나융사조와 같은 강자의 세심한 지도까지 받으면 세상에 이해 못 할 비술은 거의 없었다.

구결 전수가 끝났을 때, 마침 깃털 구름도 성도에 도착했다.

깃털 구름은 곧장 방향을 틀어 금신궁으로 날아갔다.

유건은 금신궁의 화려한 전경을 내려다보며 뇌음을 보냈다.

"나견 선자는 선연을 누릴 자격이 충분합니다."

"걱정하지 말게. 우린 그 아이의 청강뢰를 뺏을 생각이 없네."

그때, 마침내 깃털 구름이 금신궁 광장에 내려섰다.

십이지신상을 전부 확보했다는 소문이 금신궁 전체에 퍼진 듯 금갑족 수사가 전부 몰려나와 그들을 뜨겁게 환영했다.

금갑족 수사들이 흥분해 쏟아 내는 환호성과 박수 소리가 어찌나 쩌렁쩌렁한지 땅이 흔들리고 대기가 부르르 떨렸다.

유건은 나융사조의 배려를 받아 금신전으로 먼저 돌아갔다.

그는 금신전으로 들어가기 전에 고개를 돌려 광장을 보았다.

나융사조가 나견만 데리고 광장에 세워진 연단으로 올라갔다.

나융사조가 나견의 손을 잡아 위로 번쩍 치켜올렸다.

"나견 수사가 흑대, 백소, 은무, 동검족 수사들을 모두 쓰러트리고 십이지신상 열두 개를 전부 차지하는 대업을 이루었다!"

그 즉시, 전보다 몇 배나 큰 환호성이 쏟아졌다.

나견은 처음에 어색해하는 모습을 보였다.

그러나 분위기에 취하는 건 그야말로 순식간이었다.

나견은 곧 손을 들어 올려 수사들의 환호성에 답했다.

그 모습을 보고 안심한 유건은 그 틈에 금신전으로 들어갔다.

이번 일은 모두 그와의 사전 교감에 따라 이루어진 일이었다.

어차피 그는 곧 떠날 사람이었기에 그와 나융사조는 그의 이름을 최대한 숨긴 상태에서 나견에게 공을 돌리기로 하였다.

금신전에 도착한 유건은 바로 자오진인부터 찾았다.

자오진인은 백팔음혼마번으로 봉쇄한 방을 지키고 서 있

었다.

그를 발견한 자오진인은 감동한 표정으로 큰절부터 올렸다.

"공자님 덕분에 금갑족이 이번에 큰 위기에서 벗어났습니다."

"그러지 마시오. 나도 얻는 게 있어 금갑족을 도왔을 뿐이오."

자오진인은 껄껄 웃었다.

"하하, 제가 공자님과 함께한 세월이 얼마인데 공자님 성격을 모르겠습니까. 아마 제 체면을 봐서 도와주신 걸 테지요."

유건은 얼른 화제를 돌렸다.

"그건 그렇고 그동안 별일 없었소?"

자오진인이 자신의 가슴을 치며 자신 있게 대답했다.

"제가 있는데 누가 감히 숨어들 수 있겠습니까? 그리고 숨어들어 왔더라도 백팔음혼마번에 당해 혼백이 달아났을 겁니다."

유건은 방을 봉쇄한 금제, 결계를 해제하고 안으로 들어갔다.

자오진인의 장담대로 백팔음혼마번은 아무 이상 없었다.

백팔음혼마번을 거둔 유건은 규옥, 청랑의 안위부터 확인했다.

다행히 둘 다 무사했다.

유건은 이어 오행검과 자하제룡검, 도천현무패 등을 확인했다.

역시 별 이상이 없었다.

그제야 긴장을 푼 유건은 영수와 보물이 든 법보낭을 챙겼다.

그러나 바로 밖으로 나가진 않았다.

밖으로 나가기 전에 처리할 일이 하나 더 있었다.

법술로 거울을 만든 유건은 그 앞에 서서 복령술을 펼쳤다.

곧 그의 얼굴과 몸이 흐릿해지다가 순식간에 자건으로 변했다.

거울에 얼굴을 비춰 본 유건은 만족한 표정을 지었다.

'이제 자덕이란 이름과도 끝이군.'

자건으로 돌아온 유건은 주변을 둘러본 후에 방을 빠져나갔다.

자오진인이 바로 따라붙어 물었다.

"바로 거령대륙으로 이동하실 생각입니까?"

"그렇소."

"그럼 제가 전송진으로 모시겠습니다."

대답한 자오진인이 금신궁 서쪽으로 날아갔다.

한데 그때였다.

갑자기 멈춰 선 자오진인이 움찔하며 유건의 얼굴을 보았다.

유건은 이미 짐작하는 바가 있어 고개를 끄덕였다.

"나융사조가 부르는 거면 갔다 오시오. 나는 상관없소."

"이해해 주셔서 감사합니다."

고개를 숙인 자오진인은 법술을 펼쳐 사라졌다.

팔짱을 낀 유건은 건물 벽에 기댄 자세로 눈을 감았다.

앞으로 어떻게 움직일 건지 미리 생각해 둘 시간이 필요했다.

그때, 반가운 얼굴이 나타났다.

바로 금신전에 들어온 후에 헤어진 나요였다.

그를 본 나요가 쪼르르 달려와 물었다.

"자오진인 선배님께서 선배님이 여기 계신다고 하여 들러 봤는데 그 말이 정말이었군요. 대체 그동안 어디 계셨던 거예요?"

유건은 피식 웃으며 대답했다.

"난 그동안 금갑족을 위해서 비밀 임무를 수행하느라 바빴다네."

"아하, 그러셨군요."

"한데 선자는 날 왜 찾아다녔는가?"

"사부님의 공법을 배우기 위해 곧 폐관에 들어가거든요. 그래서 그 전에 선배님을 뵙고 감사하단 말씀을 드리고 싶었어요."

"그랬군. 아무튼 폐관에서 좋은 성과가 있길 바라네."

"헤헤, 고맙습니다."

"선자가 날 두 번이나 만났단 건 우리에게 인연이 있단 뜻이겠지. 이건 우연히 얻은 법보인데 선자에게 어울릴 듯하군."

유건은 그러면서 은옥(銀玉)을 정교하게 세공한 비녀를 건넸다.

은옥 비녀를 받은 나요가 생일 선물을 받은 아이처럼 좋아했다.

"어떤 법보인지요?"

"옥부잠(玉附簪)이란 법보일세. 몸이 지니고만 있어도 수사의 뇌력을 늘려 주고 원신이 지닌 원기를 계속 북돋워 주지."

나요가 자그마한 두 손으로 옥부잠을 꼭 쥐며 말했다.

"항상 몸에 지니고 있을게요."

유건과 나요가 회포를 풀고 있을 무렵, 자오진인도 금신전 꼭대기 층 밀실에서 나융사조를 만나 대화를 나누고 있었다.

나융사조가 먼저 침묵을 깼다.

"어떻게 할 생각인가?"

"사조께서는 제가 남길 바라십니까?"

"그걸 말이라고 하는가. 자네가 십이지신 진법을 맡아 주면 나도 안심하고 결전 법보를 만드는 데 전력을 다할 수 있네."

자오진인은 씁쓸한 표정으로 고개를 저었다.

"남고 싶어도 남을 수가 없습니다."

"유 수사가 건 금제 때문인가?"

"반 정도는 그렇습니다."

"그럼 나머지 반은 뭔가?"

자오진인은 망설이는 기색 없이 대답했다.

"의리 때문이지요. 공자님은 절 위해 목숨을 걸었습니다. 그렇다면 저도 공자님을 위해 목숨을 걸어야 맞지 않겠습니까?"

"그럼 금갑족은 중요하지 않단 말인가?"

"물론, 중요하지요. 하지만 신의 역시 중요한 법입니다."

나융사조가 고개를 저었다.

"그래도 금갑족이 공선 후기 인간 수사의 종으로 지내는 건 마음에 들지 않는군. 금제를 풀어 볼 생각은 하지 않은 건가?"

"왜 해 보지 않았겠습니까? 하지만 제 실력으론 불가능했습니다."

"대체 어떤 금제이기에 수완 좋은 자네가 난색을 보인단 말인가?"

"직접 살펴보시지요."

자오진인의 말에 나융사조가 뇌력으로 금제를 조사했다.

잠시 후, 나융사조가 놀란 표정으로 물었다.

"대체 유 수사는 이런 금제를 누구에게 배웠단 말인가?"

"공자님은 비밀이 많은 분입니다. 금제도 그 비밀 중 하나지요."

나융사조는 한참 후에 어쩔 수 없단 표정으로 말했다.

"자네의 뜻이 정 그렇다면 나도 더는 붙잡지 않겠네."

"이해해 주셔서 감사합니다."

"유 수사가 이곳에 오래 머무르면 머무를수록 말이 새어 나갈 가능성이 커지네. 결정을 내렸다면 망설이지 말고 떠나게."

나용사조에게 큰절을 올린 자오진인이 정중히 머리를 숙였다.

"제가 다시 고향을 찾았을 때 사조께서 건강하신 모습으로 불민한 후배를 맞아 주신다면 그보다 기쁜 일은 없을 듯합니다."

"나도 그랬으면 좋겠구나."

자오진인이 돌아간 후, 나용사조는 창가에 서서 아래를 보았다.

유건과 자오진인이 전송진이 있는 방향으로 날아가고 있었다.

"자오 덕분에 당분간은 유 수사와 우리 금갑족의 인연이 끊어지진 않을 듯하구나. 다만, 그 인연이 좋은 쪽으로 이어져야 하는데 세상일이란 게 내 뜻대로만 흘러가진 않는 법이니."

어쨌든 최악에 대비해 도박에 쓸 패 하난 마련해 둔 셈이었다.

물론, 그 패는 중간에 깨질 위험이 다분했다.

또, 필요한 시기가 왔을 때, 패가 기대만큼 성장하지 못했다거나, 혹은 때를 맞추지 못해 그 자리에 없을 수도 있었다.

그러나 왠지 성공 확률이 높은 패에 돈을 걸었단 예감이 들어 어깨를 짓누르던 짐이 약간 가벼워진 듯한 느낌을 받았다.

◆ ◈ ◆

유건은 자오진인을 따라 금신궁 대형 전송진으로 가며 물었다.

"성해오족이 십이지신상으로 한 내긴 이제 어떻게 되는 거요?"

"아마 다른 네 종족의 족장이 모여 없던 일로 만들 것입니다."

유건은 쓴웃음을 지었다.

"그럼 난 헛심만 쓴 셈이군."

자오진인은 놀란 표정으로 손사래를 쳤다.

"그건 아니지요. 공자님이 잘 모르셔서 그렇지 십이지신상 자체가 엄청난 보물입니다. 십이지신상으로 펼치는 십이지신 진법은 초인족이 종족의 귀중한 보물인 녹각사령소를 마경족으로부터 지켜 내기 위해 만든 고명한 방어 진법입니다. 아마 다른 네 종족이 십이지신 진법의 파훼법을 알아내는 데만도 족히 수백 년은 걸릴 테지요. 그렇게 되면 금갑족은 이 난국을 타개할 방법을 찾을 시간을 버는 것입니다."

그들은 곧 전송진을 이용해 삼현족(三玄族), 첨미족(尖尾族), 우순족(雨淳族), 행화족(幸華族) 바다를 연달아 통과했다.

이들 네 종족은 모두 금갑족에 호의적이지 않은 종족이었다.

그러나 나융사조의 통행패가 있어 시비를 걸어오진 않았다.

오히려 그 네 종족보단 금갑족을 제외한 성해오족이 보냈을

지 모르는 살수가 문제였는데 다행히 지금까진 문제없었다.

행화족 국경을 통과한 자오진인은 그제야 긴장을 약간 풀었다.

"이 앞에 있는 바다는 만선해(萬仙海)라 불리는 특별한 바다입니다. 그리고 이 만선해 다음 바다부터는 우리 금갑족에 호의적인 종족만 있어 거령대륙까지 가는 건 일도 아닙니다."

유건은 눈앞에 펼쳐진 남빛 바다를 보며 물었다.

"만선해는 왜 특별 취급을 받는 거요?"

"만선해가 다른 바다와 달리 이름 끝에 해(海)가 붙은 이유는 현재 바다를 다스리는 실질적인 주인이 없기 때문입니다."

"그럼 만선해에는 누가 거주하는 거요?"

"천구해 안에도 낭선이 있습니다. 천구해에 거주하는 모든 수사가 꼭 어떤 특정한 종족에 속해 활동하지는 않는다는 뜻이지요. 천구해에서 활동하는 낭선이 자유롭게 거주할 수 있는 거의 유일한 바다가 만선해라 보시면 편할 겁니다."

유건은 천구해 낭선 얘기에 호기심이 일었다.

"그들은 어떤 이유로 낭선이 되는 거요?"

"이유는 각자 다를 테지만 크게 보면 대부분 멸족한 종족의 후예거나, 종족에 속해 있다가 죄를 짓고 도망친 자들이지요."

"다른 종족들은 낭선이 만선해를 차지하도록 그냥 놔둔 거요?"

"다른 종족들은 감히 만선해를 넘볼 생각을 하지 못합니다. 그 이유는 만선해에 고행삼선(苦行三仙)이 있기 때문입니다. 고행삼선은 지금은 멸족한 유구족(柳九族) 출신인데 선도에 들어선 후부터 비선을 반보 앞둔 지금까지도 계속 낭선으로 활동하고 있습니다. 한데 세 분의 실력이 천구해 전체에서도 손가락에 꼽힐 만큼 강한 덕에 성해오족을 포함한 천구해 모든 종족이 만선해를 고행삼선의 영역으로 인정해 주는 중입니다. 한데 고행삼선 세 분은 오직 수련에만 관심 있는 분들이라서 세력을 만들거나, 종파를 세울 생각을 하지 않았습니다. 또, 거처에만 접근하지 않으면 만선해에 누가 들어와 살더라도 신경 쓰지 않는 성격입니다. 그 바람에 만선해가 마치 낭선의 천국처럼 변한 것입니다."

설명을 들은 유건은 만선해가 전보다 더 마음에 들었다.

그는 그 자리에서 바로 결정했다.

"거령대륙으로 출발하기 전에 여기서 잠시 정비를 해야겠소."

"좋습니다."

흔쾌히 수락한 자오진인은 유건을 청산초(靑山礁)로 데려갔다.

청산초는 초대형 해저 암초로 규모가 거의 작은 대륙만 해셀 수 없이 많은 천구해 낭선이 거처로 사용하는 곳이었다.

유건 일행은 곧 청산초 대왕봉(大王峰)에 자리를 잡았다.

261

대왕봉은 청산초 중심에서 상당히 멀리 떨어진 외진 곳으로 조용한 장소를 좋아하는 유건의 취향에 딱 맞아떨어졌다.

대왕봉에는 오선 수사 10여 명과 공선 수사 30여 명가량이 머무르고 있었는데 유건은 수사가 가장 적은 장소를 골랐다.

그다음은 일사천리였다.

이런 일을 여러 번 반복해 온 터라, 규옥이 법술을 써서 동부를 만들면 자오진인이 바로 금제와 결계, 진법을 설치했다.

유건은 동부 안을 둘러보며 감탄했다.

바닷속 암초에 건설한 동부란 생각이 전혀 들지 않았다.

동부 안에 향기로운 훈풍이 돌고 공기 역시 아주 깨끗했다.

모두 규옥과 자오진인이 펼친 고명한 법술 덕분이었다.

일행은 곧 각자 선호하는 공간을 찾아 수련을 시작했다.

유건은 동부 가장 깊숙한 곳에 만든 비밀 연공실을 골랐고 자오진인은 약초밭 근처에 세운 정자를 연공실로 택했다.

또, 규옥은 오채석 위에 심은 본목(本木)과 합체해 수련했다.

가부좌한 유건은 가장 먼저 화린검을 수리했다.

나융사조에 따르면 화린검의 정확한 명칭은 백린화염검이었다.

그러나 이제 검의 주인은 마경족이 아니라, 유건이었다.

그가 어떻게 부르든 뭐라 할 수사가 없단 뜻이었다.

유건은 옥두족 경매장에서 구한 청율세독수, 좌불화에 이어 나융사조가 내준 풍린사(風鱗沙), 도옥신과(刀玉神果), 귀염철웅조(鬼炎鐵鷹爪) 등을 꺼내 바닥에 쭉 늘어놓았다.

'나융사조가 내어 준 풍린사와 귀염철웅조의 양이 넉넉한 덕분에 화린검을 잠식한 유황열독을 전부 몰아낼 수가 있겠군.'

유건은 미리 준비한 화로에 화린검을 집어넣었다.

규옥이 연단에 쓰는 십이선로(十二仙盧)처럼 보물은 아니어도 경매장에 내놓으면 금방 팔려 나갈 만한 좋은 화로였다.

원신이 내뿜는 진화(眞火)로 화로를 가열한 유건은 화린검이 달궈질 때까지 기다리다가 재료를 차례대로 집어넣었다.

그렇게 몇 달이 훌쩍 지났을 때였다.

유황열독을 완벽히 제거한 화린검이 검신을 부르르 떨었다.

탈진한 원신을 단전으로 돌려보낸 유건은 화린검을 조사했다.

원래 화린검은 유황열독에 잠식당해 검신이 주홍빛을 띠었다.

한데 지금은 검 전체가 광택이 흐르는 흰색이었다.

검신의 비늘도 탁한 기운을 없앤 덕에 색이 훨씬 선명해졌다.

유건은 공중에 띄운 화린검에 법결을 날려 보았다.

그 순간, 하얀 화염이 채찍처럼 뻗어 나와 허공을 불태웠다.

유건은 법결을 바꿔 가며 화린검을 시험했다.

하얀 화염은 법결을 맞을 때마다 형태가 이리저리 바뀌었다.

심지어 하얀 화염이 마치 눈꽃처럼 쏟아지기도 하였다.

하얀 화염의 위력에 만족한 유건은 마지막으로 뇌력을 신중하게 운용해 화린검의 하얀 손잡이 안을 세밀하게 조사했다.

하얀 손잡이 안에는 여전히 하얀 구슬이 들어 있었다.

한데 유황열독을 몰아낸 덕분인지 전보다 약간 커져 있었다.

유건은 모검술로 뇌력을 실처럼 가느다랗게 만들었다.

초인족 유적 터 내부에서 반사 금제를 깨트리는 동안, 뇌력 쪼개는 방법을 완벽히 습득한 터라, 그리 어렵지 않았다.

곧 가느다란 뇌력 한 가닥이 구슬 안으로 물처럼 스며들었다.

하얀 구슬 안에는 전에 본 하얀 불꽃이 계속 타오르고 있었다.

한데 구슬과 마찬가지로 불꽃도 크기가 약간 늘어나 있었다.

유건은 뇌력 끄트머리를 살짝 잘라 불꽃 쪽으로 날려 보냈다.

그 순간, 하얀 불꽃이 갑자기 구슬 안을 가득 채울 정도로 활활 타오르면서 그가 날려 보낸 뇌력을 순식간에 잡아먹었다.

미리 대비하고 있던 유건은 재빨리 뇌력을 회수했다.

먹잇감을 찾는 굶주린 맹수처럼 구슬 주변을 어슬렁거리던 하얀 불꽃은 한참이 지나서야 다시 원래 모습으로 돌아왔다.

'일전에 확인한 대로 하얀 불꽃은 수사의 뇌력을 잡아먹는군.'

이는 그가 얻은 화린검이 진짜 백린화염검이라는 뜻이었

다.

나융사조의 말에 따르면 백린화염검은 수사의 뇌력을 잡아먹는 특성을 보유해 모든 수사가 상대하길 꺼린다고 하였다.

화린검을 회수한 유건은 녹각사령소를 꺼내 법결을 날렸다.

법결을 맞은 녹각사령소는 곧장 작은 호수로 변했다.

유건은 작은 호수 안으로 뛰어들어 녹각문모의 상태를 살폈다.

녹각문모는 여전히 공선 초기의 경지였다.

다만, 그사이 자근유엽수 이파리에 붙어 있던 새끼 녹각문을 잡아먹은 덕분인지 전보다 기운이 아주 약간 강해져 있었다.

'흐음, 녹각문모를 빨리 성장시키는 방법을 찾아내지 못하면 최소 수천 년 안으로는 녹각사령소를 완성하기 그른 듯하군.'

녹각문장 다섯 마리는 녹각문모보다 성장이 더 느려서 새끼 녹각문을 꽤 잡아먹었음에도 기운의 변화가 거의 없었다.

호수를 나온 유건은 녹각사령소를 피리로 만들어 회수했다.

시급한 일을 처리한 유건은 본격적으로 독문 공법을 수련했다.

유적 터 안에서 독문 공법만으로 적을 상대한 유건은 덕분에 깨달은 점이 많아 이번 기회에 그걸 정리해 볼 생각이었다.

그렇게 다시 몇 년이 지났을 무렵, 유건은 천수관음공법의 2단계 공법인 천수관음장법을 한 번에 펼칠 수 있게 되었다.

전엔 한 번에 펼치지 못해 천수관음검법을 먼저 펼치고 천수관음장법을 펼치는 편법을 썼는데 이젠 그럴 필요가 없었다.

유건은 이어서 비술을 수련했다.

바로 나융사조가 전수해 준 금강진천뢰였다.

금강진천뢰는 불가 비전답게 연성에 오랜 시간이 필요했다.

그나마 유건은 처음부터 독문 공법으로 불가 공법을 익혀온 덕에 그 시간을 다른 수사보다 약간이나마 줄일 수 있었다.

그로부터 다시 몇 년이 지난 후에 가부좌를 풀고 일어난 유건은 진언을 외우며 수결을 맺은 손으로 전방을 가리켰다.

"떨어져라!"

그 순간, 허공에 황금빛 벼락이 쿠쿵 소리를 내며 작렬했다.

물론, 나융사조가 펼쳤을 때와 비교하면 형편없는 위력이었다.

그러나 지금은 일단 입문에 성공했다는 점에 만족했다.

그때, 규옥이 금골유액으로 만든 금골단(金骨丹)을 가져왔다.

유건은 금골단을 살펴보며 물었다.

"몇 개나 만들었느냐?"

"열 개입니다."

"난 세 개만 갖겠다. 나머진 너와 영감이 나눠 갖도록 해라."

그때, 규옥이 부러운 눈으로 쳐다보는 청랑을 대신해 청했다.

"제 몫에서 하나를 떼어 청랑에게 주어도 되겠는지요?"

"청랑은 내가 따로 안배한 바가 있다."

"알겠습니다."

규옥은 금골단 세 개만 남겨 놓고 나머진 도로 가지고 나갔다.

유건은 규옥을 따라 나가려는 청랑을 불러 물었다.

"내가 너에게만 금골단을 주지 않아 실망했느냐?"

청랑은 고개를 저었다.

그러나 풀 죽은 표정까지 숨기지는 못했다.

유건은 청랑의 부드러운 가죽을 쓰다듬으며 웃었다.

"하하, 애쓸 필요 없다. 좀 전에 규옥에게 말한 대로 내 너에게 따로 안배한 바가 있기에 그런 것이니 실망하지 말아라."

유건은 그러면서 용의 눈알을 닮은 붉은 영단을 꺼냈다.

"이건 적안단이란 영단인데 강력한 불 속성 기운을 품고 있다. 아마 네게는 금골단 몇 개보다 더 큰 효과가 있을 것이다."

눈을 번쩍 뜬 청랑은 코를 킁킁거리며 적안단의 냄새를 맡았다.

청랑은 불 속성 영수여서 적안단의 가치를 금세 알아보았다.

바로 기분이 좋아진 청랑은 엉덩이 안으로 말아 넣은 꼬리 여섯 개를 활짝 펴더니 혀로 유건의 얼굴을 정신없이 핥았다.

"간지럽다, 이 녀석아."

유건은 말로는 싫다면서도 청랑의 재롱을 한동안 받아 주었다.

다음 날, 청랑은 적안단을 복용하고 나서 유건의 연공실 옆에 딸린 부속 석실에 들어가 영단의 불 속성 기운을 흡수했다.

유건이 청랑에게 본인의 부속 석실을 내어 준 이유는 연공 중에 무슨 일이 생겼을 때 빠른 조치가 가능하기 때문이었다.

청랑의 일까지 마무리 지은 유건은 바로 금골단을 복용했다.

금골단의 약효는 과연 명불허전이었다.

그렇지 않아도 튼튼한 골격이 금강석보다 더 단단하게 변했다.

유건은 약효를 완전히 흡수하고 두 번째 금골단을 복용했다.

두 번째는 약효가 더 대단해 몸에서 금빛 광채가 흘러나왔다.

유건은 내친김에 쉬지 않고 세 번째 금골단을 복용했다.

그 순간, 유건의 살과 근육, 체모가 진흙을 물로 씻어 내는 것처럼 떨어져 나가면서 뼈와 장기가 고스란히 노출되었다.

물론, 그 고통은 상상을 초월했다.

마치 상처를 불로 지지고 나서 그 위에 소금을 뿌리는 듯했다.

그러나 유건은 비명 한 번 지르지 않고 끝까지 참았다.

여기서 입을 벌리면 약효가 밖으로 빠져나가기 때문이었다.

그렇게 몇 달이 지났을 때였다.

마침내 금골단이란 영약의 이름처럼 온몸의 뼈가 금빛으

로 물들더니 다시 근육이 붙고 살이 생기고 체모가 자라났다.

그제야 안도의 숨을 내쉰 유건은 체내에 남은 금골단의 약
효를 한 방울도 남기지 않고 완벽히 흡수해 근골을 단련했다.

금골유액은 홍미노조 같은 강자가 목숨을 걸 정도로 귀한 영
액이기에 이를 바탕으로 만든 금골단도 그 효과가 대단했다.

가부좌한 자세로 몇 년 동안 체내에 남은 금골단의 약효를
완벽히 흡수한 유건은 눈을 천천히 뜨며 단전을 살펴보았다.

정순한 법력이 단전을 채우다 못해 넘칠 정도로 모여 있었
다.

마침내 공선 후기 최고봉에 도달한 것이다.

연공실을 나온 유건은 뇌력으로 동부를 훑었다.

다들 아직 폐관 수련 중이었다.

자오진인과 규옥은 금골단의 약효를 흡수하느라 바빴고 적
안단을 흡수하느라 무리한 청랑도 깊은 잠을 자는 중이었다.

유건은 잘되었다 싶어 조용히 동부를 빠져나왔다.

마침 연단과 법보 제련에 필요한 재료가 거의 다 떨어져 싫
어도 한 번은 청산초 선시(仙市)에 들러야 하는 상황이었다.

'지금 갔다 오면 출관 시기에 맞출 수 있겠어.'

유건은 선시의 위치를 떠올리며 서쪽으로 날아갔다.

청산초는 거대한 암초가 몇 개 모여 이루어진 지역으로 중간중간에 깊이를 알 수 없는 심해도 존재하고 수천 장 높이로 솟은 해저 화산지대가 갑자기 눈앞에 나타나기도 하였다.

유건은 주변을 경계하며 심해를 건너 해저 화산지대로 향했다.

화산지대 안 분지에 청산초에서 가장 큰 선시가 있었다.

선시는 따로 관리하는 세력이 없어 누구나 출입할 수 있었다.

유건은 선시 안에서 가장 크다는 재료 상점을 찾았다.

상점은 발 디딜 틈이 없을 정도로 성황을 이루었다.

상점을 찾은 손님들의 종족은 아주 다양했다.

물론, 알아볼 수 있는 종족은 그중 1할이 넘지 않았다.

유건은 필요한 재료 한 종류만 딱 사서 바로 상점을 나왔다.

그는 그런 식으로 선시를 돌아다니며 필요한 재료를 사들였다.

한 상점에서 오행석을 펑펑 써 대면 벌레가 꼬이기 때문이었다.

필요한 재료를 거의 다 구한 유건은 마지막 재료인 월향란(月香蘭)을 구하기 위해 선시의 구석진 골목을 돌아다녔다.

조금 전에 들른 상점 주인이 월향란은 찾는 수사가 거의 없는 탓에 그들 같은 큰 상점은 잘 들여놓지 않는다고 하였다.

대신에 선시 구석진 골목에 자리한 작은 상점들은 혹시 들여놓았을지도 모르니 잘 찾아보라고 친절하게 가르쳐 주었다.

주인에게 사례한 유건은 바로 구석진 골목을 찾았다.

골목은 무척 좁아서 수사 두 명이 간신히 지나갈 정도였다.

유건은 골목 초입에 있는 낡은 상점에 들어가 월향란을 찾았다.

그러나 그곳에도 월향란은 없었다.

유건은 미간을 찌푸리며 물었다.

"월향란을 파는 상점을 아는가? 안다면 내 톡톡히 사례하지."

입선 초기로 보이는 상점 주인이 골목 안쪽을 가리켰다.

"저 안으로 들어가시면 만고재(萬高財)란 오래된 상점이 있습니다. 닷새 전에만 해도 월향란의 재고가 있는 것을 보았으니 운이 따라 준다면 필요한 만큼 구하실 수 있을 것입니다."

"고맙네."

주인에게 사례한 유건은 바로 만고재를 찾았다.

다행히 이번에는 월향란이 있었다.

유건은 월향란을 넉넉히 구해 상점 밖으로 나왔다.

선시를 찾은 목적을 달성했기에 바로 돌아갈 채비를 하였다.

수사들이 바글거리는 선시에 오래 있고 싶지 않았다.

한데 그때 이상한 일이 벌어졌다.

골목 끝에서 상점 주인으로 보이는 중년 사내와 맨발에 기운옷을 입은 추레한 몰골의 노인이 실랑이를 벌이는 중이었다.

중년 사내와 노인 둘 다 공선 후기였는데 수사들이 상점 앞에서 물건의 진위나, 가격을 놓고 실랑이를 벌이는 모습은 흔한 풍경이라 처음에는 그냥 무시하고 지나가려 하였다.

한데 노인이 하는 말이 그의 신경을 건드렸다.

노인은 침까지 튀겨 가며 중년 사내에게 따졌다.

"네놈이 화우담(火牛膽)의 가격을 속여 팔려는 것을 내가 정말 모를 줄 알았느냐? 흥, 어림도 없지. 이 어르신네가 이 바닥에서만 몇 년을 굴러먹었는데 화우담 가격 하나 모를까!"

점잖은 성격인 중년 사내는 처음엔 좋게 좋게 넘어가려 하였다.

그러나 노인이 계속 생떼를 쓰는 바람에 그도 결국 폭발했다.

"노인장, 화우담은 수십 년 전부터 이 가격이었단 말이오! 그동안 어디 처박혀 있었기에 화우담 가격도 모르는 거요?"

유건이 몰래 엿들어 보니 중년 사내는 제 가격을 받고 화우담을 팔았는데 노인이 사기를 쳤다며 따지는 상황으로 보였다.

분을 참지 못한 노인은 급기야 바닥에 누워 대성통곡하였다.

"아이고, 분통해 죽겠다! 내가 세상 물정이 어둡다고 어린 놈이 대놓고 날 무시하려 드는구나! 네놈이 이렇게 나올 줄 알았으면 친구를 데려와 이곳을 싹 다 엎어 버리는 건데."

중년 사내가 흠칫해 물었다.

"영감님 친구가 누군데 그러는 거요?"

"내 친구는 금갑족에서 전도가 가장 유망한 수사다. 평생 장
사나 해 온 네놈은 감히 쳐다볼 수조차 없는 신분을 지녔지."

유건이 멈춰 선 이유가 바로 이 말 때문이었다.

그는 선시 안에서 금갑족 수사를 본 적이 없었다.

선시뿐만이 아니었다.

만선해 청산초로 오는 동안, 금갑족을 한 명도 보지 못했
다.

한데 노인은 자기 친구가 금갑족이라 주장했다.

그래도 거기까진 이해할 수 있었다.

자오진인처럼 성도를 떠난 금갑족 수사가 어디 한둘이겠
는가.

그리고 그 금갑족 수사가 만선해 청산초에 우연히 둥지를
틀었다가 노인과 만나 서로 친구가 되기로 했을 수도 있었다.

한데 노인의 다음 말을 들어 보면 그게 아니었다.

"내 친구는 눈매가 부리부리하고 왼쪽 뺨에 기다란 상처가
있지. 또, 입술은 두툼하고 팔목에 보라색 팔찌를 차고 있다네."

노인이 한 설명과 유건이 위장한 자건의 인상착의가 일치
했다.

노인이 지금까지 말한 친구가 바로 유건이었다.

물론, 유건은 노인을 오늘 처음 보았다.

유건은 노인이 왜 이런 이상한 짓을 벌이는지 알지 못했다.

그러나 왠지 노인을 무시해선 안 된다는 생각이 강하게 들었다.

유건은 결국, 노인 쪽으로 걸어가 능청을 떨며 물었다.

"형님, 이게 대체 웬 야단법석이오?"

노인은 기다렸다는 듯 유건의 소매를 홱 잡아끌었다.

"잘 왔네, 아우. 글쎄 이 사기꾼이 화우담을 사려면 오행석을 200개나 내야 한다지 뭔가? 내가 전에 왔을 때만 해도 분명 100개였는데 이게 내게 덤터기를 씌우려는 수작이 아니면 대체 뭐겠는가? 아우가 나 대신 이놈을 혼쭐내 주게."

그러나 중년 사내는 겁먹기는커녕, 오히려 더 당당하게 나왔다.

"이 선시를 들락날락하는 수사치고 화우담 시세가 한 개에 오행석 200개란 사실을 모르는 수사가 없소. 만약, 내가 저 영감탱이에게 사기를 치는 거라면 내 목을 잘라 가시구려."

쓴웃음을 지은 유건은 노인에게 좋은 말로 권했다.

"형님, 이 아우도 화우담 가격이 200개라 들었습니다. 오행석이 모자라 그러는 거면 아우가 대신 값을 치르겠습니다. 우리가 어떤 사인데 그 정도 오행석도 못 내 드리겠습니까?"

노인은 그제야 누런 이를 드러내며 씨익 웃었다.

"헤헤, 아우가 그렇게 해 준다면 이 형도 더 바랄 게 없겠구먼."

"그럼 그렇게 하겠습니다."

유건은 노인을 대신해 화우담 가격을 지불했다.

중년 사내도 노인의 아우라 자청하는 유건이 물건값을 대신 치르겠다는 말에 더는 할 말이 없어 바로 화우담을 내줬다.

잠시 후, 골목을 나온 유건은 앞장서는 노인을 쫓아가며 물었다.

"오행석이 부족해 그런 것 같진 않은데 대체 이러는 이유가 무엇입니까? 정말 나를 골탕 먹이기 위해서 그런 겁니까? 아니면 다른 뜻이 있어 제게 가르침을 주려고 그런 겁니까?"

그러나 노인은 때가 잔뜩 낀 손으로 화우담을 만지작거리며 노는 데 정신이 팔려 그가 하는 말을 귀담아듣지 않았다.

유건이 답답해서 다시 물어보려 할 때였다.

갑자기 돌아선 노인이 화우담 속에 누런 가래침을 퉤 뱉었다.

"살고 싶으면 이 화우담을 먹어야 한다."

유건은 미간을 찌푸리며 물었다.

"그 더러운 걸 나보고 먹으란 겁니까?"

"이걸 먹으면 살고 먹지 않으면 죽는다."

노인은 그러면서 누런 가래침이 묻은 화우담을 그에게 던졌다.

유건은 얼떨결에 가래침이 묻은 화우담을 받았다.

한데 다시 고개를 들었을 땐 노인이 이미 사라지고 없었다.

유건은 급히 뇌력을 퍼트려 노인을 찾아보았다.

그러나 노인은 연기처럼 사라진 듯 종적을 찾을 길이 없었다.

유건은 그제야 노인이 경지를 숨긴 선배였단 사실을 깨달 았다.

화우담을 챙긴 유건은 곧장 선시를 나와 대왕봉으로 돌아 갔다.

이번 일을 자오진인과 상의해 보기 위해서였다

한데 그때였다.

갑자기 목덜미가 뻣뻣해지더니 머릿속이 하얗게 변했다.

유건은 곧 날아가던 자세 그대로 정신을 잃고 추락했다.

그러나 바닥과 충돌하기 바로 직전, 유령처럼 나타난 검은 빛줄기 하나가 그를 낚아챈 다음 동쪽으로 쏜살같이 달아났다.

동쪽으로 한나절을 날아가고 나서 멈춘 검은 빛줄기는 주 위를 살피다가 파란 산호가 입구를 가린 동굴 안으로 들어갔 다.

동굴 바닥에 앉아 있던 키가 큰 노인, 절색의 중년 부인, 난 쟁이, 그리고 거인이 검은 빛줄기를 보고 자리에서 일어났다.

곧 검은 빛줄기가 사라진 자리에 얼굴이 검고 눈이 애꾸눈 인 청년이 어깨에 기절한 유건을 걸머진 모습으로 나타났다.

애꾸눈 청년은 기절한 유건을 바닥에 던지며 말했다.

"본좌가 해심안(解心眼)까지 써서 어렵게 찾아낸 천령근 수사요."

절색의 중년 부인이 미소를 지었다.

"고생 많았어요, 묵노 수사(墨怒修士)."

묵노라 불린 애꾸눈 청년이 거들먹거리며 대답했다.

"내 실력에 이 정도는 아무것도 아니오, 우운 부인(雨雲夫人)."

그때, 거인이 팔짱을 끼며 딴죽을 걸었다.

"진짜 천령근이 맞는지는 확인해 보기 전까진 모르는 일이
오."

묵노가 콧방귀를 뀌었다.

"본좌의 실력을 못 믿겠으면 직접 확인해 보시오."

거인은 즉시 옆에 있는 난쟁이를 보며 대꾸했다.

"그렇지 않아도 왜령자(矮靈子) 도우께 부탁하려던 참이었
소."

"그럼 어쩔 수 없이 빈도가 나서야겠구먼."

허리를 두드리며 일어난 왜령자가 기절한 유건 앞으로 걸
어가서 붉은빛이 도는 손바닥으로 그의 몸을 천천히 훑었다.

잠시 후, 왜령자가 고개를 갸웃거리며 말했다.

"확실히 천령근 수사요. 한데 이상한 점이 하나 있소."

거인이 급히 물었다.

"뭐가 이상하단 거요?"

"원신 쪽으로 접근하면 이상한 기운이 안개처럼 뿜어져 나와
빈도의 법술을 방해했소. 내력이 범상치 않은 아이인 듯하오."

왜령자는 대답하면서 지금까지 말이 없는 노인을 쳐다보

왔다.

묵노, 우운 부인, 거인도 마찬가지로 노인을 쳐다보았다.

키가 큰 노인이 그들 다섯 명의 두목인 모양이었다.

노인이 기절한 유건을 힐끗 보며 대답했다.

"금갑족 천령근 수사라면 당연히 내력이 범상치 않을 수밖에. 그러나 우리에겐 이 아이의 내력을 밝힐 시간이 없소. 늙은이들이 계획을 눈치채는 날에는 죽도 밥도 안 될 거요."

묵노가 바로 동의했다.

"본좌는 장원상인(長元上人)의 말씀이 옳다고 생각하오."

이어 왜령자, 우운 부인도 바로 동의를 표했다.

다만, 거인만 뭔가 미심쩍은 눈빛으로 기절한 유건을 보며 대답을 미루다가 장원상인의 눈짓을 받고 고개를 끄덕였다.

"여러분의 뜻이 그렇다면 나도 더는 반대하지 않겠소."

"남리(南利) 수사도 승낙했으니 서두릅시다."

법술로 유건을 들어 올린 장원상인이 먼저 동굴을 빠져나갔다.

그 뒤를 묵노, 왜령자, 우운 부인, 그리고 거인 남리가 따랐다.

아마 만선해의 낭선들이 그들 다섯 명이 뭉쳐 돌아다니는 모습을 보았다면 깜짝 놀라 벌어진 입을 다물지 못했을 것이다.

우선 그들 다섯 명의 두목인 장원상인은 장선 후기 최고봉 수사로 만선해에서 다섯 손가락 안에 들 정도의 초강자였다.

묵노, 왜령자, 우운 부인, 남리도 명성이 자자하긴 마찬가
지였다.

그들 넷은 장선 후기 수사로 장원상인과 비교해 실력만 약
간 달릴 뿐인지, 다들 만선해 각 지역을 호령하는 강자였다.

동굴에서 다시 북서쪽으로 열흘을 날아간 다섯 명은 다른
수사들이 잘 찾지 않는 황량한 바다의 심해 속으로 내려갔다.

수천 장 깊이의 심해는 빛이 들지 않아 칠흑처럼 어두웠다.

또, 수온은 얼음처럼 차갑고 수압은 쇠를 찢을 정도로 강했
다.

그러나 그들은 모두 장선 후기 이상의 초강자였다.

아무리 환경이 극악해도 행동하는 데 큰 제약을 받지 않았다.

심해 바닥에 도착한 그들은 곧 사방으로 흩어졌다.

원래 심해 바닥에는 봉우리 여섯 개가 꽃잎처럼 솟아 있었
다.

물론, 처음부터 그 자리에 있던 봉우리는 아니었다.

장원상인 등이 이산술(移山術)과 같은 고명한 법술로 다른
지역에 있던 봉우리 여섯 개를 이곳으로 옮겨 온 것이었다.

다섯 명은 각자 한 봉우리씩 맡아 정상으로 올라갔다.

각 봉우리 정상에는 기둥으로 이루어진 제단과 진법이 있
었다.

장원상인은 그중 정북 봉우리로 올라가 유건을 내려놓았다.

그사이, 다른 네 봉우리에 도착한 묵노, 왜령자, 우운 부인,

남리는 제단에 가부좌한 후에 법술을 펼쳐 진법을 가동했다.

곧 제단 주위의 기둥 수천여 개가 중앙으로 오색 광선을 발사해 굴착기처럼 심해 바닥에 거대한 구멍을 뚫기 시작했다.

장원상인도 유건을 다섯 번째 봉우리의 제단 앞에 가부좌한 자세로 앉혀 놓고 나서 바로 법술을 펼쳐 진법을 가동했다.

기둥이 별 이상 없이 오색 광선을 발사하는 모습을 확인한 장원상인은 오른쪽에 있는 여섯 번째 봉우리로 몸을 날렸다.

여섯 번째 봉우리에 도착한 장원상인은 서둘러 진법을 발동시키고 나서 기둥의 오색 광선이 중앙으로 향하게 조정했다.

봉우리 여섯 개에 설치한 기둥 수천 개가 발사한 오색 광선이 바닥을 뚫고 들어가 깊이를 알 수 없는 구멍을 뚫었다.

그렇게 열흘이 지났을 때였다.

오색 광선으로 뚫은 거대한 구멍 안에서 갑자기 영롱한 빛을 발하는 하늘색 구슬이 꿈틀거리며 바닥으로 기어 올라왔다.

구슬은 바로 귀선을 잡아먹은 영귀가 변한 영주였다.

8장. 꼭두각시의 역습

하늘색 영주가 발산하는 기세는 가공하다는 말론 부족했다.

인간 수사로 치면 장선 후기를 상회했다.

주위를 관찰한 영주는 머리가 세 개, 팔이 네 개, 다리가 다섯 개 달린 초대형 영귀로 변신해 동쪽 봉우리를 기습했다.

"흥, 내가 제일 만만해 보이더냐!"

동쪽 봉우리를 맡은 우운 부인은 앙칼진 기합을 토해 내면서 진법의 진핵 역할을 하는 제단에 법결을 몇 개 던져 넣었다.

그 순간, 제단 기둥이 오색 광채를 쏟아 내 영귀를 튕겨 냈다.

오색 광채는 그 후에도 파도처럼 끊임없이 밀려들었다.

오색 광채에 겁을 먹은 영귀는 남쪽으로 방향을 틀었다.

"어리석은 것!"

남쪽 봉우리를 맡은 묵노가 콧방귀를 뀌며 오색 광채를 쏘 았다.

오색 광채는 중간에 화살처럼 가늘어져 영귀의 허점을 찔 렀다.

푸욱!

오색 광채 화살에 맞은 영귀는 깜짝 놀라 서쪽으로 달아났다.

하지만 서쪽도 별수 없긴 마찬가지였다.

서쪽 봉우리를 담당하던 남리가 제단 기둥이 발사한 오색 광채를 몽둥이처럼 뭉툭하게 만들어 영귀의 몸통을 후려쳤다.

펑펑!

오색 광채 몽둥이에 연달아 두 방이나 허용한 영귀는 고통 스러운 듯 구슬픈 울음소리를 토해 내며 북쪽으로 달아났다.

북쪽에는 유건이 있는 다섯 번째 봉우리가 있었다.

한편, 영주가 모습을 드러내기 닷새 전, 유건은 왼쪽 발목 이 끊어질 것 같은 극통을 느끼며 갑작스럽게 정신을 차렸다.

고통은 그 하나만이 아니었다.

심해의 엄청난 수압에 몸이 찌그러질 듯했다.

아마 유건이 금골단 세 개를 복용해 근골을 강화해 두지 않았으면 뼈나, 관절 몇 군데는 반드시 부러져 나갔을 것 같 았다.

유건이 자하선부 사신단에서 압력에 대항하는 법을 배웠

다고는 해도 정신을 잃은 상태에서는 그 방법을 쓰지 못했다.

그로서는 천만다행인 일이었다.

유건은 즉시 자하선부에서 배운 방법으로 수압에 대항했다.

덕분에 수압이 주는 고통에서 바로 벗어났다.

그제야 한숨 돌린 유건은 그가 현재 처한 상황부터 파악했다.

얼마 후, 유건은 그를 습격한 일당이 봉우리 여섯 개로 펼치는 대형 진법으로 심해 바닥에 구멍을 뚫고 있음을 알아냈다.

유건은 그들이 무슨 이유로 이런 짓을 벌이는지 알지 못했다.

그러나 완성 전까지 아직 시간이 남았다는 점은 다행이었다.

진법을 연구한 덕분에 당장 목숨이 위태로울 정도는 아니란 사실을 알아낸 유건은 지금 가장 시급한 문제에 집중했다.

바로 발목을 끊으려 드는 도천현무패에 관한 일이었는데 영물이 이런 반응을 보인 게 처음이 아니란 점이 중요했다.

지금 반응은 칠선의 금지에서 자오진인 등딱지에 박혀 있던 금 속성 열쇠를 발견한 도천현무패가 보인 반응과 똑같았다.

'그렇다면 여기 어딘가에 또 다른 열쇠가 숨겨져 있단 뜻인데.'

유건은 당장이라도 튀어 나갈 것처럼 악을 써 대는 도천현무패를 살살 달래 가면서 이 난관을 타개할 방법을 연구했다.

물론, 그가 처한 난관을 타개하면서 도천현무패의 세 번째 열쇠까지 같이 구할 수 있으면 그보다 더 좋은 일은 없었다.

그러나 아무리 연구해 봐도 쓸 만한 타개책이 떠오르지 않았다.

청산초 선시에서 그를 몰래 습격한 수사를 포함해 다섯 봉우리 정상에 가부좌한 자세로 정체 모를 법술을 펼치는 중인 자들은 전부 그가 어찌해 볼 수 없는 강자였기 때문이었다.

뇌력을 퍼트리면 들킬 것 같아 자세히 파악하진 못했어도 다섯 수사 전부 최소 장선 후기 이상의 강자가 틀림없었다.

그런 상황에서 섣불리 달아났다간 본전도 찾지 못했다.

유건은 생각을 전환해 그를 끌어들인 이유부터 추측해 보았다.

당연히 좋은 뜻으로 그를 끌어들인 것은 아닐 터였다.

'아마 적당한 시점에 날 희생양으로 삼으려는 거겠지.'

그렇다면 이젠 그들이 이런 짓을 벌이는 목적을 알아야 했다.

그의 생각엔 도천현무패 열쇠 때문인 듯했다.

그러나 직접 확인해 보기 전까지 섣부른 단정은 금물이었다.

지금은 살얼음 위를 걷는 상황이었다.

조금이라도 삐끗하는 날에는 살아서 내일 해를 보기 어려웠다.

원점으로 돌아온 유건은 다시 살아남을 방법을 찾아보았다.

그러나 별 소득 없이 아까운 시간만 계속 흘러갔다.

결국, 영주가 등장하기 하루 전이 되었다.

그날도 유건은 속 타는 심정으로 살아남을 방법을 궁리했다.

그때, 전혀 예상하지 못한 일이 일어났다.

선시에서 그에게 화우담을 건넨 노인이 갑자기 뇌음을 보냈다.

"이 늙은이가 널 너무 무시한 모양이구나."

깜짝 놀란 유건은 급히 주위를 둘러보았다.

그러나 아무리 둘러봐도 뇌음을 보낸 노인은 보이지 않았다.

그야말로 귀신이 곡할 노릇이었다.

노인이 다시 뇌음을 보냈다.

"흐흐, 날 찾으려면 최소 장선은 돼야 할 게다. 그러나 늙은이만 혼자 지껄이면 재미가 없으니 곧 뇌음으로 대화할 수 있게 해 주마. 하지만 조심해야 한다. 장원상인 등은 귀가 밝기 때문에 네가 실수하면 나까지 들킬 위험이 있느니라."

말이 끝나기 무섭게 뇌음이 들려온 방향을 가늠할 수 있었다.

유건은 바로 물었다.

"제가 여기서 살아 나갈 방도가 있긴 한 겁니까?"

"보채지 말아라. 설마 이 늙은이가 널 죽게 만들기야 하겠느냐."

"대체 저들은 왜 절 납치해 이곳으로 끌고 온 겁니까?"

"그 사정을 여기서 다 얘기하자면 한세월이 걸린다. 간단히 말해 저놈들은 지금 육정개산대법(六釘開山大法)이라는 흉악한 대법을 써서 네 몸에 장선 후기급의 영귀를 강신(降神)시키려는 것이다. 한데 장선 후기급의 영귀를 강신시키려면 웬만한 선근으론 힘들어 천령근을 지닌 네가 필요한 게지. 네 선근이면 장선 후기 영귀도 통제할 수 있으니까."

유건은 흠칫해 물었다.

"그럼 저들이 바닥에 구멍을 뚫는 이유가 그 안에 있는 영귀를 밖으로 끄집어내 제 몸에 강신시키기 위해서란 말입니까?"

노인이 감탄하며 말했다.

"역시 천령근을 지닌 아이답게 이해가 빠르구나. 원래대로라면 묵노 놈의 법술에 당하기 전에 이 늙은이가 준 화우담을 먹어야지만 살아날 수 있었다. 한데 넌 이 늙은이를 의심해 화우담을 먹지 않았지. 이 늙은이로서는 할 만큼 했기에 원래는 널 죽여 저놈들의 계획을 훼방 놓을 생각이었다. 한데 네가 자기 의지로 깨어났으니 상황이 달라졌지."

유건은 몸을 부르르 떨었다.

그는 확실히 노인의 의도를 의심해 화우담을 복용하지 않았다.

노인의 말이 사실이라면 화우담엔 묵노의 법술에서 정신을 차릴 수 있게 해 주는 특수한 성분이 들어 있는 게 분명했다.

한데 놀랍게도 유건이 화우담을 복용하지 않고 정신을 차리는 바람에 노인이 그를 살리는 쪽으로 계획을 바꾼 듯했다.

그야말로 천운이었다.

노인은 남은 시간이 별로 없다는 듯 영귀가 모습을 드러냈을 때 그가 어떻게 처신해야 하는지 자세히 가르쳐 주었다.

노인의 설명을 들은 유건은 급히 물었다.

"선배님의 존함을 알 수 있겠습니까?"

"때가 되면 자연히 알게 될 것이다."

대답한 노인은 전에 그랬던 것처럼 연기처럼 사라져 버렸다.

노인의 정체를 알아내는 데는 끝내 실패했어도 어쨌든 그 덕분에 이 지옥 같은 상황에서 탈출할 수 있는 길이 열렸다.

유건은 노인이 시킨 대로 제단 진법에 미리 손을 써 두었다.

그렇게 반나절이 더 지났을 때였다.

마침내 구멍 안에서 하늘색 구슬이 올라왔다.

'노인이 말한 장선 후기급의 영귀로군.'

장원상인 등이 펼친 육정개산대법의 흉악함을 단번에 알아본 영귀는 달아나기 위해 사방을 닥치는 대로 찔러 보았다.

잠시 후, 영귀가 유건이 있는 정북 방향 봉우리로 날아왔다.

위이잉!

그 순간, 유건이 있는 봉우리의 진법이 갑자기 변화해 영귀를 밀어내기는커녕, 오히려 봉우리 제단 쪽으로 끌어당겼다.

뒤늦게 함정임을 눈치챈 영귀가 뒤로 훌쩍 물러섰다.

그러나 육정개산대법은 대법이라 불릴 정도로 위력이 대단해 달아나는 영귀를 붙잡아 유건 쪽으로 계속 끌어당겼다.

한데 대법의 무서움은 지금부터가 진짜 시작이란 점에 있었다.

유건의 봉우리를 제외한 다섯 봉우리가 쿠르릉 소리를 내며 물속으로 떠올라 유건의 봉우리 쪽으로 빠르게 집결했다.

집채만 한 봉우리 다섯 개가 떠서 한곳에 집결하는 모습은 그가 처한 상황도 잠시 잊게 해줄 만큼 엄청난 광경이었다.

유건의 봉우리 주위에 위성처럼 자리한 다섯 봉우리가 빠른 속도로 회전하다가 갑자기 유건의 봉우리 쪽으로 쇄도했다.

유건의 봉우리가 아무리 단단해도 다섯 봉우리와 동시에 충돌하면 유건도, 봉우리도, 영귀도 살아남기 어려울 듯했다.

한데 그때, 장원상인 등의 입이 떡 벌어질 만한 일이 일어났다.

유건의 봉우리가 갑자기 쿠르릉 소리를 내며 위로 부상했다.

그리고 유건의 봉우리에 잡혀 있던 영귀는 반대로 바닥으로 추락해 다섯 봉우리가 쇄도해 오는 지점 가운데에 자리했다.

이대로 육정개산대법이 진행되면 다섯 봉우리를 조종하는 장원상인 등도 봉우리끼리 서로 충돌해 살아남기 어려웠다.

그제야 뭔가 이상하단 사실을 눈치챈 장원상인 등은 제단에 해진 법결을 날려 육정개산대법을 급히 중단하려 들었다.

다행히 법결은 효과가 있었다.

곧 다섯 봉우리가 쇄도해 들어가는 속도가 현저히 줄어들었다.

한데 그때였다.

다섯 봉우리 위에 세 개의 신형이 새로 나타났다.

중앙에 있는 신형의 정체는 유건이 선시에서 본 그 추레한 노인이었고 양옆엔 절색의 미녀와 점잖은 문사가 서 있었다.

세 명 다 몸에서 엄청난 기세를 발산해 뇌력으로 굳이 확인하지 않아도 셋 다 장선 후기 최고봉 수사임을 알 수 있었다.

장원상인 등의 얼굴이 귀신을 본 사람처럼 새파랗게 질렸다.

"고행삼선!"

고행삼선 세 명은 즉시 법술을 펼쳐 다섯 봉우리가 전보다 두 배 이상 빠른 속도로 날아가 영귀와 충돌하게 만들었다.

장원상인 등도 어디 가서 빠지지 않는 실력의 소유자들이지만 고행삼선과는 차이가 있어 봉우리의 속도를 늦추지 못했다.

결국, 다섯 봉우리와 영귀가 충돌해 일대 전체가 붕괴하였다.

바닥이 갈라져 용암이 솟고 엄청난 양의 바닷물이 증발했다.

그러나 장원상인 등도 전부 장선 후기 이상의 강자였다.

폭발 속에서 간신히 목숨을 건진 그들은 바로 달아나려 하였다.

그때, 유건이 탄 봉우리에 내려선 고행삼선이 바닥에 가부좌를 하기 무섭게 복잡한 진언을 외우며 일제히 법술을 펼쳤다.

그 순간, 봉우리가 감쪽같이 사라졌다가 달아나는 장원상인 등의 머리에 나타나 봉우리의 육중한 무게로 찍어 눌렀다.

장원상인 등 다섯 명은 결국, 봉우리에 짓뭉개져 가루로 변했다.

유건은 고행삼선의 엄청난 실력에 압도당해 할 말을 잃었다.

자오진인에게 고행삼선의 실력이 천구해에서 손가락 안에 꼽힐 정도로 대단하단 말은 들었지만, 이 정도일 줄은 몰랐다.

현장이 점차 안정을 찾아갈 무렵, 갑자기 날아오른 점잖은 문사가 고색창연한 호리병을 바닥에 생긴 균열 쪽으로 던졌다.

원래 그 균열 속에는 영귀의 혼백이 은밀히 숨어 있었다.

영귀는 육정개산대법 때문에 본신을 잃긴 했지만, 다행히 혼백은 살아남아 숨어 있다가 때를 보아 도망칠 계획이었다.

한데 이를 귀신같이 눈치챈 점잖은 문사가 손을 쓰는 바람에 결국, 영귀의 혼백은 고색창연한 호리병으로 빨려 들어갔다.

영귀의 혼백을 포획한 점잖은 문사는 추레한 노인을 향해 고개를 끄덕이고 나서 바로 날아올라 까마득한 점으로 변했다.

절색의 미녀도 정순한 흙 속성 법술을 펼쳐 어지러워진 심해를 정리하고 나서 점잖은 문사가 사라진 방향으로 날아갔다.

유건은 노인도 곧 떠날 것 같아 바로 그 앞에 무릎을 꿇었다.

"선배님이 바른길로 인도해 주신 덕분에 살아날 수 있었습니다."

뒷짐을 쥔 노인은 껄껄 웃었다.

"하하, 오히려 고마운 건 우리 고행삼선이라네."

"그게 무슨 말씀이십니까?"

"자네가 없었으면 귀중한 법보 한두 개는 버릴 각오를 한 후에야 장원상인 패거리를 없앨 수 있었을 것이네. 법보를 연성하는 데 든 시간과 노력을 생각하면 쉽지 않은 일이지."

"그렇다면 다행입니다."

"아무튼 이렇게 만난 것도 인연이라 할 수 있으니 내 도호를 알려 주겠네. 난 오문자(五門子)라 하네. 좀 전에 떠난 두 수사는 나와 생사고락을 같이하는 문경진인(文敬眞人)과 형을선자(形乙仙子)고. 만선해에서 우릴 고행삼선이라 부르기는 해도 우리 도호까지 아는 수사는 그리 많지 않을 것이네."

"위명이 쟁쟁한 고행삼선 세 분을 뵈리라곤 꿈에도 생각 못 했습니다. 후배가 결례를 범했다면 용서해 주시기 바랍니다."

"원래는 오늘 도와준 일에 보답하기 위해 몇 가지 선물을 주려 했는데 아무래도 자네가 원하는 물건은 따로 있는 모양이군. 이제 가 봐야겠네. 인연이 있다면 또 만날 날이 있겠지."

유건에게 한쪽 눈을 찡긋해 보인 오문자가 순식간에 사라졌다.

'정말 몇 번을 봐도 매번 놀랄 수밖에 없는 비행술이군.'

오문자의 말처럼 유건이 원하는 물건을 따로 있었다.

바로 영귀가 나온 구멍에 있는 보물이었다.

오문자의 말에서도 알 수 있듯이 고행삼선 역시 보물의 존재를 진작부터 알고 있었지만 어린 후배에게 양보한 듯했다.

'만선해의 낭선들이 고행삼선을 존경하는 이유를 알 것 같군.'

유건은 바로 구멍으로 들어가 보물을 찾았다.

보물은 예상대로 도천현무패를 여는 물 속성 열쇠였다.

근처에 장원상인 패거리가 더 있을지 모른단 생각에 물 속성 열쇠를 챙긴 유건은 곧장 심해를 나와 대왕봉으로 돌아갔다.

도천현무패는 대왕봉으로 돌아가는 내내, 마치 배고픈 아기처럼 빨리 물 속성 열쇠를 내놓으라며 쉬지 않고 칭얼거렸다.

유건은 지친 나머지 적당한 곳을 골라 도천현무패를 불러냈다.

도천현무패가 변한 묵귀는 유건 주위를 돌며 계속 칭얼거렸다.

한숨을 내쉰 유건은 물 속성 열쇠를 꺼내 던져 주었다.

그 즉시, 묵귀가 황소처럼 돌진해 물 속성 열쇠를 집어삼켰다.

잠시 후, 암녹색 광채에 휩싸인 묵귀가 두 배로 커지더니 목 아래와 꼬리 위쪽에 다리 네 개가 벼락같이 튀어나왔다.

세 번째 열쇠마저 흡수한 묵귀의 신체 중에서 형체가 아직 제대로 갖춰지지 않은 곳은 등과 배 두 부분밖에 없었다.

물론, 묵귀가 지닌 신수 현무의 기운도 전보다 훨씬 강해져 자하제룡검이 발산하는 기운과 큰 차이를 보이지 않았다.

영물이 다른 수사의 눈에 띄면 곤란한 점이 한둘이 아니었다.

얼른 묵귀를 회수한 유건은 다시 대왕봉으로 돌아갔다.

유건이 돌아왔을 때, 동부 안은 발칵 뒤집혀 있었다.

동부를 나간 유건이 기다려도 돌아오지 않는 바람에 걱정이 된 자오진인과 규옥이 그를 찾으러 나서기 일보 직전이었다.

그를 본 자오진인이 그제야 긴장을 풀었다.

"언질도 없이 혼자 나가시면 어떡합니까. 공자님이 오늘도 돌아오시지 않았으면 저와 규옥이 찾으러 나갔을 것입니다."

"미안하오."

규옥도 걱정스러운 기색으로 물었다.

"대체 어디에 있다가 오신 거예요?"

"그게 사정이 좀 있었다."

유건은 자오진인과 규옥에게 그가 겪은 일을 이야기해 주었다.

자오진인은 탄성을 터트렸다.

"공자님의 선연은 정말 어디가 끝인지 모를 정도군요. 그런 상황에서 물 속성 열쇠를 찾아냈을 뿐만 아니라, 만선해 수사도 평생 만나 보기 어렵다는 고행삼선을 만나시다니요."

"고행삼선에게 죽은 장원상인이라는 자를 아시오?"

"알다마다요. 장원상인, 묵노, 왜령자, 우운 부인, 남리 모두 만선해에서 목에 힘 좀 주는 자들이지요. 일전에 나옹사조를 통해 이들 다섯 명이 고행삼선을 없애고 만선해에 자신의 종파를 세우기로 결의했다는 말을 듣긴 했는데 그들이 영귀를 이용해 음모를 꾸미고 있을 줄은 저도 몰랐습니다."

"오문자 선배님이 장원상인 패거리의 목적이 나에게 영귀

의 혼백을 강신시키는 데 있다고 하던데 그게 무슨 뜻인지
아시오?"

"아마 장원상인 종족에 내려오던 조혼귀술(操魂鬼術)을 가
리키는 걸 겁니다. 장원상인은 지금은 멸족한 규혼족(叫魂族)
출신인데 규혼족은 강신술을 특기로 삼은 부족이었지요."

"조혼귀술은 어떤 법술이오?"

"조혼귀술은 영귀의 혼백을 선근이 뛰어난 수사에 강제로
강신시켜 꼭두각시로 만드는 사술(邪術)입니다. 아마 장원
상인 패거리는 육정개산대법으로 뽑아낸 영귀의 혼백을 공
자님께 강신시켜 꼭두각시로 만들려 했을 것입니다. 조혼귀
술은 성공만 하면 법력이 몇 배로 증폭하기 때문에 최소 장
선 후기 최고봉에 해당하는 꼭두각시가 탄생했을 테지요."

유건은 자오진인의 설명을 듣고 나서야 장원상인 패거리
가 그를 납치해 조혼귀술을 펼치려던 진짜 이유를 깨달았다.

조혼귀술이 성공해 장선 후기 최고봉 꼭두각시를 완성하면
고행삼선을 이기진 못해도 최소한 참패하진 않을 수 있었다.

반대로 고행삼선은 장원상인 패거리가 조혼귀술에 성공하
면 곤란해지므로 묵노 등을 감시하고 있었을 것이 분명했다.

그러던 중 묵노가 천령근을 지닌 유건을 몰래 따라다니는 모
습을 본 오문자가 은밀히 접근해 그에게 살길을 알려 주었다.

한데 유건은 오문자를 믿지 못해 호의를 받아들이지 않았
다.

'지금 생각해 보면 오문자가 화우담에 뱉은 가래침도 그냥 가래침이 아니라, 화우담의 약효를 높여 주는 도가 선천 원기의 일종이었는데 난 겉모습만 보고 거부감을 일으킨 거겠지.'

오문자는 어디선가 지켜보고 있을 묵노를 속일 심산으로 연극을 한 셈인데 유건이 연극의 의도를 파악하지 못한 것이다.

그때, 규옥이 기뻐하며 말했다.

"공자님, 공선 후기 최고봉에 이르셨군요."

"네가 만들어 준 금골단 덕분이다."

규옥은 유건의 칭찬이 쑥스러운지 머리카락을 긁적였다.

"헤헤, 저는 그저 공자님이 힘들게 구해 오신 금골유액에다가 선사님이 만드신 약방대로 재료만 몇 개 추가했을 뿐인걸요."

자오진인도 칭찬에 동참했다.

"그 정도 금골유액으로 금골단을 열 개나 만든 건 대단한 솜씨다. 아마 대종문의 연단 수사라도 그렇게는 못 할 테니까."

유건은 자오진인과 규옥에게도 축하의 인사를 건넸다.

자오진인은 금골단을 복용하고 나서 오선 중기 최고봉의 경지를 회복했고 규옥도 공선 중기 최고봉 경지를 돌파해 운만 조금 따라 준다면 공선 후기를 노려볼 수 있는 상태였다.

그러나 가장 큰 축하를 받아야 할 일행은 따로 있었다.

바로 청랑이었다.

잠에서 깨어난 청랑은 그새 꼬리가 두 개 더 늘어 여덟 개였다.

이 정도 속도라면 머지않아 도겁에 들어갈 듯했다.

정비를 마친 일행은 만선해를 떠나 거령대륙으로 출발했다.

자오진인의 말대로 만선해 다음 바다부터는 금갑족에 아주
호의적이어서 별문제 없이 거령대륙 동쪽 해안에 도착했다.

거령대륙 동쪽은 유마교가 지배하는 지역이었다.

유마교는 거령대륙 삼대 종문 중 하나로 대륙 동부 전체와
남부 일부를 지배했으며 보유한 수사는 거의 천만에 달했다.

자오진인의 설명을 들은 유건은 탄성을 터트렸다.

"거령대륙에는 종문이 세 개밖에 없다는 말을 전에 듣기는
했어도 보유한 수사가 천만 명에 달할 줄은 꿈에도 몰랐소."

"유마교는 교인이 워낙 많아서 그렇습니다. 성화교와 북
신교(北神敎)가 보유한 수사는 유마교보다 훨씬 적을 것입
니다."

그러나 그들은 바로 거령대륙으로 들어가지 못했다.

그들의 외모가 너무 튀는 탓이었다.

유건이야 대충 속여 넘길 수 있다고 하더라도 등에 금색 등
딱지가 달린 자오진인은 바로 정체가 들통날 위험이 있었다.

삼월천 어디서든 마찬가지지만 외모나, 공법이 다른 낯선
수사의 등장은 본토 수사의 경계심을 자극하기 마련이었다.

다행히 그들에겐 복령술이란 비술이 있었다.

일행은 거령대륙 해안을 돌아다니며 적당한 상대를 물색
했다.

다행히 얼마 지나지 않아 거령대륙 동부지역에서 흔한 종족 중 하나인 유마족(維摩族) 흑선 패거리의 공격을 받았다.

유마족은 이름에서 알 수 있듯이 유마교에서 가장 흔한 종족으로 피부가 짙은 갈색이고 팔, 다리가 긴 특징을 지녔다.

유건 일행을 얕보고 덤벼든 흑선 패거리는 뒤늦게 도망치려 했지만, 실력이 일취월장한 그들의 손에서 벗어날 순 없었다.

유건은 흑선 중에서 아라타(阿羅墮)라는 젊은 사내로 위장했고 자오진인은 달파(達波)라는 이름의 노인으로 위장했다.

준비를 마친 일행은 마침내 거령대륙 해안에 첫발을 내디뎠다.

거령대륙 동부에 대한 첫인상은 독특하단 것이었다.

물론, 이는 녹원대륙 수사의 관점에서 그렇단 말이었다.

녹원대륙에서는 어딜 가나 나무와 돌로 주로 집을 짓지만, 거령대륙 동부에서는 흙을 굳혀 만든 반죽으로 집을 지었다.

또, 건물의 형태도 달랐다.

녹원대륙에선 대들보 위에 다양한 형태의 지붕을 얹어 건물을 완성하는 데 비해 이곳에는 지붕이 따로 존재하지 않았다.

지붕이 없는 탓에 건물의 형태가 대부분 둥근 무덤 같았다.

그 외에도 복식, 문화, 음식 등이 녹원대륙과 많이 달라 돌아다니며 구경하는 것만으로도 안계가 넓어지는 느낌이었다.

무엇보다 수사들의 공법이 녹원대륙과 많은 차이가 있었다.

지금까지 본 수사들이 전부 유마교 수사들이긴 했어도 어쨌든 그들이 쓰는 공법은 도가, 불가 등 녹원대륙의 주류를 차지하는 공법과 달라, 보는 것만으로도 수확이 꽤 있었다.

여행은 순조로운 편이었다.

해안가 선시에서 구한 지도를 보고 유마교가 지배하는 동부를 지나 성화교가 있는 대륙 중남부로 쉬지 않고 이동했다.

그렇게 몇 년이 흘렀을 무렵, 마침내 유마교와 성화교의 국경 지역에 자리한 번화한 왕국인 중산국(中山國)에 도착했다.

처음엔 바로 중산국을 지나 성화교 영토로 들어갈 계획이었다.

한데 도중에 문제가 하나 생겼다.

바로 유건의 백팔초겁이 얼마 남지 않았단 문제였다.

물론, 백팔초겁까진 아직 여유가 꽤 있는 편이었다.

그러나 성화교 영토에서 심각한 문제가 발생하면 백팔초겁을 준비할 여유가 없을 것이기에 그리 좋은 계획 같진 않았다.

성화교의 소교주 소언은 그를 만나 유건이 언젠간 성화교를 구원하는 중요한 역할을 맡을 것이란 그녀의 예언을 전했다.

유건은 그때 성화교를 돕기로 약속하고 소언이 직접 연성한 심좌기를 그 대가로 받았는데 나중에 심좌기는 청삼랑의 손에서 그의 목숨을 구해 주는 아주 중요한 역할을 담당했다.

한데 그가 성화교를 구원하는 중요한 역할을 맡으려면 일단, 성화교 내에 먼저 문제가 발생해야 한단 결론에 이르렀다.

즉, 성화교 영토 안이 곧 시끄러워질 수 있단 뜻이었다.

그런 때에 백팔초겁마저 닥친다면 대처가 힘들 수밖에 없었다.

그럴 바에야 차라리 유마교 영토 안에서 백팔초겁을 맞은 후에 넘어가는 게 나을 듯해 유건은 수련 장소를 물색했다.

이번에 찾는 수련 장소는 특별했다.

일단, 조용하면서도 다른 수사의 접근을 차단할 수 있는 장소여야 마음 놓고 백팔초겁 준비에만 전력을 쏟을 수가 있었다.

또, 백팔초겁이 닥쳐올 때, 떡고물이 떨어지길 기다리는 승냥이 떼로부터 자신을 지켜 줄 수 있는 안전한 장소여야 했다.

그러나 쓸 만한 장소에는 이미 유마교 수사가 은거하고 있었다.

유건은 거의 한 달을 돌아다녔지만 쓸 만한 장소를 찾지 못했다.

그때, 자오진인이 북동쪽을 가리켰다.

"저쪽에 비어 있는 사원이 하나 있는데 저긴 어떻습니까? 진법이 설치되어 있기는 하지만 제가 뚫지 못할 정돈 아닙니다."

"일단, 가 봅시다."

유건은 자오진인이 말한 비어 있는 사원을 찾았다.

최소 몇천 년 전에 지어진 듯한 낡은 사원이었다.

원래 유마교 영토에서는 유마교 교조(教祖)나, 선조를 모시는 사원을 쉽게 찾아볼 수 있어 이 사원도 그런 줄 알았다.

그러나 이곳은 유마교 사원이 아니었다.

정문에 유마교가 교의 문장으로 사용하는 가부좌한 노인 그림이 아니라, 합장한 노승이 서 있는 문장이 새겨져 있었다.

자오진인이 탄식했다.

"5천 년 전에 멸문했다는 동부지역 불가 종문의 사원인 것 같습니다. 엄밀히 말하면 이곳은 사원이 아니라, 절이겠지요."

유건도 말없이 고개를 끄덕였다.

원래 이곳에도 불가, 도가 등이 설립한 여러 종문이 있었다.

그러나 5천 년 전에 유마교가 불가, 도가 종문을 멸문시키면서 이곳에는 유마교만 숭배하는 유일신 신앙이 자리 잡았다.

이 낡은 절터는 그때 멸문한 불가 종문이 쓰던 사찰인 듯했다.

이곳까지 오면서 들은 정보에 따르면 유마교는 멸문한 불가, 도가 등의 종문이 있던 자리를 그대로 놔두었다고 하였다.

유마교 영토 안에서 유마교 외의 다른 종문에 투신하는 수사는 반드시 나중에 이런 꼴이 된다는 경고를 하기 위해서였다.

물론, 유마교에 속한 수사나, 교인은 이런 곳에 출입해 교의 감찰 수사(監察修士) 눈 밖에 나는 일을 절대 하지 않았다.

유건은 이곳이 마음에 들었다.

첫 번쨰 불가의 종문이 있던 자리라는 점이 마음에 들었고 두 번째는 수사나, 교인이 올 일이 없단 점이 마음에 들었다.

유건은 자오진인에게 부탁해 진법을 뚫고 안으로 들어갔다.

절터 안에는 멸문 당시의 참혹한 현장이 그대로 남아 있었다.

수만 채가 넘는 건물은 완전히 박살 나 원래 형태를 알아보기 어려웠고 박살 난 건물 주변엔 해골이 산처럼 쌓여 있었다.

합장한 유건은 마음속으로 죽은 자들의 명복을 빌었다.

그때, 그사이 절터 안쪽을 둘러보고 온 자오진인이 말했다.

"절터 안쪽 지하에서 수련할 만한 공간을 찾아냈습니다."

"알겠소."

유건은 자오진인을 따라갔다.

자오진인의 말처럼 안쪽 지하에 수련하기에 적당한 공간이 몇 개 숨겨져 있어 바로 백팔초겁을 맞을 준비에 들어갔다.

한데 한 달쯤 준비했을 때였다.

찾는 자가 없을 거라 예상한 절터에 불청객이 나타났다.

심지어 그 불청객은 다른 곳으로 가지 않고 유건이 수련 중이던 지하 공간으로 곧장 내려와 그를 더 기겁하게 하였다.

심상치 않은 일이 벌어진다고 느낀 유건은 무광무영복을 덮어쓴 상태에서 최대한 기척을 줄이고 조용히 숨어 있었다.

자오진인이 설치한 뇌력 금제 덕분에 은신은 거의 완벽했다.

불청객의 정체는 바로 밝혀졌다.

놀랍게도 유마교의 장선 후기 수사였다.

그때, 그를 더 놀라게 한 일이 일어났다.

얼마 지나지 않아 불청객이 한 명 더 지하로 내려왔다.

한데 그자는 키가 2장이 넘는 근육질의 장선 후기 수사였다.

유건이 놀란 이유는 두 번째 불청객의 체격 때문이 아니라, 그가 까마득히 멀리 떨어진 북신교의 수사이기 때문이었다.

'대체 이곳에서 무슨 일이 벌어지는 거지?'

놀란 유건은 숨죽인 채 그들의 대화를 엿들었다.

〈8권에 계속〉